【우사토】

【네아】

【에바】

등장인물 소개

치유마법의 잘못된 사용법

~전장을 달리는 회복 요원~

Vol. **6**

저자 **쿠로카타**

일러스트 KeG

치유마법의 잘못된 사용법
~전장을 달리는 회복 요원~ Vol.6

CONTENTS

구명단 수칙
~흑의(黒衣)의 마음가짐~

하나, 늘 주변에 주의를 기울일 것.

하나, 부상자는 정중하게 대할 것.

하나, 쓸데없이 말을 걸어서 겁주지 말 것.

제1화 알현! 사마리알의 왕!

마침내 다음 목적지인 사마리알 왕국에 도착한 우리는 또다시 새로운 소동에 휘말리려 하고 있었다.

돌연 사라져 버린 아마코와 네아.

그 타이밍에 접촉해 온 사마리알 왕국의 기사들과 그들을 이끄는 기사단장 페그니스 씨.

우리의 신원을 알고 있는 페그니스 씨가 의심스러웠지만, 그는 내 예상을 뛰어넘는 말을 고했다.

"우리의 왕, 루카스 우르드 사마리알 님께서 여러분과 만나 뵙기를 바라십니다."

일국의 왕이 나를 부르고 있다. 이것이 이상한 상황이라는 것은 나도 알 수 있었다.

"왜, 저를 만나고 싶어 하시는 거죠?"

"타국에서 온 사자를 대접하지 않는다니, 폐하께서는 그런 일을 허락하지 않으십니다. 그리고 폐하는 조금…… 아니, 상당히 별난 분이셔서 대체로 저희가 짐작도 할 수 없는 생각을 하십니다."

소리 없이 웃으며 나온 말에 어떻게 반응하면 좋을지 알 수 없었다.

내 질문에 전혀 대답이 되지 않았고, 게다가 임금님이 괴짜라는, 여러 가지 의미에서 불안해지는 정보를 알아 버렸다.

사라진 아마코와 네아도 걱정되지만, 지금 이 사람들을 쌀쌀맞게 돌려보내서 우리의 인상을 나쁘게 만드는 것은 좋지 않았다. 자칫 잘못하면 서신 전달에도 영향이 미친다.

이 상황에서 내가 해야 할 선택은…….

"아르크 씨, 아마코랑 네아는 아르크 씨에게 맡길게요."

내가 서신을 건네러 가고, 아르크 씨에게 두 사람의 수색을 맡길 수밖에 없다.

작은 목소리로 그렇게 말하는 나를, 아르크 씨는 걱정스럽다는 눈으로 보았다.

"혼자서 가실 생각입니까?"

내가 혼자 서신을 건네러 간다니 걱정될 것이다. 실제로 나도 잘할 수 있을지 걱정됐다.

"서신이라면 괜찮아요. 어떻게든 잘 해 볼게요."

"아뇨, 서신은 걱정하지 않습니다. 우사토 님이라면 잘 완수하실 거라고 믿으니까요. 그보다도 제가 염려하는 것은……."

우리의 대답을 기다리는 페그니스 씨를 힐끗 본 아르크 씨는 표정을 굳히고서 입을 열었다.

"저들이 우사토 님께 접촉한 것은 국왕의 명령 외에도 뭔가 이유가 있을지도 모릅니다. 조심해서 나쁠 것은 없습니다."

"……네."

나와 접촉한 이유라…….

내게는 치유마법밖에 가치가 없는 것 같은데, 설마 아마코처럼 치유마법으로 고쳐 줬으면 하는 사람이라도 있는 걸까.

아무튼 아르크 씨가 말한 대로 조심하자.

"얘기는 끝나셨습니까?"

"네. 저 혼자 갈게요. 그래도 괜찮을까요?"

페그니스 씨에게 몸을 돌리고 승낙하는 취지를 전했다.

나 혼자 가겠다는 대답에 페그니스 씨는 조금 안도한 것 같았다.

"저희 쪽은 아무런 문제도 없습니다. 오히려 잘 됐다고 해야 할까요. 폐하께서는 당신 한 분만을 데려오라고 제게 명령하셨습니다."

"한 명? 저만 불렀다는 건가요?"

"네, 그렇습니다."

……위험하지 않아?!

어, 어라……? 나, 뭔가 주목받을 만한 일을 했던가?

곰곰이 생각해 보니 링글 왕국과 루크비스에서 꽤 대담한 일을 저질러서 짚이는 것이 너무 많았다.

하지만 가겠다고 대답해 놓고 이제 와서 거절할 수도 없었다.

기사들에게 둘러싸인 나는 작게 한숨을 쉬며 연행되듯 사마리알의 성으로 향하기 시작했다.

***

사마리알의 기사들에게 둘러싸여 떠난 우사토 님.

그 뒷모습을 말없이 배웅한 나는 사마리알의 왕이 우사토 님을

11

어떻게 알고 있는지 생각했다.

"······예삿일이 아닌 건 확실해."

심지어 우사토 님만 불러내다니, 혼자서 판단시키고 싶은 용건인 것은 분명했다. 만약 그 내용이 부상자나 병자의 치료라면 우사토 님은 망설이지 않고 받아들일 것이다.

그의 치유마법이 일반적인 회복마법을 아득히 능가하기도 하지만, 그가 구명단으로서 가진 자부심과 긍지가 괴로워하는 사람을 무시할 수 없게 하기 때문이다.

턱에 손을 대고 성을 응시하고 있으니 뒤쪽에서 귀에 익은 목소리가 들려왔다.

"위험했다······."

"아마코 님!"

소리가 들린 쪽을 돌아보자 얼굴이 새파래진 아마코 님과 네아가 뒷골목에서 나오고 있었다.

곧장 그녀들 곁으로 다가가 안부를 확인했다.

"어디 다치진 않으셨습니까?!"

"괜찮아."

"나는 안 괜찮아. 느닷없이 이 녀석이 잡아당겨서 머리를 부딪쳤어······."

네아는 울상을 지으며 머리를 문지르고 있었지만 크게 다치지는 않은 것 같았다.

"역시 아마코 님은 스스로 숨으셨던 거군요."

"응. 우사토에게는 미안하지만 안 그러면 큰일이 벌어졌을지도 모르니까……."

"그 장검, 때문인가요."

"아마도. 나도 잘 모르겠지만, 평소보다 집중하고 있어서 다행이야. 갑자기 네아의 정체가 들통 나는 미래가 예지로 보여서……. 네아를 데리고 뒷골목에 숨지 않았다면 분명 서신을 건넬 상황이 아니게 됐을 거야."

페그니스라고 이름을 밝힌 기사단장이 차고 있던 장검이 평범한 검이 아님은 한눈에 알 수 있었다.

아마코 님의 반응을 보면 내 추측도 아주 틀리지는 않은 듯했다.

"『진실의 검』이라는 이름을 가진 검이 있다는 이야기를 들은 적이 있습니다. 마(魔)를 두르고 둔갑한 존재를 알리고, 그 거짓을 파헤친다고 하는 특수한 검이죠. 저도 실물을 본 적은 없지만, 아마도……."

"마물의 존재를 소지자에게 알리는 검이란 거구나. 심지어 내 변신도 폭로한다니, 귀찮네."

사마리알의 국민성을 고려하면 진실의 검이 가진 능력은 더할 나위 없이 유효할 것이 틀림없다.

아무튼 그들이 인식하는 아인(亞人)은 『인간의 모습을 가장한 괴물』이기 때문이다.

물론 아인이 인간을 가장하고 있다는 것은 사실이 아니지만, 네아처럼 모습을 바꿀 수 있는 마물에게는 효과적이다.

다행히 아마코 님의 기지 덕분에 페그니스가 네아의 존재를 눈치채지는 못했지만……

"아르크 씨, 이제 어떡해?"

"기다리죠. 우사토 님이 돌아오실 때까지 여관을 찾아볼까요?"

"혹시 안 돌아오면 어쩌려고? 내가 올빼미로 변신해서 우사토를 따라가는 편이 좋지 않아?"

"당신의 변신을 강제로 풀 수 있는 자가 있는 이상, 그건 지금 취해야 할 수단이 아닙니다."

성 밖에 있는 나는 우사토 님을 도울 수 없다.

지금은 그저 기다릴 뿐……

"우사토 님……"

답답한 기분에 나는 멀리 떨어진 성을 응시하며 작게 중얼거렸다.

***

페그니스 씨와 기사들과 함께 십여 분쯤 걸으니 사마리알의 성에 도착했다.

원래대로라면 오는 동안 길거리 풍경이나 뒤에 보이는 커다란 탑을 구경하며 즐겼겠지만, 나를 둘러싼 기사들과 그 모습을 보는 사마리알 사람들의 시선 때문에 그럴 여유가 없었다.

"곧 알현실에 도착합니다."

"네."

빨간 융단, 통로에 장식된 화려한 공예품.

링글 왕국의 성과는 분위기가 다른 성내를 둘러보며 페그니스 씨를 따라가자 커다란 문이 보였다.

저게 임금님이 있는 알현실의 문인가…….

마른침을 꿀꺽 삼키며 문 앞에 다다르자 메이드복을 입은 여성이 다가왔다.

"송구스럽지만 날붙이나 무기를 가지고 계시면 맡아 두겠습니다."

"아, 네."

움푹한 쟁반 같은 것을 내미는 메이드에게 고개를 끄덕였다.

하긴, 나라에서 제일 높으신 분이랑 만나는 거니까.

순순히 벨트에 찼던 소도를 꺼내 쟁반에 조용히 놓았다.

선대 용사가 썼던 무기라고는 하지만 나한테는 그냥 날이 잘 드는 과도나 다름없어서 딱히 맡겨도 상관없었다.

"그건……?!"

그때, 페그니스 씨가 집어삼킬 듯이 그 칼을 바라보았다. 안목 있는 사람이 보면 명검임을 알 수 있는 걸까?

"왜 그러세요?"

"……아뇨, 신경 쓰지 마십시오."

내 물음에 퍼뜩 정신을 차린 페그니스 씨가 눈앞에 있는 커다란 문을 열었다.

넓은 알현실에 발을 들인 내 시야에 맨 처음 날아든 것은 호화 찬란한 인테리어와 옥좌에 앉은 장년의 남성이었다.

남성은 내 모습을 보고서 친근하게 손을 흔들었다.

"여, 왔구나. 나의 이름은 루카스 우르드 사마리알, 이 나라의 왕이지. 이렇게 너를 맞이하게 되어 무척 기쁘구나."

악의가 느껴지지 않는 환한 웃음.

분위기라고 해야 할까, 오라 같은 것에 내 발은 자연스럽게 뒷걸음질 쳤다.

링글 왕국의 왕인 로이드 님보다도 친근하게 느껴지는 웃는 얼굴.

그럼에도, 그렇게 웃어 주는 임금님을 보고 내가 느낀 첫인상은 『방심할 수 없는 남자』였다.

🌸 제2화 뜻밖의 평가?! 선택받은 이유!

내가 서신을 건넬 상대인 사마리알의 왕, 루카스 우르드 사마리알.

그는 로이드 님처럼 겸허하고 온화한 느낌이 아니라, 굳이 따지자면 하고 싶은 말을 서슴없이 하는 타입의 사람이었다.

좋게 말하면 파격적인 사람, 나쁘게 말하면 임금님답지 않은 사람이라는 생각이 들었다. 이런 생각, 입이 찢어져도 말할 수 없지만.

"흠, 마왕군에 대항하기 위해 연합하자, 라……. 변함없이 무른 남자야. 너도 그렇게 생각하지?"

"엇, 네……?"

대, 대답하기 어렵고, 너무 기탄없지 않나요?

내가 먼저 말을 꺼내기도 전에 서신을 달라고 재촉받았고, 우왕좌왕하는 사이에 메이드가 내민 의자에 앉게 되었다.

어라? 내가 예상했던 상황과 전혀 달라!

웰시 씨가 루크비스에서 보여 줬던 본보기와도 전혀 달라!

루카스 님, 내가 예상했던 임금님과 전혀 달라…….

곤혹스러워하는 나를 보고 루카스 님 옆에 서 있던 페그니스 씨가 임금님에게 간언했다.

"폐하, 그러한 언동은 삼가시는 것이 어떨지……."

"어이쿠, 미안. 너는 링글 왕국 측 사람이었지. 하지만 감히 말하자면 로이드는 너무 야심이 없어. 이 서신도 그래. 여기에는 위협하는 말이 전혀 적혀 있지 않아. 이런 건 말이지, 다소 과장해서라도 상대에게 공포심을 주는 게 중요해. 하지만 그게 없어.『도와줬으면 좋겠다』,『큰일이 벌어질 것이다』,『함께 마왕군을 물리치자』…… 꽃을 즐기는 듯한 그런 물러 터진 말밖에 안 적혀 있다고."

고개를 절레절레 흔드는 루카스 님을 보고 나는 쓴웃음을 지었다.

내가 말하기도 뭣하지만 확실히 무르기는 했다.

서신의 내용은 두루뭉술하게 알 뿐이지만 로이드 님이 쓴 문장이라면 어쩐지 납득이 갔다. 그분이 상대를 위협하는 말을 쓸 리가 없었다.

"하지만 유능하다는 건 변함없어. 무른 부분이 눈에 띄는 위정자라도 백성이 인정하면 왕이지. 훌륭한 신하, 훌륭한 병사, 그리고 훌륭한 백성…… 백성을 첫째로 생각하는 마음씨 좋은 그가 다스리는 나라는 필시 살기 좋을 거야. 그렇지?"

"……네."

이 임금님은 로이드 님과 링글 왕국을 잘 알고 있었다.

혹시 예전부터 아는 사이인 걸까? 임금님들 간의 교류는 긴장된 분위기일 테니 그다지 친하게 지내는 모습을 상상할 수는 없지만.

"모두에게 흠모받는다. 그건 왕에게 요구되는 가장 중요한 소양 중 하나야. 나처럼 이것저것 하지 않아도 다들 로이드를 따르니까."

"폐하도 충분히 흠모받고 계십니다."

페그니스 씨가 쓴웃음을 지으며 그렇게 말했다.

"많은 걸 버렸으니까. 로이드를 『모두가 지탱해 주는 왕』이라고 한다면, 나는 『버린 것 위에 성립하는 왕』이야. 그처럼 이상을 말하고 그것을 실현할 수 있는 왕으로서의 위광이 부러워. ……아아, 부럽다."

우울한 목소리로 그렇게 중얼거린 루카스 님은 정중히 서신을 접었다.

그 거동에 나는 등을 곧게 펴고 그의 말을 기다렸다.

아마 언제까지 대답해 주겠다고 기일을 말할 테니 그날까지 이 나라에 체재하겠다는 취지를 전해야겠지.

"받아들이겠다."

"……예?"

그러나 예상과는 달리 루카스 님이 말씀하신 것은 수락하겠다는 즉답이었다.

너무나도 간단히 일이 끝나 버려서 멍해지고 말았다.

"그…… 예?"

"못 들었어? 이 이야기를 받아들이겠다고. 우리 사마리알은 링글 왕국에 병사를 보내겠다."

"저, 저기, 결정이 너무 빠르지 않은가요? 좀 더 신하들과 얘기를……."

"얘기를 나눌 필요는 없지 않을까?"

루카스 님은 과장되게 팔을 벌리며 알현실을 둘러보았다.

곁에 있던 페그니스 씨도, 메이드들도, 다들 하나같이 어이없어하면서도 난처하다는 미소를 짓고 있었다.

마치 루카스 님의 갑작스러운 발언이 익숙하다는 듯한 반응이었다.

"이걸 읽고 받아들이지 않는 게 이상하잖아. 마왕군이라고. 몇백 년 전에 온 대륙을 유린했던 마족의 군세가 다시 대륙을 어둠에 떨어뜨리려 하고 있어. 웬만한 일이 없는 한, 협력하지 않을 이유는 되지 못하겠지."

"하지만 첫 번째 침공 때는 거절하지 않았나요……?"

"첫 번째 침공 때는 마왕군에 대한 정보가 모이지 않은 상태였으니까. 하지만 두 번째 습격과 두 용사가 빈사의 중상을 입은 시점에서, 내 안에서 마왕군의 위협은 최고로 올라갔어. 마왕군을 내버려 두면 사달이 나겠다고 확신했지."

역시 아는 사람은 마왕군이 얼마나 위험한지 이해하고 있구나.

너무 간단히 받아들여서 미심쩍게 여기고 말았지만, 얄궂게도 카즈키와 이누카미 선배…… 두 용사가 위기에 빠졌었다는 사실이 루카스 님의 결단을 촉구했을지도 모른다.

"흔쾌히 허락해 주셔서 감사합니다."

나는 감사 인사를 했다.

좋았어, 이것저것 불안한 점도 있었지만 무사히 사마리알의 협력을 얻는 데 성공했다. 이 상태로 가면 여행 일정을 대폭 단축해서 아마코네 엄마를 도와주러 갈 수 있을지도 모른다.

"자, 네 역할도 끝났으니 다음은 내 이야기를 하지."

서신을 페그니스 씨에게 건네고 팔걸이에 손을 올린 루카스 님의 말에 나는 작은 목소리로 「역시……」 하고 중얼거렸다.

이 사람에게 서신 이야기는 어디까지나 덤일 것이다.

본론은 지금부터다.

어떤 이야기가 튀어나올지 모르겠지만 아르크 씨가 경고하기도 했고, 부주의한 발언을 하지 않도록 잘 생각해서 말을 가려 하자.

"제게, 뭘 시키고 싶으신 거죠?"

"흠, 뭔가 생각이 있어서 너를 불렀다는 건 예상했나 보군."

눈치 빠른데? 하고 루카스 님은 감탄하듯 고개를 끄덕였다.

"난 너희를 잘 알고 있어."

"마왕군과의 싸움을 계기로 구명단에 관한 소문이 널리 퍼졌다고 들었습니다."

"아니, 나는 **다른 세계에서 온** 너희를 말하는 거야."

"무슨……?!"

경악하는 나를 보고 루카스 님은 씩 웃었다.

"악을 물리치는 빛을 휘감은 소년, 번개처럼 전장을 날아다니는 소녀. 이세계에서 소환된 용사의 자질을 가진 두 사람과 그 소환에 말려든 불행한 소년."

"……웃, 어떻게 그걸……?"

용사인 두 사람이라면 몰라도 어째서 함께 소환된 나까지 알고 있지?

그보다 내게 흥미를 가진 것에 놀랐다.

"위정자로서 타국에 밀정을 보내는 건 당연하잖아? 타국의 내정을 파악하여 임기응변하는 것이 불필요한 싸움을 피하는 수단이기도 하니까. ……뭐, 전쟁이 없는 지금 세상에 그게 필요한지는 모르겠지만."

밀정인가……. 타국의 스파이가 우리를 조사하고 있을 줄은 생각도 못 했지만, 그걸 왜 이 타이밍에 나한테 이야기하는 거지?

"두 용사를 원하십니까? 그래서 저를 부르신 건가요?"

"틀렸어. 용사는 필요 없어. 확실히 네가 말한 대로 압도적인 힘을 가진 인간을 원하긴 해. 하지만 용사는 아냐. 그런 건 내가 가져선 안 돼. 가지게 되면 분명 힘에 매료되어 버릴 테니까."

두 사람을 위험물처럼 말해서 조금 울컥했으나 말하는 바는 대충 이해했다.

선배와 카즈키는 강하다.

지옥훈련으로 단련하여 성장한 나와 달리 두 사람은 선천적인 재능과 노력에 힘입어 비정상적으로 빠르게 성장한 천재들이었다.

그런 두 사람의 힘을 링글 왕국이 아닌 다른 나라의 임금님이 가진다면 상상하기도 무서운 일이 벌어질 것 같다.

"그럼 어째서 치유마법사인 저를 부르셨죠? 용사의 친구라는 부분을 빼면 제 가치는 치유마법 정도밖에 없는데요?"

"치유마법 **정도**라……. 내게는 그 점이 가장 중요해."

루카스 님은 강한 의지가 담긴 시선을 보냈다.

"내가 원하는 건 치유마법사인 너야."

"……예?"

갑작스러운 말에 머릿속이 새하얘졌다.

선배도 카즈키도 아닌, 치유마법사인 내가 인재로서 탐난다니 너무 예상외였기 때문이다.

"넌 구명단 단장인 로즈에게 치유마법사로서 교육받은 유일무이한 존재야. 그래서 나는 너라는 치유마법사를 원해."

"……너무 과대평가하시는 거예요."

그렇게 대답할 수밖에 없었다.

뭔가 잘못된 게 아닐까? 희미한 기대를 품고서 어떻게든 응대해 보았다.

"세간에서는 치유마법사를 쓸모없다고 해요. 다소 활동할 수 있기는 하지만 도저히 루카스 님의 도움이 될 것 같지는 않네요."

내 말에 표정이 얼떨떨하게 바뀐 루카스 님은 웃긴 이야기를 들었다는 것처럼 웃었다.

"쓸모없다고? 당치도 않아! 그건 오랫동안 전쟁다운 전쟁이 없었기 때문이야! 회복마법은 누구든 쓸 수 있으니까 그쪽이 유용하다고? 머리 나쁜 녀석들이나 그렇게 생각하지."

통탄할 일이라는 듯 루카스 님은 고개를 가로저었다.

그는 마치 연설이라도 하는 것처럼 힘을 주며 알현실이 울릴 정도의 큰 목소리로 말을 자아냈다.

"너무나도 단순하고 어리석어. 어떻게 그런 사고에 이르지? 어떤 상처든 고칠 수 있다고. 숙련된 치유마법사는 병도 고칠 수 있어. 의사가 약을 지어 줄 필요도 없으며 치료 과정 중에 고통스러워할 필요도 없지. 이토록 멋진 마법을 어떻게 쓸모없다고 말할 수 있겠어!"

"어, 으음, 감사합니다. 하지만 그럼 저 말고 다른 치유마법사여도 상관없지 않나요……."

"평범한 치유마법사로는 안 돼. 내가 원하는 건 『단 하나의 예외』를 이루어 낸 로즈라는 여성의 치유마법이야. 스스로 전장을 달리며 많은 사람을 구제한다. 어린아이가 생각할 법한 그런 이상을 구현한 치유마법사를 원하는 거야."

나와 로즈가 다루는 치유마법과 일반적인 치유마법은 비슷해 보여도 엄연히 다르다. 치유마법과 신체 능력을 함께 운용하도록 로즈가 확립한, 상궤를 벗어난 훈련 끝에 얻을 수 있는 성과— 그 힘을 그는 원하고 있었다.

"물론 나도 이것저것 시도해 봤어. 희소한 치유마법사를 여러 명 고용해서 로즈나 너와 같은 치유마법사를 만들어 내려고 했지. 하지만 다 큰 어른조차 못 하겠다며 도망쳐 버렸어. 그녀가 부하들에게 부과하는 훈련과 똑같은 훈련을 시켰는데도 말이야."

"그야 평범한 인간은 도망치겠죠. 누가 그런 훈련을 좋다고 받겠어요."

"너는 견뎠잖아."

"견딘 게 아니에요. 견뎌야 했던 거예요. 싫다고 하면 욕설이…… 아뇨, 아무것도 아닙니다."

"……괜찮나? 힘들지 않았어?"

임금님을 걱정시키고 말았다!

어라? 페그니스 씨와 메이드의 눈빛도 어쩨선지 따스한데?

견딜 수 없게 된 나는 분위기를 전환하기 위해 헛기침을 했다.

"크, 크흠! 그런 권유라면 일단은 단장님을 통해 부탁드립니다."

"그건 무리야. 그녀에게는 이야기가 통할 것 같지 않으니까."

"……."

나도 모르게 납득해 버렸어……!

확실히 로즈에게 그런 말을 하면 매우 폭력적인 방식으로 거절할 테고, 게다가 「이상한 권유에 말려들지 마!」라면서 어쩨선지 나까지 야단맞는 모습마저 상상이 됐다.

그야말로 불합리의 집합체였다.

"어쨌든 저는 링글 왕국을 떠날 생각이 없어요. 그런데 만약 제가 그 권유를 승낙했다면 이 나라에서 뭘 시키실 생각이셨나요?"

"너한테 부대를 만들어 주려고 했지. 물론 네가 거리낌 없이 훈련할 수 있는 환경을 제공할 거고, 필요한 건 뭐든 갖춰 주겠어."

"……이상하리만큼 좋은 대우네요."

"그만한 가치가 너에게 있다고 생각하면 돼. 마왕군이 움직이기 시작한 후부터 수상한 동향을 보이는 나라가 몇 군데 발견됐거든. 너무 불온해서 나도 이것저것 대책을 마련해 두고 싶은 거야."

즉, 루카스 님은 마왕군이 아닌 다른 나라와 싸우는 것에 대비하기 위해 나를 포섭하려는 건가.

그래서 이상하리만큼 좋은 대우로 나를 맞이하려고 획책한 것이다.

……하지만 내게는 나만의 부대를 가지고 싶다는 야심이 없고,

필요한 것을 갖춰 주겠다고 해도 딱히 떠오르지 않았다.

"거리낌 없이 훈련할 수 있는 환경은 매우 매력적이지만…… 제 부대를 갖는 건 별로 내키지 않네요."

"링글 왕국 이상의 대우를 약속하마. 그래도 안 될까?"

"네. 저는 아직 단장님의 부하로 있고 싶고, 재회를 맹세한 친구도 있어요. 그리고 아직 한 사람의 몫을 하는 치유마법사라고 인정받지도 못했는데 부대라니, 너무 과분해서 곤란해요."

"……그런가."

내 말을 듣고 루카스 님은 의자에 깊숙이 앉았다.

높은 분과 대화를 하는 건 익숙하지 않아 군데군데 흠이 많았지만, 하고 싶은 말은 제대로 할 수 있었다.

이제 상대의 반응을 기다리기만 하면 된다.

잠시 기다리고 있으니, 고민스럽게 침음을 흘린 루카스 님이 얼굴을 들었다.

"하지만 이쪽도 한 번 거절당했다고 해서 『예, 그렇습니까』하고 납득할 수도 없거든."

루카스 님이 삐딱하게 웃으며 말했다.

……혹시 억지로 승낙하게 만들려는 속셈인가?

서신의 요구를 받아들여 줬으니 그다지 일을 시끄럽게 만들고 싶지 않았지만, 그쪽이 무슨 짓을 하려는 거라면 맞서 주겠어!

루카스 님에게서 불온한 기운을 감지하고 언제든 움직일 수 있게 대비했다.

하지만 예상과 달리 루카스 님은 조금 전과는 딴판으로 당황한 모습을 보였다.

"그, 그렇게 무서운 얼굴 하지 마. 딱히 널 해할 생각은 없어."

"아, 어…… 그, 그런가요?"

위, 위험했다.

착각하고 무례를 저지를 뻔했다.

아까 한 대화 때문에 감정이 격해져 있었나 보다.

내가 작게 심호흡하며 마음을 진정시키고 있는 사이, 얼굴이 파래진 루카스 님이 페그니스 씨에게 뭐라고 속닥속닥 말하고 있었다.

"여, 역시 로즈의 제자야. 다정한 청년으로 보였는데, 방금 그 얼굴…… 마치 로즈 같아서 무서웠어."

"괜히 악역처럼 굴지 마시고 빨리 용건을 말씀하시는 편이 좋을 것 같습니다만."

목소리가 작아서 잘 들리지 않지만 뭔가 굉장히 납득할 수 없는 기분이 들었다.

"내가 제안하고 싶은 건 잠시 생각할 시간을 가져 보자는 거야."

"생각할 시간? ……그건 어느 정도의 시간이죠?"

"글쎄. 대충 사흘에서 일주일 정도 어때? 네 여행에 지장이 가지 않는 수준인 것 같은데…… 그동안 우리나라에 대해 알아줬으면 좋겠어."

"일주일……."

솔직히 거절해야겠지만, 상대의 기분을 상하게 할 수는 없었다.

아마코네 엄마를 빨리 보러 가야 하지만 어쩔 수 없지.

"알겠습니다. 며칠 동안이지만 신세 좀 지겠습니다."

"좋아. 그렇게 정해졌으면 네 여행 동료는 최고급 여관에 초대하지. 네가 돌아갈 때까지 불편함이 없도록 조처하마."

……응? 내가 돌아갈 때까지?

잘못 들었나? 마치 나 혼자만 다른 곳에서 묵는 듯한 말투였는데……?

"저기……."

"그를 예의 그 정원으로 안내해 주게."

"알겠습니다. 우사토 님, 이쪽으로 오시지요."

"아, 네……."

예의 그 정원이란 건 뭐죠?

가능하다면 저도 최고급 여관에 가고 싶은데요?

푹신한 이불 속에서 쉬고 싶은데요?

하지만 루카스 님은 내가 사마리알에 머물게 돼서 매우 기쁜지 어디선가 잔을 꺼내 술을 따라 마시고 있었다.

대낮부터 음주라니, 이 사람 괜찮은 걸까.

"뭔가 일이 커졌네……."

적어도 아마코와 네아를 찾았는지 아르크 씨에게 확인하고 싶었는데…….

……잠깐만.

루카스 님은 우리를 알기 위해 밀정을 보냈었다.

그렇다면 여행을 떠날 때의 멤버도 물론 파악하고 있을 터다. 즉, 수인인 아마코가 여행 동료라는 것도 알고 있지 않을까?

그 생각이 떠오른 순간, 식은땀이 났다. 하지만 동시에 어째서 그걸 빌미로 나를 협박하지 않았는지 의문스러웠다.

"아니, 틀렸어……."

루카스 님은 알고 있었던 것이다.

그런 것으로 협박하면 내게서 진정한 협력을 얻을 수 없음을…….

그런 점을 고려하면 일단 그와 이 나라를 믿어도 괜찮지 않을까.

*　*　*

알현실을 나온 후에 메이드를 따라 잠시 걷다 보니 경치는 성안에서 밖으로 바뀌었다.

"도착했습니다. 이쪽입니다."

"오오……."

메이드에게 안내받은 곳은 성벽에 둘러싸인 정원이었다.

실외인데 대체 어디서 묵게 되는 건지 걱정하던 나는 눈앞에 펼쳐진 광경을 보고 무심코 감탄했다.

광대한 정원 한편에 커다랗고 투명한 원형 돔이 있었고, 그 안에 아름다운 흰색 이층집이 자리해 있었다.

"여긴 뭐죠?"

"마도구로 만든 결계입니다. 결계로 공간을 나눠 실내에 들어가지 않아도 비바람을 막을 수 있어서 제법 편리하답니다."

"흐음, 마도구로 이런 것도 만들 수 있구나……."

결계라는 말에 나를 가두려는 건가 싶었지만 메이드의 웃는 얼굴을 보면 그렇지는 않은 것 같았다. 내심 안도하면서 원형 결계의 입구로 보이는 문 쪽으로 이동했다.

결계에 끼우듯 만들어진 은제 문 앞에는 위병 두 명이 서 있었고, 나와 메이드를 본 위병은 정중하게 인사하고서 길을 비켜 주었다.

"밖으로 나가고 싶으시면 이들에게 말씀해 주세요. 식사는……괘, 괜찮을 거예요. 신경 쓰지 않으셔도 될 겁니다."

"어? 뭐가 괜찮다는 건가요?"

"아무것도 아닙니다."

"하지만 안색이……."

"아무것도, 아닙니다."

"……네."

뭔가를 떠올렸는지 얼굴이 파래진 메이드의 박력에 압도되었다.

나는 고개를 갸웃하며 활짝 열린 문을 지나 결계 안으로 들어갔다.

"무슨 일이 있으면 이곳을 관리하는 집사에게 말씀해 주세요. 저도 근처에서 대기하고 있을 테니 위병을 통해 부르시면 됩니다."

"알겠습니다. 일단 이곳 집사님을 만나는 편이 좋을까요?"

"그러네요. 우선은 그를 만나시는 게 좋을 것 같습니다."

우선은? 집사님 말고도 이 집에 누가 있는 건가?

뭔가 석연치 않은 말투가 신경 쓰여서 더 자세히 질문하려고 했지만, 그때 갑자기 결계 안 하얀 집의 문이 천천히 열렸다.

문 열리는 소리에 그쪽을 돌아보고— 숨이 멈췄다.

"······!"

눈에 보인 것은 병적이기까지 한 『흰색』이었다.

하얀 원피스.

허리까지 기른 희푸르스름한 머리카락.

피부도, 머리카락도, 입고 있는 옷마저도 하얀 소녀.

건드리면 깨질지도 모른다는 생각이 들 만큼 아련한 그녀는 메이드와 나를 번갈아 보고서 순수하게 생긋 웃었다.

악의가 느껴지지 않는 그 웃는 얼굴은 루카스 님과 비슷했다.

그녀는 내 앞까지 달려오더니 긴 장갑에 감싸인 손으로 내 손을 잡아 위아래로 기쁘게 붕붕 흔들었다.

"안녕하세요!"

"아, 네. 어어, 당신은······."

"안녕하세요!"

"······안녕하세요."

"당신께서 오기를 기다리고 있었어요. 어, 그러니까, 우······ 우······ 아, 우자토#1! 맞아! 우자토 씨죠? 저희 집에 오신 걸 환영해요!"

"······."

"······어라?"

초면에 인사를 강요받은 데다 욕을 들은 건 처음이야.

#1 우자토 일본어로 「우자이(うざい)」는 「기분 나쁘다」, 「재수 없다」는 뜻이다.

뒤에서 당황하며 내 이름을 정정하는 메이드의 목소리를 들으며, 나는 너무 큰 정신적 충격에 눈가를 누르고서 결계 너머의 하늘을 올려다보았다.

🌸 제3화 예측 불능! 사마리알의 왕녀!

만나자마자 『우자토』라는 기적적인 욕을 먹인 소녀는 메이드의 말에 자신의 실수를 깨닫고 허둥거리며 고개를 푹 숙인 후, 하얀 집 안으로 뛰어가 버렸다.

메이드는 처음 보는 아이에게 돌연 매도당한 슬픔에 시달리던 나를 집 앞에 놓인 목제 테이블과 의자로 안내해 앉혔다.

그녀는 그 후 바로 성으로 돌아갔지만, 나는 조금 전의 소녀가 올 때까지 기다리면 되는 걸까?

아까 허둥거리던 모습을 보면 금방 나올 것 같지는 않은데······.

"그건 그렇고 꽤 넓네······."

주위를 둘러보니 하얀 집 말고도 연못이 있고 나무가 심겨 있었다. 주위를 덮은 결계가 반투명하기도 해서 그다지 압박감은 들지 않았다.

이곳은 밖이면서 안이기도 한 건가.

"자연을 느낄 수 있는 여관, 은 지나친 말 같지만, 아무튼 마음이 편해지는 공간이네."

소녀를 기다리는 동안 나는 의자에 등을 기대고 힘을 뺐다.

서신은 무사히 건넸으나 잠시간 이곳에 체재하게 될 것 같다.

괜한 수고······는 아니지. 루카스 님의 비위를 맞추는 것도 내 역할이니까.

"그나저나 권유인가……."

사마리알에서 나만의 부대를 가진다.

지금의 미숙한 나로서는 전혀 상상할 수 없는 일이었다.

하지만 만약 마왕을 쓰러뜨리고 로즈에게도 인정받아 어엿한 구명단원이 되면, 그다음에 나는 무엇을 목표해야 할까.

"……."

모든 것이 상상한 대로 흘러가지는 않겠으나, 구명단원인 나와 용사인 카즈키와 선배가 싸울 필요가 없어진 미래를 상상하지 않을 수 없었다.

지금은 서신 전달이라든가 마왕군 때문에 여러모로 바쁘지만, 모든 것이 끝난 후에는 로즈가 제시한 길이 아니라 내가 스스로 생각해서 나아가야만 한다.

그렇게 생각하면…….

"……사마리알에 오는 것도, 괜찮지 않을까."

물론 그건 나중 일이지만.

마왕군을 쓰러뜨리고, 링글 왕국이 평화로워지고, 한 사람 몫을 하는 치유마법사라고 로즈에게 인정받은 후의 이야기다.

독립한다는 의미에서는 내가 사마리알에서 구명단을 만드는 것도 괜찮은 생각이었다.

지금의 나는 도저히 불가능하지만, 언젠가 이 세계에서 로즈에게 배운 치유마법사로서의 경험과 지식을 나크처럼 학대받아 온 치유마법사들에게 전하는 것.

분명 로즈는 『안일하다』라는 한마디로 정리할 꿈이지만 내게는 이거다 싶었다.

"그러려면 우선 이 세계를 평화롭게 만들어야겠지……."

하늘을 올려다보니 어느새 노을이 지고 곧 밤이 되려 하고 있었다.

결계 밖에서 들어온 빛이 하얀 집을 비춰 오렌지색으로 물들였다.

별생각 없이 의자에서 일어나 기지개를 켰다.

"으으~! ……응?"

문득 주변을 돌아보니 집 그늘에 뭔가가 있었다.

궁금해진 나는 테이블을 벗어나 그늘 쪽으로 가 보기로 했다.

다가가 보니 그것은 지면에 세워진 돌이었다. 흠집 하나 없이 새하얬다.

비석처럼 보이기도 했지만 아무것도 적혀 있지 않았다. 표면은 광택을 띨 만큼 매끈했으며 글자 따위 어디에도 보이지 않았다.

"이건…… 무덤인가?"

신경 쓰이기는 했지만 멋대로 만지지 않는 편이 좋을 것 같았다. 무덤이라면 더더욱.

"아, 있다!"

"……!"

그때, 뒤에서 목소리가 들려 돌아보자 하얀 소녀가 안도의 숨을 내쉬며 벽에 손을 짚고 있었다.

다시 봐도 정말로 『새하얗다』라는 인상을 주는 소녀였다. 나이는 아마코보다 조금 많은 정도일까?

무언가를 감추듯 뒤로 손을 돌린 그녀의 모습에 의문을 품으며 멋대로 돌아다닌 것을 사과했다.

"멋대로 이동해서 죄송합니다."

"아, 아뇨! 애초에 계속 기다리게 한 제 잘못인걸요! 저기, 그게……."

할 일 없이 양손을 깍지 끼며 힐끔힐끔 이쪽을 엿보는 소녀.

그 거동을 보고 나는 요망한 마을 처녀였던 네아를 떠올렸다.

"저는 에바 우르드 사마리알이라고 해요! 아까는 이름을 틀려서 정말 죄송했습니다!"

"아뇨, 이제 신경 쓰지 않으니 괜찮아요."

뭐야, 이름 때문에 그랬구나.

틀리기 쉬운 이름이라고 생각하진 않지만, 가끔 이런 일도 있는 거겠지.

언제까지고 꽁해 있는 귀찮은 성격은 아니었다.

"이미 알고 계시겠지만 저는 우사토 켄, 링글 왕국에서 온 사자…… 비슷한 거예요. 성함을 보니 루카스 님의 따님이신가요?"

높임말이 익숙하지 않아서 뭔가 어색했다.

익숙하지 않은 내 행동에 에바 님이 얼굴을 살짝 찌푸렸다.

내심 저질렀나 후회하고 있으니 약간 불만이 섞인 어조로 그녀가 입을 열었다.

"……맞아요. 저는 사마리알의 왕, 루카스의 딸이에요. 하지만 왕녀로서의 권력은 없는 것과 같으니 존댓말을 쓰지 않으셔도 돼요. 오히려 당신을 잘 대접하라고 아바마마께 들은 사람은 저니까요."

권력이 없다고? 공주님인데?

아니, 그보다도 루카스 님이 사전에 나를 잘 대접하라고 그녀에게 부탁한 건가……. 왠지 그 사람의 손바닥 위에서 놀아나는 느낌이 드는데…….

가능하다면 최소한의 존댓말을 쓰고 싶지만 그녀의 모습을 보건대 무리이려나.

"알겠습…… 알겠어. 반말할게. 어어, 에바…… 님?"

"그냥 에바라고 불러 주세요. 우사토 씨!"

구김살 없는 환한 웃음에 나도 모르게 주춤하고 말았다.

이 천진난만함, 진심에서 우러나온 기쁨을 열심히 표현하는 타입의 웃는 얼굴을 나는 알고 있었다.

이 아이는 카즈키와 비슷한 성격이야……!

네아처럼 사기 치는 것이 아니라 그저 순수할 뿐인 소녀. 솔직히 의심 많고 마음이 더러운 내게는 불편한 타입이었다.

그리고, 게다가…….

아까부터 그녀의 뒤쪽에 얼핏얼핏 보이는 것이 몹시 신경 쓰였다.

"저기, 줄곧 신경 쓰였는데……."

"네?"

나는 귀엽게 고개를 갸웃하는 에바의 뒤쪽에 보이는 물체를 가리켰다.

"그 뒤에 있는 밧줄은…… 뭐에 쓰려고?"

"예?! 아, 아~ 그게……."

내 물음에 그녀는 「들켰네요」라고 말하듯 들고 있던 밧줄을 보였다.

영화 등에서 인질을 묶을 때 자주 쓰는 튼튼한 밧줄이었다.

그것을 꽉 움켜쥔 에바는 슬픈 표정을 지었다.

"제가 실수해서 우사토 씨가 도망쳐 버릴 거라 생각해서……."

"……."

"하지만 이제 이건 필요 없겠죠! 우사토 씨는 여기 있으니까요."

밧줄을 발밑에 휙 버린 그녀는 맑디맑은 눈으로 기뻐하며 뺨에 손을 댔다.

그런 그녀를 보고 나는 어색하게 웃었다.

우연히 집 마당에 들어온 새끼 고양이를 어떻게든 붙잡아 두기 위해 시행착오를 거듭하는 초등학생 같은 그 발상은 뭐죠. 고양이라면 그래도 귀엽지만, 상대가 인간이라면 단숨에 엽기적으로 변한다고!

"하, 하하하. 설마 그걸로 나를 붙잡으려고 했어?"

"설마 그럴 리가요! 친구에게 그런 짓을 할 리가 없잖아요!"

잠깐 기다려. 어느새 친구가 된 건 딱히 상관없지만, 여기서 만날 때까지 자기소개조차 하지 않은 상태였잖아? 그때는 나를 묶어도 괜찮았던 거야?!

그 부분을 추궁하고 싶었으나 어떤 대답이 돌아올지 무섭다.

천진한 성격인 거야? 또 보통내기가 아닌 여성인 거야?

내 손금이나 관상에 여난(女難)이 나타나 있는 건 아니겠지? 달콤한 방향이 아니라 고뇌하는 방향의 여난으로.

"자, 이런 얘기는 그만하고 저녁 먹기로 해요. 오늘은 맛있는 걸 잔뜩 만들어 달라고 했으니 기대해 주세요!"

"그, 그러네. 이, 이야~ 배고프다~."

이 이상은 생각하지 말기로 하자.

이 아이는 네아처럼 사악한 존재가 아니다.

스스로를 그렇게 타이르며 나는 그녀의 손에 이끌려 어두워진 마당을 나아갔다.

***

에바와 함께 집 앞에 놓인 테이블로 돌아오자 아까까지는 꺼져 있었던 마도구 조명이 불을 밝히고 있었고, 테이블 옆에는 접시와 컵을 준비 중인 남성이 있었다.

그는 나와 에바를 알아차리고서 공손하게 인사한 뒤에 집 안으로 들어가더니 직사각형 접시에 네모난 음식을 담아 가져와서 테이블 중심에 놓았다.

"공주님. 저녁 식사 준비가 다 되었습니다."

"고마워요, 에일리. 자, 우사토 씨도 사양하지 말고 앉으세요."

그녀의 말을 따라 나도 그녀 맞은편에 앉았다.

눈앞에는 집의 색깔과 비슷한 새하얗고 네모난 음식이 놓여 있었고, 그 주위에는 한입 크기로 잘린 과일들이 있었다.

"……케이크?"

혹시 이거, 케이크인가?

원래 세계에서도 옛날부터 케이크는 존재했으니 말도 안 되는 일은 아니지만, 이 세계에도 이렇게나 비슷한 음식이 있다는 것에 놀랐다.

이 세계에서는 보지 못했던 음식에 놀라고 있으니 남성이 이쪽으로 다가왔다.

"인사가 늦어져서 죄송합니다. 저는 집사 에일리라고 합니다."

"아, 저야말로 죄송합니다."

"공주님께서 사마리알에 와 주신 우사토 님을 환영하고 싶다고 하셔서 열심히 실력을 발휘하여 저녁을 준비했습니다."

"감사합니다."

집사 에일리 씨가 내게 홍차를 내밀었다.

요리사 차림인 그는 어떻게 봐도 집사 같지는 않았지만, 요리할 때에도 집사 차림인 건 뭔가 이상했기에 그다지 신경 쓰이지는 않았다.

그나저나…….

"훌륭하리만큼 디저트 일색이네……."

케이크와 과일과 홍차.

종류는 적지만, 케이크는 동그란 홀케이크가 아니라 해외에서 자주 보는 커다란 직사각형 케이크였다.

"죄송한데 케이크 말고 다른 건 없나요? 채소라든가……."

"예? 우사토 씨, 케이크와 채소는 함께 먹지 않아요. 채소는 아침에 먹고 저녁은 케이크예요."

이 세계에서도 케이크라고 부르는 건가? 아니면 용사 소환 때 걸린 번역 주문이 내게 익숙한 말로 번역해 주고 있는 건가?

그런 건 어찌 되든 좋아.

"……점심은?"

"고기예요. 건강을 위해서는 균형 있게 먹어야 하니까요."

그건 여러 가지 의미에서 편향적이지 않아?

균형 잡힌 식사는 아닌 것 같았다. 그리고 저녁밥으로 이렇게 당분이 가득한 케이크를 먹으면 위장에 부담스러울 것 같다.

구명단에 소속된 내게 군살이 붙는 것은 그다지 바람직하지 않고, 애초에 나는 그렇게 단 음식을 좋아하지 않았다.

어쩔까. 그녀의 선의를 저버리기도 미안하고…….

"왜 그러세요? 사양하지 말고 드세요."

"자, 잘 먹겠습니다."

아무튼 한 입 먹어 보았다.

"달아……."

입에 단맛이 퍼졌다.

맛있지만…… 양이 문제였다.

큰 접시에 담긴 케이크는 포크질 한 번으로는 전혀 줄어들지 않아서 무시무시한 존재감을 뿜어내고 있었다. 속이 쓰릴 듯한 양이었지만 남길 수는 없기에 묵묵히 입으로 옮겼다.

앞을 보니 나와 달리 에바는 예의 바르게 케이크를 먹고 있었다.

그녀를 보고 생각났는데, 어째서 이 소녀는 여기 살고 있는 걸까?

어떻게 생각해도 이곳은 나를 위해 준비된 장소가 아니었다. 그녀를 위한 장소였다.

여기에 갇혀 있는 건가?

아니면 여기 있어야만 하는 이유가 있는 건가?

그녀의 병적이리만큼 하얀 머리카락과 피부를 보면 뭔가 병에 걸렸을지도 모른다. 직접 물어보는 편이 가장 빠르겠지만, 그녀의 구김살 없는 웃음을 보면 물어보고 싶어도 물을 수 없었다.

"……? 우사토 씨, 왜 그렇게 제 얼굴을 빤히 보세요?"

"응. 아무것도 아니야."

고개를 갸웃하는 그녀에게 그렇게 말하며 얼버무리고 멈췄던 포크를 다시 움직였다.

생글생글 웃는 에바의 시선을 받으며 나는 내 접시에 담긴 케이크를 전부 먹었다.

"맛있었습니다."

"그렇죠? 그렇죠? 더 있으니 많이 드세요!"

그녀가 에일리 씨에게 눈짓하자 그는 아까보다도 크게 자른 케이크를 내 접시에 놓으려고 했다.

역시 이 이상 먹으면 칼로리와 속 쓰림으로 이것저것 힘드니 거절하자.

"아뇨, 이제 배불러서요."

"그런가요……. 아직 많이 있는데……."

에일리 씨에게 손바닥을 보이며 거절하니 에바가 아쉽다는 표정을 지었다.

하지만 금세 퍼뜩 놀란 얼굴로 테이블 위에 놓인 케이크와 내 얼굴을 번갈아 보고서 침울하게 고개를 숙였다.

"죄송해요. 평범하게 생각하면 이렇게 많이 먹을 수 없죠. 대접할 생각에 신이 나서 정작 우사토 씨를 생각하지 못했어요. 이 케이크는 사마리알의 명물이자 제가 정말 좋아하는 음식이거든요. 그래서 우사토 씨도 많이 드셨으면 좋겠다고…… 생각만 앞서서……."

점점 가냘파지는 목소리를 들으니 엄청난 죄책감이 들었다.

이 아이 뭐야. 직통으로 내 양심을 괴롭혀!

과연 카즈키와 똑같은 순수한 마음을 가진 아이였다. 이누카미 선배나 네아와 달리 사악함이 조금도 느껴지지 않았다.

하, 한 접시 정도라면 더 먹을 수 있으려나?

"에일리 씨. 한 접시 더 주세요."

"예? 우사토 씨……?"

눈을 동그랗게 뜨는 에바의 모습에 쓴웃음을 지었다.

"곰곰이 생각해 보니 아직 배부르진 않길래."

어째선지 동정하는 눈빛을 보내는 에일리 씨를 무시하고서 새로 놓인 케이크를 입에 넣고 입안 전체에 퍼지는 단맛을 홍차로 넘겼다.

아아, 어째서 나는 이렇게 정에 약한 걸까. 확실하게 「NO」라고 말하지 못하는 일본인의 습성일지도 몰라……

"우사토 씨는 다정하시군요."

"뭐, 매정하진 않지……."

"그래도 입맛에 맞으신 것 같아서 정말 다행이에요. 여기 오시는 분들은 저녁을 대접하면 금방 돌아가 버리셔서 불안했거든요. 바깥 분들은 단 음식을 별로 안 좋아하시는 걸까요……."

직접 말하지는 않아도, 케이크를 먹을 일이 거의 없을 테니 강렬한 단맛에 깜짝 놀라는 사람이 있는 것도 당연했다.

"난 그다지 싫어하지 않아. 이렇게 단 음식을 먹는 건 오랜만이야."

구체적으로 말하자면 이 세계에 온 이후로 처음이었다.

"후후, 이 나라의 명물을 좋아해 주시니 기뻐요."

"하하하. 혹시 내가 단 음식을 못 먹는 사람이면 어쩌려고 했어? 뭔가 다른 음식이 나왔으려나?"

조금 짓궂은 질문이지만 궁금했던 점을 물어보았다.

지금까지 이곳을 찾아왔던 사람들이 어째서 금방 돌아가 버렸는가. 음식 문제라면 다른 요리를 내오면 될 터였다.

그런데도 나가 버렸다면, 실례일지도 모르지만 에일리 씨의 요리 말고도 뭔가 문제가 있었을지도 모른다.

뭐, 이렇게 상냥해 보이는 아이에게 문제 따위—.

"물론 좋아하게 될 때까지 드시게 했겠죠."

"뭐?"

잘못 들었나? 상당히 크레이지한 말이 튀어나왔던 것 같은데.

에이, 설마. 조금 전과 다름없이 웃으면서 억지로 먹이겠다는 발언을 할 리가 없잖아.

"음식을 남겨선 안 돼요. 편식하면 안 돼요. 끼니에 대한 감사를 잊어선 안 돼요. 이건 당연히 알아야 할 상식이에요. 그리고 제가 좋아하는 사마리알을…… 아바마마가 돌보시는 이 나라를 좋아해 주시길 바라니까요."

흐림 한 점 없는…… 과하게 맑은 눈동자로 에바는 나를 빤히 쳐다봤다.

나는 그 눈동자에서 말로 표현할 수 없는 무언가를 느끼고 숨을 삼켰다.

"그러니까 저는 힘낼 거예요. 설령 싫다는 말을 들어도 좋아해 주실 때까지 노력할 거예요. 그것이 이 나라의 왕녀인 제가 할 수 있는 최소한의 공헌이에요."

"……."

"하지만 그럴 필요는 없죠! 왜냐하면 우사토 씨는 딱히 케이크를 싫어하지 않으시니까요!"

"으, 응…… 그렇죠."

사, 사람들이 왜 돌아가 버렸는지, 알겠다…….

그리고 메이드의 얼굴이 파래졌던 이유도…….

에바, 아니야, 틀렸어.

그건 네가 노력할 게 아니라 상대방이 노력할 문제야.

순수하기에 비정상적이다.

이때 나는 그녀를 보고 그렇게 느꼈다.

그녀는 순수하다. 순수하기에 말과 상황을 있는 그대로 받아들이고 만다. 그런 소녀를 눈앞에 두고서 나는 그저 묵묵히 산더미 같은 케이크에 포크를 찌를 수밖에 없었다.

***

결국 그 후, 나는 새로 받은 케이크를 전부 먹었다.

마지막에는 거의 기합으로 밀어 넣었지만, 먹고 나서 내가 얼마나 큰 실수를 저질렀는지 깨달았다.

이런 식사를 일주일이나 계속하면 내 몸이 어떻게 될지……. 뚱뚱해진 내 모습을 상상함과 동시에 그 모습을 본 로즈가 어떻게 반응할지 예상했다.

이 세상의 온갖 지옥을 보게 될 거야……!

"태워야 해…… 태워야 해……."

정신 나간 듯이 그렇게 중얼거리며 일심불란히 팔 굽혀 펴기를 하는 내 모습은 유례없을 만큼 이상하게 보일 것이다.

에일리 씨가 방까지 안내해 줬음에도 불구하고 마당에서 근력 트레이닝을 하고 있으니 말이다.

섭취해 버린 칼로리를 소비하려면 운동밖에 없다.

얼마나 운동하면 좋을지 모르겠지만, 평소의 세 배 정도 하면 괜찮겠지.

"끄, 으으……."

평소보다 오버 페이스로 팔 굽혀 펴기를 하니 엄청난 피로감이 엄습했지만, 아까 먹은 케이크의 칼로리를 소비하기에는 아직 부족했다.

살짝 숨을 몰아쉬며 팔 굽혀 펴기에서 윗몸 일으키기로 바꿨다.

"루카스 님의 목적은 이건가……!"

나를 정신적으로 몰아붙이는 것.

상대의 보급로를 차단하는 것이 아니라 그 반대 방법으로 내가 항복하도록 만들려 하고 있었다.

정말이지 번거로운 수법이지만 그 공격을 가하는 에바는 선의로 그런다는 점에서 성질이 나빴다.

"저기…… 우사토 님."

"음? 왜 그러세요? 에일리 씨."

윗몸 일으키기 중인 내 앞에 조금 곤혹스러워하는 표정의 에일리 씨가 나타났다.

그는 완전히 어두워진 밖을 보고서 걱정스럽다는 듯 말했다.

"슬슬 쉬시는 편이 좋지 않을까요……. 이미 두 시간 이상 똑같은 일을 반복하고 계신 것 같습니다만……. 정말 여독이 쌓이셨던 겁니까?"

"신체적인 피로는 제게 거의 없는 것과 같아요. 아직 괜찮아요."

거짓말은 아니었다.

치유마법을 쓰면 신체적인 피로는 풀리기 때문에 마력이 있는 한은 계속해서 움직일 수 있었다.

"저는 상관하지 말고 쉬셔도 돼요."

"마음 써 주셔서 감사합니다. ……다만, 이런 말씀을 드리기 몹시 저어되나 우사토 님께서 방에 돌아가지 않으시면 저는 쉴 수가 없습니다."

"예? 아뇨, 절 신경 쓰실 필요는……."

"저쪽을 봐 주십시오."

"음?"

천천히 고개를 가로저은 에일리 씨는 하얀 집 쪽을 가리켰다.

돌아보니 하얀 집의 그림자가 보였다.

뭔가 싶어서 자세히 보자 마도구 불빛이 비추는 곳에 이쪽을 빤히 들여다보는 에바의 모습이 있었다.

마치 공포 영화 같은 새하얀 풍모에 나는 흠칫하고 말았다.

"누, 눈치채지 못했어……. 줄곧 저기서 저를 보고 있었나요? 말을 걸지 왜……."

"방해하는 건 죄송하다고 생각하셨겠죠. 공주님은 무척 신중하고 상냥한 분이시니까요."

상냥한 분…… 확실히 상냥한 아이일 것이다.

하지만 그걸 포함해도 내가 보기에 그녀는 이질적이었다.

"우사토 님. 우사토 님은 공주님을 짜증스럽게 느끼셨을지도 모릅니다. 하지만 조금만 더 이곳에 있어 주실 수 없을까요? 공주님은 호기심이 왕성한 분이시지만…… 악의가 있어서 그러시는 건 아

닙니다."

"그건 알아요. 하지만 악의가 없다고 해도 그녀의 행동은 너무……."

"상식을 벗어났습니까?"

"……뭐, 그렇죠."

상식을 벗어났다기보다 어긋났다고 하는 편이 옳을지도 모른다.

들은 말을 그대로 실행하려고 하는 순진무구한 어린아이라고도 할 수 있었다.

"그런 말을 듣는 것도 별수 없는 일이겠지요. 그러나 공주님은 이곳밖에 모르십니다."

"이곳이라면, 이 결계 내부 말인가요?"

"네. 옛날부터, 그리고 앞으로도……. 그럴 수밖에 없는 이유가 있고, 공주님도 받아들이고 계십니다. 하지만 이 좁은 세계밖에 모르는 공주님은 상식이나 가치관 같은 모든 것을 생활하며 익히실 수가 없어서 교육이라는 방법으로 배워야만 합니다."

……그랬군. 일상생활이나 다른 사람과의 교류로 익히는 것을 교육이라는 형태로 익혔기에 평범함에서 어긋나 버린 건가.

그러면 저렇게 되는 것이 당연할지도 모른다. 순진무구한 것도 납득이 된다.

악의를 전혀 접하지 않고 자랐기 때문에 오히려 선악을 모르는 것이다.

"저는…… 저희는 그런 좁은 세계밖에 모르는 공주님께서 자유롭게 지내시길 원했습니다. 공주님의 남은…… 읏!"

"에일리 씨?"

"죄송합니다. 이 이상은 제 입으로 말씀드릴 수 없습니다."

에일리 씨는 얼굴을 찡그리고 입을 다물어 버렸다. 이 이상 그에게 에바에 관해 묻기는 어렵겠지. 밑져야 본전이니 나중에 알 것 같은 사람한테 물어볼까?

아니지, 차라리 루카스 님께 물어보는 것도 한 방법이겠네…….

그리고 그녀가 여기 있어야만 하는 이유……. 생각할 수 있는 건 병 때문이려나? 희푸르스름한 머리카락을 보면 제일 먼저 드는 생각이 그건데…….

혹시 루카스 님은 내가 그녀를 고쳐 줬으면 해서 날 이곳에 초대한 건가?

다시 돌아보니 변함없이 이쪽을 보고 있던 에바가 작게 손을 흔들었다.

별생각 없이 나도 손을 흔들자 그녀는 무척 기뻐하며 웃었다.

"……공주님은 일기 쓰는 걸 좋아하십니다."

"어? 그런가요?"

에일리 씨가 난데없이 그런 말을 중얼거렸다.

일기라는 말을 들으니 조금 친근감이 들었다.

"자신이 지금까지 살아 있었다는 증거를 엮어 가고 싶었던 공주님은 일상에서 느꼈던 기쁨과 새로운 만남을 매일매일 일기에 기록하고 계십니다. 그 모습이 갸륵하고…… 무척 아련하여…… 어떻게든 해 드리고 싶지만 저는 아무것도 할 수 없죠……."

어, 어라? 일기의 용도가 나랑 전혀 달라! 현실 도피용이 아니야…….

절실한 뭔가가 느껴지는 무게가 있는데요.

나와 그녀의 일기 차이에 곤혹스러워하고 있으니 무슨 생각을 했는지 가까이 다가온 에일리 씨가 내 양쪽 어깨를 덥석 잡았다.

"으악?! 왜 그러세요?!"

"우사토 님. 우사토 님은 공주님을 어떻게 생각하십니까?!"

"예?! 어, 아직 만난 지 얼마 안 됐지만, 씨, 씩씩한 여자아이인 것 같아요."

본심은 조금 다르지만.

"그럼 우사토 님은 공주님께 나쁜 인상을 가지고 계시지 않은 거군요?!"

"그, 그런데요…….”

그렇게 대답하자 에일리 씨가 눈물짓는 것처럼 잠시 위를 쳐다본 후에 내 어깨를 더욱 세게 잡았다.

"우사토 님! 조금만…… 조금만 더! 이곳에 계셔 주십시오! 아뇨, 가능하다면 평생 이곳에 계셔도 상관없습니다!"

"네?!"

평생?! 지금 명백하게 뭔가를 몇 단계 건너뛰었지?

루카스 님의 제안보다도 엉뚱한 부탁을 받았는데?!

경악하는 내가 보이지 않는지, 온화한 표정에서 귀기가 감도는 표정으로 바뀐 에일리 씨는 절실하게 목소리를 짜냈다.

"공주님을 접하고 떨지 않는 분은 몹시 드뭅니다······! 제 동료들도 다들 공주님을 끝까지 모시지 못했고······ 초대한 손님들도 공주님의 정성스러운 접객을 버티지 못해 하루도 머물지 않고 나가 버리기에······ 우사토 님 같은 둔감한 분은 매우 귀중합니다!"

"은근슬쩍 저보고 둔감하다고 하지 말아 주시겠어요?!"

확실히 아픔에는 둔감하지만 다른 부분은 둔감하지 않다고요!

그리고 평생은 역시 무리다. 하지만 루카스 님이 말한 일주일 정도라면 괜찮겠다고 생각하고 있었다. 그 전에 아르크 씨의 상황을 알아보고, 가능하다면 직접 만날 수 없을지 루카스 님께 타진해 봐야겠지만.

"저, 저기, 두 분 다 즐거워 보이네요! 무슨 얘기 중이신가요? 저, 저도 낄 수 있을까요?!"

지금 모습을 어떻게 보면 즐거워 보이는 걸까······?

나와 에일리 씨의 모습을 보고 참지 못해 에바가 튀어나왔다.

그런 그녀를 보고 나는 앞으로 며칠 동안 여러 가지 의미에서 격렬해지겠다고 예상했다.

제4화 깊어지는 의문!
사마리알 왕국의 비밀!

3686일째

오늘은 손님이 오시는 특별한 날.

아바마마는 융숭하게 대접하라고 하셨지만, 나는 처음 뵙는 분의 성함을 틀리고 말았다.

첫인상이 중요한데…….

어째서 나는 가장 중요한 부분에서 실수해 버린 걸까.

손님, 우사토 씨를 어떤 얼굴로 뵈어야 할지 모르겠다.

하지만 언제까지고 이러고 있을 수는 없어.

우사토 씨는 줄곧 밖에서 기다리고 계신다. 지금 이렇게 방에 틀어박혀서 불안한 기분을 적어 봤자 아무것도 바뀌지 않는다.

실수해선 안 된다.

잘못을 저질러선 안 된다.

대접해야만 한다.

그를 잘 알아야만 한다.

지금 기분이 정말 좋다!

우사토 씨가 이곳에 일주일이나 계셔 주신다고 했다!

여기 오는 사람들은 항상 바로 돌아가 버려서 불안했는데.

그는 매우 재미있는 사람이고, 식후에 몇 시간이나 계속 운동할 수 있는 굉장한 사람이다. 그리고 에일리와도 곧장 친해져서 나까지 기뻐졌다.

오늘부터 며칠간은 내게 다시없을 특별한 날이 될 것 같다.

하지만⋯⋯ 우리가 잠든 사이에 이곳을 나가 버리지는 않을까 걱정되기도 한다.

그렇게 생각하면 참을 수 없이 불안하다.

해가 뜨면 바로 그의 방을 보러 가자. 일찍 자고 일찍 일어나는 건 중요하니까 문제없을 터.

그럼, 오늘도 멋진 하루였습니다.

안녕히 주무세요.

3687일째

오늘은 우사토 씨가 성에 가셔서 평소와 다름없는 하루였다.

아니, 평소와 다름없지는 않았다.

해가 뜨기 전에 우사토 씨의 방을 보러 갔더니 우사토 씨가 없었다.

깔끔하게 정돈된 침대와 한산한 방을 보고 최악의 사태를 떠올린 나는 눈물이 날 것 같았다.

거짓말쟁이.

그런 말이 머릿속을 빙글빙글 맴도는 가운데, 서둘러 밖으로 뛰쳐나가 위병에게 우사토 씨에 관해 물어보려고 했는데…… 놀랍게도 우사토 씨는 이른 아침부터 훈련을 하고 있었다!

당연히 도망친 것이라고 착각하고 말았지만 분명하게 거기에 계셨다.

그는 거짓말쟁이가 아니었다.

나를 본 그의 표정은 몹시 새파랬지만 쌀쌀한 아침 기온 때문일 것이다. 이렇게 추운 아침에 일찍 일어나 몸을 움직이다니 참 기상천외한 분이다.

그 후, 처음에 적은 대로 우사토 씨는 성에 가셨다.

나는 집을 청소하고, 마당을 청소하고, 연못을 청소하고, 화단을 관리하며 평소와 다름없는 일상을 보냈다.

우사토 씨가 돌아온 것은 해가 저물고 얼마 지나지 않아서였던가?

듣자 하니 우사토 씨는 함께 사마리알을 찾아온 동료들의 안부를 확인한 것 같았다. 안도한 표정을 짓고 계셨으니 아마 괜찮았던 거겠지.

괜찮다면 그분들도 초대하고 싶다고 제안했지만, 우사토 씨는 얼굴이 새파래져서 손사래를 쳤다.

왜 거절하신 걸까?

지금 이상으로 융숭하게 대접하려고 했는데.

그럼, 오늘도 멋진 하루였습니다.

안녕히 주무세요.

3688일째

오늘은 평소보다 집이 더 깨끗해졌다.

우사토 씨는 어제와 마찬가지로 이른 아침에 훈련한 후, 「내가 할 수 있는 일이 뭐 없을까?」하고 내게 물어봐 주셨다.

손님인 그에게 일을 시킬 수는 없다고 생각했지만…… 에일리에게도 부탁받아서 같이 이곳을 청소했다.

곰곰이 생각해 보면 에일리 말고 누군가와 함께 청소하는 것은 처음이었다.

지금 이 일기를 쓰면서 깨달았지만, 이때의 나는 누군가와 함께한다는 현실에 들떠서 그런 생각까지는 하지 못했다.

하지만 「분담해서 청소하자」는 우사토 씨의 제안에는 반대했다.

이럴 때는 모두가 같은 장소를 청소하는 편이 더 깨끗해지니까 그러는 편이 낫다고 생각했기 때문이다.

어째선지 우사토 씨가 아쉽다는 듯 어깨를 떨궜지만, 그가 걱정하지 않아도 된다고 했으니 분명 괜찮겠지.

그를 보고 있으면 왠지 하루하루가 평소와 달라서 즐겁다.

좀 더 이곳에 있어 주셨으면 좋겠다.

그럼, 오늘도 멋진 하루였습니다.

안녕히 주무세요.

***

사마리알의 성을 찾아온 지 사흘이 지났다.

그사이 동료들이 무사함을 확인하기 위해 루카스 님에게 그들의 상황을 물어보았다.

듣자 하니, 사라졌었던 아마코와 네아도 아르크 씨와 합류하여 루카스 님이 제공한 여관에 묵고 있는 모양이라 안심했다.

그러나 한편으로 최근 사흘간 나는 여러 가지 의미에서 매우 피곤했다.

이 결계 안 어디에 있어도 에바의 시선이 느껴졌기 때문이다.

결코 넓지 않은 곳이니 어쩔 수 없는 일일지도 모르지만, 문득 뒤돌아보면 나무나 집의 그늘에 숨어 에바가 이쪽을 빤히 바라보고 있었다.

무슨 공포 영화라도 찍냐고 나도 모르게 태클을 걸고 싶어지는 광경에 몇 번이나 깜짝 놀랐는지 모르겠다. 무엇보다 나를 보는 소녀의 눈은 악의 따위 전혀 느껴지지 않는 순진무구한 어린아이의 눈이라서 아무 말도 할 수 없었다.

"하아~."

나흘째 아침.

나는 일과인 근력 트레이닝을 하기 위해 밖으로 나왔다.

밝아 오는 하늘을 올려다보며 가볍게 심호흡하고, 평소처럼 메뉴를 소화하려다가 무심코 뒤쪽을 확인하고 말았다.

그녀는 아련하다. 아니, 존재감이 없다고 할까.

처음에는 기분 탓이라는 한마디로 정리할 수 있었지만, 몇 번이고 기척 없이 내 배후를 차지하다니 예삿일이 아니었다.

"대체 그녀는 어떤 존재인 걸까……."

병인가, 아닌가.

장갑을 끼고 있긴 했지만 언제 한번 평범한 치유마법을 써 봤는데 아무런 효과도 없었다.

부상처럼 외적인 문제가 아님은 확실했다.

남은 가능성은 질병처럼 내적인 문제이거나 뭔가 별개의 사정 때문인데…….

"차라리 계통 강화를 시도해 볼까……. 아냐, 안 돼."

나는 아직 계통 강화를 완벽하게 구사하지 못했다. 마력 폭발의 위험이 사라지기 전에는 쓰지 않는 편이 좋을 것이다.

어떻게 해야 할까 생각에 잠긴 채 마당을 거닐었다.

그러자 문득 흰색 비석 앞에 누군가가 앉아 있는 것이 보였다.

"……에바인가?"

아니, 그녀보다 몸집이 컸다. 그럼 에일리 씨?

아침 안개 때문에 잘 보이지 않았지만 일단 다가가 보았다. 조금 가까워지자 비석 앞에 앉은 인물의 모습이 선명하게 보였다.

비석 앞에 양반다리로 앉은 인물은 화려한 로브가 지면에 닿든 말든 아랑곳하지 않고 상냥하게 웃으며 말 못 하는 비석을 바라보고 있었다.

"……루카스 님?"

"음? 오오, 우사토인가. 일찍 일어났군."

이쪽을 돌아본 루카스 님이 스스럼없이 말을 걸어왔다.

"이런 이른 아침부터 무슨 일이세요?"

"왕으로서 누구보다 일찍 일어나 모범을 보여야지……라는 건 명분이고, 낮에는 도저히 짬을 낼 수 없어서 이렇게 아침 일찍 여기에 오고 있는 거야."

루카스 님은 그렇게 말하며 비석을 봤다.

껄끄러워서 물어볼 수 없었지만 이 비석은 뭘까.

에바가 열심히 닦는 걸 보고 소중한 비석이라는 건 알았지만…….

내 의문을 알아차렸는지 루카스 님은 비석에서 이쪽으로 시선을 돌리더니 천천히 입을 열었다.

"이건…… 내 아내, 엘리자의 무덤이야."

"무덤……."

"무덤이라고 해도 안에는 아무도 없지만 말이지. 이 무덤은 그냥 나의 자기만족과 엄마라는 존재를 모르는 그 아이를 위한 최소한의 위로 같은 거야."

자조적으로 웃은 루카스 님은 반들반들한 비석에 손을 올렸다.

새하얀 비석의 표면은 놀라우리만큼 매끈하여 우둘투둘한 부분은 찾아볼 수 없었다.

"여기에, 그녀의 이름이 새겨져 있었어."

"이름이 새겨져 있었다고요? 하지만, 지금은 아무것도……."

"아아~ 일부러 이웃 나라의 조각사를 불러서 예쁘게 새겼는데 말이지. 그 아이가 매일 소중하게 닦아 줘서……. 연마되어 이름이 안 보이게 돼 버렸어."

"매일……."

"그래, 매일. 다섯 살 때부터 10년간, 하루도 빠짐없이 엘리자의 비석을 계속 닦고 있어."

그래서 이 돌을 그렇게나 소중히 닦았던 건가.

"뭐랄까, 그게, 기특……하네요."

"하하하, 말을 고르고 있는 게 뻔히 보여. 부담스럽다고 솔직히 말해도 돼."

확실히 그렇게 생각했지만, 부친 앞에서 딸을 험담하듯 말할 수는 없잖아.

침묵하는 나를 재미있다는 얼굴로 보던 루카스 님은 밝아진 하늘을 올려다보고서 「맞다」하고 중얼거리고 이쪽을 보았다.

"아침을 차려 두라고 했는데 너도 같이 먹을래?"

"으음……."

어쩔까. 에일리 씨가 아침을 만들어 주실 테고, 무엇보다 아침 훈련을 하려던 참이었는데……. 아니지, 근력 트레이닝은 밥 먹고 나서도 할 수 있나.

근데 루카스 님이 준비시킨 아침밥인가…….

에일리 씨가 만든 밥이 맛없지는 않지만, 매일매일 거의 똑같은 메뉴가 나오니 질렸다. 여기 머문 지 아직 며칠밖에 안 된 내가 말하기는 좀 그렇지만…….

"안심해도 돼. 요리사에게 만들라고 하는 요리는 평범하니까."

"기꺼이 가겠습니다."

"너, 성격 참 좋구나."

즉시 대답한 나를 향해 쓴웃음을 지은 루카스 님은 자리에서 일어나 로브에 묻은 흙을 털고 나서 내 뒤쪽을 보았다.

"그래도 괜찮을까? 에바."

"응?"

그의 말에 뒤돌아보니 살짝 열린 뒤쪽 문으로 낯익은 하얀 머리카락…… 이쪽을 열심히 바라보는 에바가 있었다.

그녀는 루카스 님의 말에 기쁘게 웃더니 고개를 끄덕이고 손을 흔들었다.

언제부터…… 아니, 이제 익숙해졌어. 정말로 기척이 없는 아이네. 이쯤 되면 뭔가 마법을 쓰는 것은 아닌지 의심스러울 지경이다.

"상당히, ―해져 버렸군……."

"예?"

"음, 아무것도 아니야. 자, 공주님의 허가도 받았으니 이동하지."

"아, 네……."

루카스 님은 몸을 휙 돌려 결계의 출구가 있는 방향으로 걷기 시작했다.

무심코 되묻고 말았지만, 조금 전에 어렴풋이 들렸던 말은—.

"희박······?"

희박······ 희박해져 버렸다.

그 말, 그리고 루카스 님의 씁쓸한 표정에 석연치 않은 기분을 느끼면서도, 나는 앞서 걷는 그의 뒤를 따라갔다.

***

루카스 님이 준비시킨 아침밥은 정말로 평범했다.

영화 등에 자주 나오는 것처럼 긴 식탁에 음식이 잔뜩 차려져 있지도 않았고, 평범한 크기의 식탁에 필요한 양만큼만 음식이 준비되어 있었다.

하지만 임금님의 식탁인 만큼 테이블도, 그릇도, 심지어 포크까지도 비싸 보였고, 요리는 이 세계에서 먹은 음식 중에서 가장 호화로웠다고 해도 지장이 없을 정도였다.

루카스 님의 맞은편 자리에 앉은 나 말고는 호위로 보이는 기사 몇 명과 페그니스 씨가 벽 쪽에 서 있을 뿐, 그 외에는 아무도 없었다.

이른 아침이라고는 하지만 너무 경비가 허술해서 나는 암살이나 유괴 같은 가능성을 걱정하지 않을 수 없었다.

"저기, 지키는 사람이 이렇게 적어도 괜찮은 건가요?"

"네가 날 해하기라도 한다는 건가?"

"아뇨, 그건 있을 수 없는 일이지만……."

"그럼 걱정 안 해도 돼. 필요 이상으로 경계하면 신용을 얻을 수 없는 법이니까. 그리고 여기 있는 기사들은 우수해. 결단코 암살 따위 생각하지 않고, 그렇게 두지도 않을 거야. ……그렇지? 괜찮은 거지?"

벽 쪽에 서 있는 기사들을 보며 그렇게 묻는 루카스 님. 말하자마자 불안해하시면 어떡해요!

기사들은 하나같이 곤란한 표정을 지었다.

이런 털털한 부분도 로이드 님과 다르단 말이지.

"저쪽에서 생활하는 건 어때?"

"……즐겁게 지내고 있어요. 따님께도 이것저것 도움을 받고 있고요."

루카스 님의 질문에 의식적으로 웃으며 대답했다.

거짓말은 하지 않았다. 부지런히 돌봐 주려고 하는 그녀에게 도움을 받고 있는 것은 사실이고.

"그 애는 조금 과한 면이 있긴 해도 기특하다는 점은 변함없어. 그런데 설마 이렇게 잘 버틸 줄은 몰랐어. 네가 싫다고 하면 바로 성에서 묵을 수 있게 준비해 뒀는데 말이지."

"……예? 설마 제가 못 버틸 거라고 생각하고서 저쪽에 묵게 했던 건가요?"

"하하하!"

웃음으로 어물쩍 넘어가려고 하지 마세요…….

"이제 와서 바꿀 필요는 없잖아?"

"그렇긴 하지만……."

"그럼 됐지. 그 아이가 평범하지 않다는 걸 알고서도 함께 지내려고 하는 자는 정말로 없거든. 상식을 내세워 비상식으로 대하는 그 아이를 꺼림칙하게 여기고 다들 도망쳤어."

상식을 내세워 비상식으로 대한다.

응, 에바를 표현하는 말로 더할 나위 없이 적절하다.

나는 구명단 관계자나 이누카미 선배 등, 여러 가지 의미에서 성가신 사람들과 부대끼면서 어느 정도 내성이 생겨 괜찮았던 걸지도 모르겠다.

그런데 어째서 루카스 님은 안 될 거라고 생각하면서 나와 에바를 만나게 한 걸까. 설마 성에 찾아오는 모든 사람을 에바에게 보내지는 않을 테고…….

"애초에 왜 저와 그녀를 만나게 하신 건가요?"

"특별한 이유는 없어. 굳이 말하자면, 어떻게 잘 풀려서 딸과 결혼해 우리나라에 와 주면 좋겠다~ 하는 기대를 하긴 했지."

"발상이 너무 억지스럽지 않나요……?"

내가 생각했던 것보다도 함정에 빠뜨릴 마음이 가득했잖아……. 혹시 자칫 잘못했으면 엄청난 상황이 됐을지도 몰랐던 건가?

천연덕스러운 얼굴로 무서운 말을 하는 사람이다.

"무슨 소리야. 전(前) 국왕이 그 억지스러운 방법으로 날 왕으로 만들었다고. 그때는 막막했지만 이 나이가 될 때까지 여차여차 임금님 노릇을 하고 있는 걸 보면 이것저것 괜찮았던 거겠지. 그리고 그 아이는 젊었을 적의 엘리자를 쏙 빼닮았어. 성격에 약간 난점이 있는 부분까지 닮아 버렸지만, 마음씨 좋고, 행동력도 있고, 무엇보다 미인이야. 이 이상 뭘 더 바라겠나?"

"그렇게 말씀하셔도……."

그런 황송한 일을 할 수 있을 리가 없다.

심지어 성격에 난점이 있는 부분도 닮았다고 은근슬쩍 말했어……. 루카스 님의 눈이 약간 아득해진 것을 보면 그도 여러 가지 의미에서 고생했던 걸지도 모른다.

하지만—.

"에바의 의사를 무시하면 안 된다고 생각해요."

덧붙여 내 의사도.

"너라는 인재를 포섭하기 위해 딸을 바치는 것도 나쁘지 않은 것 같아서 말이야."

"바치다니, 그런 말투……."

"쓸 수 있는 건 전부 쓴다. 그것이 이 왕국의…… 사마리알의 미래로 이어진다면 나는 악독하다는 말을 들어도 상관없어."

그렇다고 자신의 딸을 바칠 것까진 없을 텐데…….

애초에 나는 그녀를 아내로 맞이할 생각이 조금도 없었다.

그녀의 의사를 무시한다는 점도 그렇고, 나 자신이 현재 이곳에 올 마음이 없기 때문이다.

"노예나 수인도 마찬가지야. 노예 소유와 수인에 대한 적개심을 조장하는 풍조도 국정에 불만을 돌리지 않도록 하기 위한 눈속임 같은 것. 사마리알에 필요하니까 도입한 제도야. 수인 소녀와 함께 여행 중인 네게는 미안하지만 말이야."

"……."

"아아, 화내지 마. 백성들에게 모습을 들키지 않도록 여관에 숨기라고 지시한 사람은 다름 아닌 나야. 인질로 삼을 생각은 없어. 인질을 이용해 복종시키는 건 바보들이나 하는 짓이니까. 언젠가 뼈아픈 보복을 당하게 되지."

별안간 아마코 이야기가 나와서 무심코 루카스 님을 노려보고 말았다.

후우, 하고 숨을 내쉬어 기분을 진정시키고 어깨에서 힘을 뺐다.

"노예는 우수한 노동력이지만, 이 나라에서는 노예를 다룰 때 최소한의 규칙을 따르도록 하고 있어. 노예에 대한 폭력, 부당한 벌, 과도한 노동을 일절 금하고 있지. 규칙을 위반하는 자를 발견하면 즉시 체포하고 있고."

"이곳에서는 노예라는 입장이어도 불행하지 않다는 건가요?"

"그 정도는 아니야. 애초에 노예로 전락할 만한 일이 있었던 시점에서 그들은 충분히 불행하지. 하지만, 뭐…… 그래, 적어도 우리 나라에서는 불행하다고 느끼는 일 없이 일했으면 좋겠다고 생각하긴 해."

루카스 님의 말을 듣고 나는 성에 오기 전에 봤던 노예 소년의 모습을 떠올렸다.

예의 바르게 앉아서 이쪽을 향해 천진난만하게 웃으며 손을 흔들었던 그에게서는 불행하다는 느낌이 들지 않았었다.

이 나라나 그 아이를 자세히 모르니까 확실하게 말할 수는 없지만, 사마리알이라는 나라는 생각보다 노예에게 상냥한 나라이지 않을까 하는 생각이 들었다.

"뭐, 제가 상상하는 그런 게 아니라서 솔직히 다행이라고 생각해요."

"나로서는 네가 줄곧 무표정으로 이쪽을 보는 게 무서웠어. 네가 날뛰면 설령 페그니스라도 막을 수 없을 테니까."

"아하하, 그건 너무 과대평가하시는 거예요."

"마력이 있는 한 계속해서 움직이는 소형 오거라니 악몽일 뿐이야. 심지어 너는 마음만 먹으면 순식간에 기사를 무력화시킬 수 있잖아? 숫자로 밀어붙여서 제압하려고 해도 재빠른 너를 붙잡는 데 얼마나 많은 인원을 동원해야 할지 짐작도 안 돼."

저에 대한 대처법이 완전히 흉악한 마물을 잡는 수준인데요.

"하하하! 정말이지 엄청난 괴물이야. 생각하면 할수록 너를 붙잡는 건 무리인 것 같아! 역시 제2의 로즈야!"

"그건 칭찬인가요?"

"물론이지!"

괴물이라든가 제2의 로즈라는 말을 들었고, 전혀 칭찬받는 느낌이 안 들어.

심지어 나를 상당히 과대평가하고 있었다. 아무리 나라도 수많은 기사들이 덤비면 도망칠 수밖에 없다. 기어코 맞서야만 하는 상황이라면…… 으음~ 한 명씩 치유 펀치로 기절시켜 나가려나?

"아무튼 저랑 에바를 만나게 한 것에 특별한 목적은 없다는 거죠?"

"그래. 잘되면 좋겠다는 생각도 있었지만, 네 성격상 무리라는 건 어렴풋이 알고 있었기에 정말로 그냥 만나게 한 거야. 뭐, 결과적으로 에바에게 좋은 추억을 만들어 주게 돼서 개인적으로는 만족하고 있어."

"추억……."

루카스 님의 말에 고개를 갸우뚱했다.

이 사람이 에바를 소중히 여기는 것은 알 수 있었다.

하지만 그래도 소중한 딸일 그녀를 나한테 바치려고 하거나 결계 안에서 지내게 하고 있었다.

내게 에바를 보여 준 이유는 치유마법으로 그녀를 고쳐 주길 원해서라고 생각했지만 그것도 아니었다.

내 힘으로는 무리라고 생각하는 걸까?

아니면 또 다른 용건으로 나를 성에 머물게 하고 있는 건가?

그저 수동적으로 이야기를 듣기만 해서는 명확한 대답을 얻을 수 없다.

그렇다면—.

"루카스 님, 저기…… 확실한 건 아니지만……."

"응? 뭔가?"

"제 치유마법이라면 에바를 고칠 수 있을지도 몰라요."

이로써 대강 답을 알 수 있을 터.

고칠 수 있는가, 고칠 수 없는가, 혹은 고칠 필요가 없는가.

온화하던 루카스 님의 표정이 내 말에 경직됐으나 나는 상관하지 않고 말을 이었다.

"하지만 지금은 무리예요. 부끄럽지만 치유마법에 관해 저는 미숙한 부분이 많아 병을 고칠 수 있는 실력이라고는 할 수 없어요. 하지만 현재 연습 중인 치유마법의 계통 강화를 통달하면 그녀를 좀먹고 있는 병도—."

"우사토."

조용하지만 위압적인 목소리로 단호하게 이름을 불렀다.

그 박력에 말을 멈추고 루카스 님과 시선을 마주하자 그는 슬픈 표정으로 입을 열었다.

"그 선의는 매우 기쁘지만 무리야. 그렇게 간단한 이야기가 아니거든."

"저로는 역부족이라면 저보다 뛰어난 치유마법사가 링글 왕국에 있어요. 그 사람들이라면 분명……."

"아니, 틀렸어. 확실히 에바의 몸에는 문제가 있지만 그건 병이 아니야. 고칠 방도가 있다면 누가 제 자식을 그런 곳에 가두고 바깥세상을 바라지 않도록 교육하겠어? 우사토, 너는 정말 착한 녀석이야. 로즈의 후계자에 걸맞은 다정한 마음을 지녔어. 하지만 이건—."

자조하듯 비굴하게 웃은 루카스 님은 거기서 일단 말을 끊더니 힘이 빠진 것처럼 등받이에 몸을 기대고 힘없이 중얼거렸다.

"……이건 죄야. 그 아이와는 전혀 관계없는, 너무나도 불합리하

73

고 애먼— 사마리알의 왕족을 좀먹는 죽음의 저주야."

침통한 얼굴로 그렇게 내뱉어진 그의 말에 나는 로즈가 예전에 했던 이야기를 떠올렸다.

『치유마법은 저주를 치유하진 못 한다.』

상처나 질병처럼 몸을 해하는 것을 치유할 수 있는 치유마법으로도 저주는 고칠 수 없다.

왕족을 좀먹는 저주란 어떤 것일까?

그 저주는 에바에게 어떤 영향을 미치고 있을까?

"저기—."

"폐하, 시간이 다 됐습니다."

그때, 질문하려던 내 말을 차단하듯 페그니스 씨가 루카스 님에게 말했다.

"이것 참, 너는 옛날부터 정말로 눈치가 없구나, 페그니스. ……우사토, 미안하지만 나는 왕으로서 일하러 돌아가마."

"……네."

시간이 없다면 어쩔 수 없나…….

만약 다음 기회가 있다면 물어보자.

"마지막에 우울한 분위기가 되어 버렸지만 너랑 식사하는 건 꽤 즐거웠어. 페그니스, 우사토를 바래다줘. 여기서 길을 잃으면 고생하니까."

"알겠습니다. 그런데 마치 경험이 있는 것처럼 말씀하시는군요."

"……맨 처음, 처음에만 그랬어."

그렇다는 건 길을 잃은 적이 있었구나.

확실히 성안은 미로 같은 부분이 있으니 길을 잃어도 이상하진 않았다. 링글 왕국에 있을 때에는 구명단 숙소에서 살았고, 성을 방문해도 메이드나 기사에게 안내받아서 길을 잃은 적은 없었지만.

"그럼 딸을 잘 부탁한다."

"그 말투는 조금 마음에 걸리는데…… 다른 뜻은 없는 거죠?"

"하하…… 농담이야. 하지만 말해 두는데, 에바도 아주 싫지는 않은 것 같더군."

웃다가 진지한 표정 짓지 말아 주세요! 농담으로 안 들리니까……!

다시 온화한 얼굴로 돌아온 루카스 님은 장난에 성공한 어린아이처럼 웃으며 호위 기사들과 함께 방에서 나갔다.

남겨진 나는 가벼운 한숨을 쉬며 일어나 옆에서 기다리고 있는 페그니스 씨에게 몸을 돌렸다.

"그럼 저를 따라오십시오."

뒤돌아 나를 보며 동정하듯 웃은 페그니스 씨는 에바가 사는 정원을 향해 걷기 시작했다.

***

페그니스 씨를 따라가며 나는 루카스 님이 말했던 『저주』에 관해 생각했다.

원래 세계의 지식으로는 원한이나 시샘이 실질적인 피해로서 영향을 미치는 영적인 현상.

또는 원령, 악령, 지박령, 요괴, 주술사 등이 타인을 괴롭혀 문자 그대로 저주해 죽이기 위한 수단.

내가 무서워하는 호러 계통이 이에 해당했다.

그리고 네아가 쓰는 마술. 예를 들어 구속 주술처럼 상대의 몸을 속박하는 것. 하지만 나는 이 세계의 마술에 관해 거의 지식이 없었다.

이것들 중에 사마리알의 왕족을 좀먹는 저주가 있다면 네아가 다루는 마술이 해당되려나……? 네아의 이야기를 듣건대 이 세계에는 다양한 마술이 있는 듯했다. 마술이 쇠퇴한 지금이 아니라 마술이 일반적이었던 옛날이라면 남을 저주해 죽이는 마술을 쓰는 술자가 있었더라도 이상하지 않다.

……잠깐, 혹시 에바의 몸을 좀먹고 있는 것이 마술에 속한 저주라면 네아의 해방 주술이 도움이 될지도 모른다.

"─사토 님. ……우사토 님."

"예? 아, 네! 무슨 일이세요?"

앞서 걷던 페그니스 씨의 목소리에 정신을 차렸다.

"폐하와의 대담은 어떠셨습니까?"

"저는 수동적으로 듣기만 했지만, 루카스 님의 사상이나 인품을 알게 돼서 좋은 경험이 됐다고 생각해요."

페그니스 씨의 질문에 솔직히 대답하자 그는 「흠……」 하고 턱에 손을 댔다.

"폐하도 좋은 시간을 보내셨을 겁니다."

"저는 재미있는 이야기도, 흥미를 끌 만한 이야기도 전혀 하지 못했지만 말이죠……."

"아니요, 그렇지 않습니다. 실제로 오늘 폐하는 평소와 다르셨습니다."

"다르셨다고요?"

평소에는 별로 떠들지 않는 사람인가? 아니면 그 기탄없는 태도는 연기인가?

의문스럽게 여기고 있으니 걸음을 늦춰 나란히 선 페그니스 씨가 검지를 세웠다.

"노예에 관해 나눴던 이야기를 기억하십니까?"

"네, 조금 전에 했던 얘기니까요."

더 좋은 나라로 만들기 위해 노예와 수인을 이용하고 있다는 이야기를 말하는 거겠지?

그게 어쨌다는 걸까.

"그때 폐하의 말씀을 듣고 저는 무척 놀랐습니다. 평소에는 현실적인 말씀만 하시는 폐하가 『자신의 나라에 사는 노예가 불행하다고 느끼는 일 없이 일했으면 좋겠다』라고 토로하셨기 때문입니다. 평상시의 폐하를 아는 저희가 보기에는 있을 수 없는 일이었습니다."

"그런가요. 하지만 어째서 제게 그런 말씀을……?"

"우사토 님이 정치를 모르는 아직 어린아이라서 그런 면도 있겠지만 그것과는 별개로…… 로즈 님의 제자이기 때문일지도 모릅니다."

로즈의 제자라서?

……까딱 잘못 말하면 뭔가 보복이 있으리라고 생각한 걸까.

로즈라면 몰라도, 날 그렇게 여기고 있다면 지금 당장 돌아가서 오해를 풀어야 해……!

"폐하께서 자신의 이상을 말씀하시지 않는 건 체념하셨기 때문입니다. 체념했기에, 이상을 말하며 실현해 나가고 있는 로즈 님과 당신을 겹쳐 보고서 줄곧 숨기고 계셨던 본심이 나와 버린 거겠지요."

"……저와 단장님은 달라요. 전혀 닮지 않았어요."

나는 아직 그 사람과 동일시될 만큼 성장하지 못했다.

신체 능력도 그렇지만, 성격도 그렇게까지 불합리하지 않다.

그러나 내 말에 페그니스 씨는 미소를 지었다.

"그렇게 말씀하시지만, 루크비스에서 우사토 님이 하신 일을 들으면 그런 생각은 안 들 겁니다."

"으……."

루크비스에서 한 일이라면 나크의 훈련을 말하는 거겠지?

대체 누가 전달했는지는 모르겠지만, 공개된 장소에서 로즈 흉내를 내며 훈련시킨 것은 실수였을지도 모른다.

혹시 다른 나라에도 나의 잘못된 이미지가 전해져서…… 위험한 소문이 돌고 있는 거 아니야?

"폐하는 엘리자 님이 사라지신 뒤부터 사마리알을 위해 온갖 수단을 다 쓰셨습니다. 이 나라를 사랑하셨던 엘리자 님과 지금 이곳에 살고 계시는 에바 님을 위해……."

페그니스 씨가 거기까지 말한 순간, 대앵 하는 큰 소리가 성 밖에서 들려왔다.

복도의 창문으로 밖을 보니 성 앞에 있는 커다란 탑 꼭대기의 은색 종이 햇빛을 반사하며 울리고 있었다.

루크비스에도 비슷한 종이 있었지만 그보다 훨씬 큰 종소리에 깜짝 놀라고 있으니, 나와 마찬가지로 발을 멈추고서 탑을 보던 페그니스 씨가 조용히 입을 열었다.

"수백 년 전……."

"예?"

"수백 년 전의 이야기입니다."

이야기하기를 망설이는 듯한 그의 조용한 말에 귀를 기울였다.

"사마리알에 큰 재앙이 닥쳤습니다."

"……."

"많은 백성들이 죽고, 성이고 거리고 전부 파괴된, 사마리알 건국 이래 최악의 사건. 지금이야 수백 년 전의 비극이지만 저희는 그 일을 잊지 않고 오늘날까지 이야기를 전해 왔습니다."

사마리알이 한 번 멸망할 뻔했다고 생각하면 되려나? 지금 이렇게 번영하고 있는 것을 보면 어떻게든 회복했다는 거고.

"모두가 절망하며 나라를 버리려고 했을 때, 당시 사마리알의 왕은 나라의 부흥과 희망을 기원하며 저 탑을 세웠습니다."

"재앙이 닥친 상황이었는데도 저렇게 큰 탑을 만든 건가요?"

"반대하는 목소리도 컸다고 합니다만 왕은 사람들에게 희망을 보여 주려고 했습니다. 결과적으로 저 탑은 희망…… 아니, 숭배의 대상으로 바뀌었습니다."

"기도의 나라라고 불리게 된 건……."

"네. 그런 경위를 거쳐 사마리알은 기도의 나라라고 불리게 되었습니다."

수백 년 전의 재앙이라…….

내게는 한 가지 짐작되는 것이 있었다.

사룡과 용사의 싸움.

사마리알을 무대로 펼쳐진 사투. 전성기 때의 사룡을 정면으로 상대했던 용사의 싸움은 틀림없이 주위에 막대한 피해를 끼쳤을 것이다.

"하지만 그것은 당시의 왕이 바란 바가 아닙니다. 왕이 보이려고 했던 희망은 모두가 경외하는 유일무이한 존재. 저것은 그 과정에서 생긴 것에 불과합니다. 우리가 바란 것은……."

"페그니스 씨……?"

내게 이야기한다기보다는 혼잣말처럼 중얼거리고 있었다.

그런 페그니스 씨에게 조심조심 말을 걸자 그는 제정신을 차린 것처럼 퍼뜩 놀라더니 미안해하며 머리를 숙였다.

"죄송합니다. 기사단장이라는 입장…… 때문이라기보다 저희 집안이 저 탑과 깊은 인연이 있어서 잠시 생각에 잠기고 말았습니다."

"흥미로운 이야기를 들었으니 딱히 상관없어요."

"그렇게 생각하신다니 다행입니다."

***

그 후, 다시 걷기 시작한 나와 페그니스 씨는 특별한 일 없이 정원에 도착했다.

에바가 사는 결계의 입구에는 변함없이 위병 두 명이 서 있었는데, 내 옆에 있는 페그니스 씨를 보더니 다리를 착 모으고 차렷 자세로 섰다.

페그니스 씨는 그런 두 위병이 시야에 잡힌 위치에서 나를 향해 몸을 돌린 뒤, 품에 손을 넣고 뭔가를 꺼냈다.

그것은 내가 사마리알의 성에 왔을 때 맡겼던 소도였다.

"우사토 님, 맡았던 물건을 돌려드리겠습니다."

"저기…… 에바가 있는 곳에 가지고 들어가도 괜찮나요? 작아도 칼인데요……."

"괜찮겠지요. 칼보다도 우사토 님의 주먹이 더 세지 않습니까."

뭐, 소도를 쓰는 건 과일을 자를 때 정도고, 하물며 전투에 이용하는 일은 없다.

페그니스 씨가 내민 소도를 받은 뒤 일단 어디 흠이 생기지 않았는지 확인했다.

"상당한 명검인 것 같은데 어디서 손에 넣으셨습니까?"

"예? 음, 아~ 그게…… 사마리알에 오기 전에 들른 마을에서 받은 거예요. 왜 그런 걸 물어보세요?"

"저도 검사인지라 좋은 검인지 나쁜 검인지 판별하는 것도 일 중 하나입니다. 그 검은 매우 아름답고 복잡합니다……. 드워프가 만든 검일까요? 평범하게 제작되는 강철검과는 명백하게 다른 제작법으로 만들어졌습니다. 모호한 표현입니다만, 마치 이 세상 물건이 아닌 듯한 이상한 검이군요."

"그, 그런가요? 저도 받은 물건이라 잘 모르겠네요."

"……."

어, 어째서 침묵하시는 거죠?

페그니스 씨의 시선을 피해 눈을 돌리며 칼을 벨트에 꽂고 숨기듯 단복 자락을 덮었다.

"저, 여기까지 데려다주셔서 감사합니다."

"손님께 예의를 다하는 것은 당연합니다. 그럼 저도 업무로 돌아가겠습니다."

깊이 머리를 숙여 인사한 페그니스 씨는 성 쪽으로 돌아갔다.

칼에 관해 그다지 추궁 받지 않아 안도하는 한편, 저 사람에게 사룡과 용사 이야기를 하지 않아서 다행이라고 생각했다. 어째서 그런 생각이 들었는지 나도 모르겠지만, 왠지 그에게서 위험한 느낌이 들었다.

"사마리알과 사룡인가. 한 번 더 수첩을 읽어 볼까……."

단복 안주머니에 줄곧 넣어 뒀던 용사에 관해 적힌 수첩에 손을 올렸다.

어쩌면 사룡과 에바의 저주는 뭔가 관련이 있을지도 모른다. 왕족을 죽음으로 모는 저주라면 그 원인은 현재가 아닌 과거에 있을 것이다.

우선 생각할 수 있는 가능성부터 확인해 나가자.

그렇게 팔짱을 끼고 생각하며 결계를 향해 걸어가는데, 한 검은 그림자가 시야 끄트머리를 가로지르는 것이 보여 멈춰 섰다.

"응?"

햇볕이 내리쬐는 정원에 어울리지 않는 새까만 그림자.

눈을 돌려 확인하니 정원에 심긴 나뭇가지에 낯익은 새까만 새가 앉아 있었다.

어이없다는 시선을 빤히 보낸 검은 올빼미는 나와 눈이 마주치자 날개를 퍼덕여 이쪽으로 날아왔다.

말없이 오른팔을 들자 올빼미가 그곳에 천천히 내려앉았다.

내 팔 위에서 자랑스럽게 가슴을 편 올빼미— 네아는 의기양양하게 작은 부리를 열었다.

"후후후, 우사—."

"마침 잘 왔어, 네아. 아르크 씨에게 부탁받고 온 거야? 편히 있다 가도록 해. 일단은 위병을 설득해서 널 안에 들여보내 달라고 하자."

"엥?"

재회를 기뻐하고 싶지만 위병들이 보는 앞에서 그럴 수는 없기에 그녀의 머리에 가볍게 손을 올려 입을 다물게 했다.

"자, 잠깐만, 끝까지 얘기를 들…… 헤붑!"

이야~ 정말로 딱 필요할 때 와 줬다니까.

네가 있으면 에바에 관해 여러모로 알 수 있을지도 몰라. 운이 좋으면, 쓸모없다고 생각했던 해방 주술이 빛을 볼 수도 있다고.

푸드덕푸드덕 난리 피우는 네아를 데리고서 결계 쪽으로 걸어갔다.

"……아."

그러고 보니 올빼미 모습의 네아를 봤을 때 에바가 어떻게 반응할지 생각을 못 했다.

그 아이라면 틀림없이 이 녀석에게 관심을 보일 텐데…… 뭐, 조사하려면 접촉은 피할 수 없을 테니까, 이것도 시련이다. 응.

🌸제5화 소녀가 품은 고뇌!

네아와 합류한 내가 첫 번째로 한 일은 위병과 교섭하는 것이었다.

작은 올빼미로 변신한 그녀를 내 사역마라고 알리고 무해하다고 설명하자 특별히 의심받지 않고 통과시켜 주었다.

영문도 모른 채 어쩔 줄 모르는 네아를 팔에 얹고서 결계 안으로 들어가니 화단을 관리 중인 에바가 있었다.

에일리 씨는 실내에 있는지 보이지 않았지만, 이곳에 그가 없는 것은 어떤 의미에서 잘된 일이었다.

에바가 아직 우리를 알아채지 못한 것 같아서 되도록 목소리를 낮춰 네아에게 말했다.

"네아, 사정은 나중에 이야기할 테니까 저 아이를 조사해 주지 않을래?"

"뭐? 어째서 내가 그런 일을?"

"중요한 일이야. 부탁해."

"……알겠어."

네아는 마지못해 고개를 끄덕였다.

마술에 정통한 네아라면 뭔가를 알 수 있을 터.

나도 네아에게 고개를 끄덕인 다음, 콧노래를 부르며 화단을 손보고 있는 에바에게 걸어갔다.

나를 알아차린 에바가 이쪽을 돌아보더니 꽃처럼 웃으며, 나와 팔 위에 있는 네아를 보고 고개를 갸웃했다.

"어서 오세요, 우사토 씨. ……그 아이는 뭔가요? 살아 있는 생물을 경솔하게 주워 오면 안 돼요. 원래 있던 곳으로 돌려보내세요."

마치 고양이를 주워 온 아이를 자상하게 타이르는 엄마 같았다.

예상과는 다소 다른 반응에 「어라?」 하고 생각하며 대답했다.

"아하하, 돌려보낼 수 있다면 얼마나 좋을까."

"……?!"

왜 그런 말을 하는 거야?! 라고 네아가 눈으로 말하며 이쪽을 돌아봤다.

아니, 너는 억지로 따라온 거나 마찬가지잖아.

농담은 이쯤 하고 네아에 관해 에바에게 설명하자.

"이 아이는 주워 온 게 아니라 내 사역마야."

"사역마? 그 아이가요?"

"응, 얼마 전에 나한테 길들었고, 이런저런 일이 있어서 사역마로 계약했어. 내가 여기 있는 동안에는 마을에 있는 동료에게 맡겼었는데, 내가 없어서 쓸쓸했는지 이곳에 와 버린 모양이야."

길들었다기보다 들러붙었다고 해야겠지만 말이지.

"저기, 그 아이는 마물……이죠?"

"응, 맞아."

"굉장해요! 마물은 처음 봐요. 와아, 평범한 새와는 전혀 다르네요!"

눈을 반짝인 에바가 허리를 숙여 네아를 보았다.

네아도 기분이 썩 나쁘지는 않은지 동그란 몸을 쭉 펴서 자랑스러워하고 있었다. 독수리나 매가 그랬다면 멋있어 보였겠지만, 거의 달걀형인 올빼미가 당당한 자세를 취해도 사랑스러워 보일 뿐이었다.

그나저나 마물은 처음 본 건가?

이 세계에 사는 인간으로서는 아마 드문 일이겠지…….

인간과 마물은 먼 듯 가까운 존재다. 강력한 마물은 마소(魔素)가 짙은 곳에서만 볼 수 있지만, 평범한 마물은 후버드 같은 사역마로서 인간과 밀접하게 연관되어 있었다.

줄곧 여기서 산 그녀에게 마물은 접할 기회가 없는 존재였던 것이다.

"이름은 뭔가요?"

"네아야. 조금 낯을 가리긴 하지만 얌전한 아이야."

본성은 정반대지만 말이지!

내심 그렇게 중얼거리며 애써 표정을 관리했다.

"네아라고 하는군요."

"만져 볼래?"

"그래도 되나요?!"

얼마나 기쁜지 앞으로 쑥 다가오는 에바를 몸을 젖혀 피하면서 네아에게 시선을 옮겼다.

아직 저주에 관해 말하지는 않았지만 에바에게 뭔가 이변이 있다면 곧바로 눈치챌 것이다.

에바에게 들리지 않도록 목소리를 낮춰 말했다.

"네아, 부탁해."

"부엉~."

맡겨만 달라는 듯 내 뺨을 두드린 네아는 에바의 어깨로 날아갔다.

에바는 간지러웠는지 눈을 감았지만 이내 어깨 위에 있는 네아를 보고서 해사하게 웃었다.

"무척 얌전한 아이네요."

"부엉~."

"⋯⋯좋아."

응?

흙 묻은 긴 장갑을 천천히 벗은 에바는 어깨에 있는 네아에게 손바닥을 내밀었다.

긴장한 표정인 에바를 보고 네아는 한 번 더 울고서 가볍게 폴짝 점프하여 그녀의 손 위로 이동했다.

그 행동에 에바가 와아~ 하고 감탄했다.

"귀여워⋯⋯."

네아의 정체를 몰랐다면 흐뭇해질 만한 상황이지만⋯⋯.

평소에 얼마나 유감스럽고 건방진지를 알다 보니 아무래도 그런 생각은 들지 않았다.

"네아도 여기서 지내는 건가요?"

"너랑 에일리 씨가 허락해 준다면 그러고 싶은데, 안 된다면 어쩔 수—."

"아뇨! 전혀 문제없어요! 에일리도 허락할 거예요! 허락하게 만들 거예요!"

"으, 응……."

허락하게 만들겠다니, 그래도 되는 건가요, 공주님.

생김새와 어울리지 않는 박력으로 그렇게 말한 에바를 보고 쓴 웃음을 지었다.

아마 에일리 씨도 거절하지 않을 테고, 의심받지 않고 네아가 여기에 있을 수 있을 것 같다.

"맞다. 이 아이는 뭘 먹나요? 역시 마물이니까 육식일까요? 네아, 고기가 좋니?"

에바는 생각에 잠긴 얼굴로 네아에게 그렇게 물어보았다.

네아는 올빼미 사역마로서 여기에 있었다. 그러니 말을 걸어도 그다지 노골적인 반응은―.

"부엉! 부엉~!"

"어머, 역시 고기가 좋은가 보네요! 알겠어요!"

방금 한 말 취소! 이 녀석, 정말이지 속물적이다! 덥석 미끼를 무는 물고기처럼 반응했다.

날개를 파닥파닥 움직인 네아는 에바의 반응에 기분이 좋아졌는지 작게 골골거렸고, 어이없다는 눈으로 노려보는 나를 돌아보더니 비웃었다.

"……."

"응? 우사토 씨의 손에서 이상한 소리가 들리는데…… 괜찮으세요?"

"어?! 아~ 괜찮아, 괜찮아."

무의식적으로 주먹을 들어 올리고 뚜둑 소리를 냈던 모양이다.

얼버무리며 주먹을 내린 나를 이상하다는 눈으로 쳐다본 에바는 다시 손바닥 위에 있는 네아를 내려다보고서 눈부신 미소를 지었다.

"오늘 저녁은 기대하세요!"

"부엉~!"

"네아를 위해 쥐를 잔뜩 잡을 테니까요!"

"······부, 엉?"

"아, 하지만 올빼미는 벌레도 먹던가요? 일단 잡아 둘까······. 다행히 조금 전에 보니까 화단에 많이 있었고······."

나를 비웃던 네아의 몸이 돌처럼 굳었다.

그랬다. 올빼미는 맹금류다.

야생에 사는 그들의 식량은 다름 아닌 작은 동물이다.

상식적으로 생각하면 올빼미에게 인간의 요리를 먹이려고 하지는 않으니, 필연적으로 에바가 취할 행동은 『먹이』 조달이 된다.

그리고 이 공주님은 한다면 한다.

네아의 밥으로 정한 쥐와 벌레를 무슨 수를 써서든 잡으려고 할 것이다. 벌레라면 몰라도 쥐를 잡는 것은 에일리 씨가 말릴 테니, 밖에 있는 위병이 성에 있는 쥐를 잡으러 다니게 되겠지.

하지만 우쭐해져서 건방지게 굴긴 했어도 네아에게 쥐나 벌레를 먹이는 것은 역시 불쌍했다. 이런 주책바가지여도 내 동료이므로 도움의 손길을 내밀기로 했다.

"에바, 이 아이는 뭐든 먹으니까 우리랑 똑같은 식사면 돼."

"엇? 그런가요?"

"올빼미라고 해도 마물이니까. 평범한 동물과는 식습관이 달라."

정체는 흡혈귀지만, 여행 중에 평범하게 과일도 먹었고, 마을 처녀로 변해 우리를 집에 초대했을 때도 인간과 똑같은 식사를 했으니 괜찮겠지.

살았다는 듯 글썽거리는 눈으로 바라보는 네아의 모습에 한숨을 쉬면서 이쪽으로 돌아오라고 팔을 내밀었다.

"자, 돌아와."

"부엉~."

네아는 에바의 손 위에서 내 팔로 옮겨왔다.

"나는 일단 방에서 쉴게. 네아를 실내에 들여도 될까?"

"지저분해져도 청소하면 되니까 괜찮아요. 네아에게 뭔가 필요한 게 있나요? 있다면 준비할게요."

"고마워. 하지만 현재로서는 딱히 없으려나."

올빼미에게는 횃대가 있어야 할지도 모르지만 이 녀석에게는 필요 없겠지.

에바에게 가볍게 손을 흔들어 주고 실내로 들어가자 네아가 안도하여 눈을 감았다.

"후우~ 뭐야, 저 아가씨."

"네가 까부니까 그렇지. 자업자득이야, 자업자득."

"고기라는 말을 듣고 누가 벌레나 쥐를 먹일 거라 생각하겠어?!

아니, 그게 아니라, 그 부분을 말한 게 아니야!"

"아니라고?"

아까 까불거린 걸 말한 게 아니었나?

되도록 목소리를 낮추며 방으로 향하는 내게 네아는 나른하게 말했다.

"저 애, 존재가 사라지려 하고 있어."

"……뭐?"

사라지려 하고 있어?

저주에 좀먹히고 있는 것이 아니라, 존재가 사라지려 하고 있다.

무심코 발을 멈추고 태평하게 하품하는 네아를 곁눈질한 나는 그녀의 말에 곤혹스러워할 수밖에 없었다.

***

"네가 말한 대로 나는 아르크에게 부탁받고 여기에 온 거야."

방에서 사람 모습으로 돌아온 네아는 의자에 기대앉아 자신들의 상황을 설명해 주었다.

아마코와 네아가 사라졌던 원인은 페그니스 씨가 지닌 진실의 검 때문이었나. 이곳에 네아가 있는 동안에는 조심해야겠네.

"내가 성에 온 뒤로는 어떻게 됐어?"

"곧장 기사들이 접촉해 와서 여관으로 안내해 줬어. 처음에는 의심했지만, 지금 네가 받는 대우를 보면 이곳의 왕은 순수하게 환영하고 있는 걸지도 모르겠네."

"루카스 님에게 들은 대로인가……."

괜찮다는 말을 듣긴 했었지만 본인에게 직접 듣고 안도했다.

"그 새끼 여우…… 아마코가 답지 않게 불안해했어."

"그런가……. 그래도 건강해 보여서 다행이야."

"이쪽은 아니거든? 왜 이런 곳에 계속 있는 거야? 붙잡혀 있는 것 같지도 않은데 이런 공들인 마도구 결계에 갇혀 있고. 그리고 아까 걔…… 설마 귀찮은 일에 말려든 건 아니지?"

"아, 아냐. 말려들었다기보다 지금부터 말려들 예정이라고 할까……."

"뭐?"

의심스러워하는 네아의 시선으로부터 눈을 피하며 여태까지의 경위를 설명했다.

사마리알의 왕, 루카스 님이 서신 내용을 간단히 받아들였다는 것.

사마리알의 치유마법사가 되라고 권유받았다는 것.

얼마간 성에서 살게 되었다는 것.

사마리알의 왕녀, 에바와 만난 것.

어떤 저주가 그녀를 좀먹고 있다는 것.

요점만을 간결하게 설명하자 네아는 기막혀하며 한숨을 쉬었다.

"너는 진짜 착해 빠졌구나. 이 나라에 의리를 지키는 건 좋지만 그런 귀찮은 아가씨를 도와주려고 하다니…… 솔직히 말해서 바보야. 바~보, 바~보."

뭐지? 이 녀석한테 바보라는 말을 들으니 굉장히 짜증난다.

딱밤으로 보복하고 싶다는 충동을 억누른 나는 깔깔 웃는 네아를 보았다.

"우사토는 귀찮은 일에 자진해서 참견하는 성격이란 말이지. 나랑 만났을 때에도 『좀비한테 당할 거야~ 도와줘~』하고 정에 호소하니 간단히 함정에 걸려들었고."

"내 쪽에서 참견한 게 아니야. 귀찮은 일이 나한테 찾아오는 거지. 그보다 그때는 거의 네가 바보짓 해서 일이 커졌던 거잖아. 자업자득이야."

"시끄러워! 내 얘기는 됐으니까 넘어가!"

정말이지 제멋대로인 녀석이다.

하지만 나크 때도 그렇고, 네아 때도 그렇고, 항상 귀찮은 일은 저쪽에서 찾아왔다.

말썽에 휘말리는 운명인 걸까? 아니면 나도 모르는 사이에 말썽에 휘말리기 쉬워진 걸까?

"크흠, 하지만 이번만큼은 참견하지 않는 편이 좋아."

"왜? 에바를 좀먹는 것의 정체가 뭔지 알아냈어?"

아까 꽤 의미심장한 말을 했던 것 같은데, 그 말에 뭔가 깊은 뜻이 있는 걸까?

하지만 네아는 자기 능력 밖이라는 것처럼 두 손을 가볍게 들고서 작게 한숨을 쉬었다.

"아니, 알 수 있을 리가 없잖아."

"뭐?! 모르는데 그렇게 자신만만한 태도를 보였던 거야?!"

"잠깐 접촉하고서 알아내는 게 더 이상한 거야! 잘 들어. 그 애는 존재가 사라지고 있어. 그것만 알면 충분하잖아."

아까 방에 오기 전에 네아가 했던 「존재가 사라지려 하고 있다」라는 말.

단순한 비유인 줄 알았는데 설마 액면 그대로의 말이었나? 안 되겠어, 영문을 모르겠어.

"잠깐만, 그 애는 분명하게 이곳에 있잖아. 존재가 사라진다니 무슨 말이야?"

"하아……."

귀찮다는 얼굴로 의자에서 몸을 일으킨 네아는 양손을 가슴 높이까지 올리고 작게 주먹을 쥐었다.

"영혼과 육체는 강하게 결속된 상태에서 성립돼. 육체가 없으면 영혼은 이 세상에 머물지 못하고, 영혼이 없으면 육체는 이 세상에서 움직이지 못해. 예외적으로 나 같은 네크로맨서가 그 규칙을 깰 수 있지만, 영혼과 육체는 『삶』에서 가장 중요한 요소라고 할 수 있어."

네아는 양쪽 주먹을 맞대고 깍지를 끼며 설명했다.

육체와 영혼— 이것이 에바와 어떤 관계가 있다는 걸까.

"하지만 그 아이는 이 규칙에서도 벗어난 듯한 이상한 현상 속에 있어."

"그게 바로 존재가 사라지는 현상인 거야? 하지만 네 이야기를 들으면 에바는 저주와 전혀 관계가 없는 것 같은데……."

"거기까지는 단언하지 않았어. 마술에는 여러 가지가 있고. 그 아이는 영혼과 육체— 양쪽의 존재가 사라지고 있어."

점점 더 영문을 모르겠다.

무슨 연유로 영혼과 육체의 존재가 사라지고 있는 걸까.

"이건 이상한 일이야. 아니, 이상하다는 말로 정리될 만한 일이 아니야. 영혼과 육체는 평범한 인간이 간섭해선 안 되는 영역······ 내가 다루는 마술의 분야야."

"마술······."

"심지어 이런 타입의 현상은 타인에게 저주가 옮기도 해. 만약 그렇게 되면 여행할 만한 상황이 아니게 되잖아? 나도 관심이 없는 건 아니지만, 뻔히 보이는 함정에 빠질 만큼 멍청하진 않아."

『존재가 사라진다』라는 현상이 내게도 일어날 수 있다는 건가.

"너의 해방 주술로도 어떻게 안 되는 거야?"

"애초에 마술에 의한 저주인지조차 의심스럽고, 무엇보다 술식이 안 보여서 쓸 수 없어."

현재 상황에서는 네아도 어쩔 도리가 없다는 건가······. 사룡 때와는 또 다른 의미에서 성가시네.

"우사토는 왜 그 아이를 도와주려고 하는 거야?"

그때, 네아가 대뜸 그렇게 물었다.

"어?"

생각지도 못한 질문에 나는 얼빠진 목소리를 내고 말았다.

"만난 지 며칠밖에 안 된 사이이고, 거의 생판 남이나 마찬가지잖아? 그런 아이를 위해 왜 네가 그렇게까지 해야 해? 모처럼 사역마

계약을 맺고 따라왔는데 네가 바보짓해서 사라지다니, 난 싫어."

내가 이렇게까지 하는 이유라…….

솔직히 에바를 도와줄 의리는 없다.

하지만 내가 이렇게까지 그녀를 도와주려고 하는 이유는 단순했다.

"도와주고 싶으니까. 이유는 그것뿐이야."

"뭐?"

"딱히 구명단원이라서 그런 건 아니야. 내가 그녀를 멋대로 동정하고 가엾게 여겨서, 그래서 도와주고 싶은 거야."

이 세계는 넓다.

마법도 마물도 인간도 아인도, 많은 자연도 펼쳐져 있다.

그런 세계를 모른 채 사라질 수밖에 없다니 이상한 이야기다.

다른 세계 사람인 나는 이 세계에 와서 다행이라고 생각하게 됐다.

마왕군과 싸운 후 로즈의 말을 듣고 울어 버렸을 때, 이 세계 사람들과 만난 것을 진심으로 감사했다.

하지만 에바는 이렇게 좁고 답답한 곳에서 바깥세상을 모른 채, 아무것도 알지 못한 채 사라질 수밖에 없는 운명이었다.

그런 이야기가 있어서야 되겠는가.

내 말에 눈을 동그랗게 뜬 네아는 어이없어하며 어깨를 떨궜다.

"……하아~, 정말로 별나고 제멋대로인 인간이야. 그 새끼 여우가 불안하게 여기는 것도 이해가 돼. 잠깐 눈을 떼면 무슨 짓을 저지를지 모른다니까."

"마치 손이 많이 가는 어린애처럼 말하지 마."

"오히려 어린애보다 성질이 나쁘지. 내가 보기에도 좀 그래. 이상한 여자한테 걸려든 것처럼 보일 뿐이야."

그 말투는 오해를 부르거든?!

언젠가 아마코가 말했던 「여자한테 속는다」 발언이 생각나 버리니까.

"뭐, 나도 그런 인간의 사역마가 됐으니 피차일반이겠지……."

"……네아?"

"잠깐이지만 도와줄게. 우사토 혼자서는 너무 위험해서 그냥 보고만 있을 수도 없고……."

그렇게 말하며 쑥스러운지 고개를 돌린 네아의 모습에 자연스럽게 웃음이 났다.

"하하하, 고마워. 든든하네."

솔직하진 않지만 나쁜 아이는 아니었다.

그녀와 합류한 것에 다시금 안도한 나는 뒤에 기대고 있던 문에 몸을 맡기고 힘을 뺐다.

"그러고 보니 왜 안으로 들어오지 않고 쭉 문에 기대어 있는 거야?"

"이렇게라도 안 하면 에바가 다가오는 걸 알 수 없거든. 그 애는 기척이 없어서 어느새 뒤에 있을 때가 적지 않아. 방에서 쉴 때도 그녀의 시선을 느껴서 꽤 큰일이야."

"우사토는 여기서 어떤 생활을 보냈던 거야?! 그 애한테 감시당하고 있는 거 아니야?!"

그럴지도 모른다.

하지만 가령 상황이 그렇더라도 그녀에게 그런 자각이 없다는 점이 무서웠다.

"뭐, 익숙해지면 별로 불편하진 않아."

이어서 그렇게 말하자 네아의 얼굴에서 핏기가 싹 가셨다.

그런 그녀를 보고 쓰게 웃으면서도 나는 앞으로 네아와 어떤 행동에 나서야 할지를 생각했다.

＊＊＊

새로운 협력자, 네아가 낀 저녁 식사.

사마리알 근처의 마을에서 살았던 네아는 사마리알의 명물인 케이크를 알고 있었는지 접시에 듬뿍 담긴 케이크를 보고서 「부후~! 부후~!」 하고 기상천외한 울음소리를 내며 나에게 작은 날개를 부딪쳤다.

아니나 다를까 케이크를 너무 많이 먹어서 움직이게 못하게 된 그녀의 모습에 어이없어하며, 그것을 알아차리지 못하고 신이 나 케이크를 더 주려고 하는 에바를 말렸다.

까불다가 실패하는 것은 네아의 개인기인 걸까, 하는 의심이 들기 시작했다.

방에 돌아온 후, 올빼미 모습으로 책상에 누운 그녀에게 그렇게 말하자 「그럴 리가 없잖아!」 하고 화냈다.

그리고 밤.

모두가 잠든 시간, 나는 작은 촛불에 의지하여 용사에 관해 적힌 수첩을 읽어봤다.

"……안 되겠어. 전혀 읽을 수가 없어."

군데군데 벌레 먹어 문장의 전모를 전혀 이해할 수 없었다.

에바의 저주가 사룡과 관련 있는지 확인하기 위해 열심히 수첩을 해독해 보려고 했지만 아무런 진전도 없었다.

네아조차 「전혀 관계없는 거 아니야?」라고 말했다.

"후후~ 흐히히……."

"애초에 이 녀석은 왜 내 침대를 점령하고 있는 거야?"

잘 거면 올빼미 모습으로 잤으면 좋겠는데, 이 녀석은 하필이면 흑발 소녀의 모습으로 자고 있었다.

잠깐 눈을 뗐더니 이런 상태가 되어 있었기에 막을 새도 없었다.

무슨 꿈을 꾸는지 칠칠맞지 못하게 웃는 그녀에게 이불을 덮어주고 한숨을 쉬었다.

"뭐, 와 줘서 정말로 도움이 됐으니까."

오늘은 너그럽게 봐주자. 나는 앉아서도 잘 수 있고.

의자에 고쳐 앉아 다시 수첩을 읽었다.

"네아가 해독한 내용에 의하면 용사가 사룡을 쓰러뜨리기 전까지 많은 희생자가 나왔어."

싸움이 끝날 때까지 일부 사마리알 사람들은 잔해 더미 속에 생매장당한 채로 있었다는 이야기도 있었다.

하지만 저주와 관계있을 것 같지는 않았다.

"……정말 네아가 말한 대로 관계없을지도 모르지."

사룡과 저주의 관련성은 그만 찾아보고 다른 원인을 검토하는 편이 좋을지도 모른다.

내일은 아르크 씨와 아마코에게 네아를 보내서 내 상황과 에바에 관해 전하고, 나는 에일리 씨나 다른 사람들에게 이것저것 물어보기로 할까.

마술적인 부분은 전부 네아를 의지해야 하는 만큼 나는 내가 할 수 있는 역할을 다하자.

"아마코, 화내겠지."

어쩌면 이미 화가 나 있을지도 모른다.

그 아이는 화나면 무섭단 말이지……. 평소에 거의 화내지 않는 사람이 폭발하면 무섭다는 법칙의 본보기 같은 아이였다.

내일 네아한테 내 이야기를 들으면 분명 아마코는 어이없어할 것이다. 아르크 씨는 웃으며 넘어가 주려나?

어쨌든 다음에 만날 때는 걱정 끼쳐서 미안하다고 사과해야겠지만.

"하아……."

내가 생각하기에도 너무 걱정을 많이 끼쳤다.

수첩을 책상 위에 두고 잠시 손으로 눈가를 덮었다.

"슬슬 잘까……."

눈도 피곤하고, 내일도 아침 훈련을 해야 한다.

나른하게 일어나 의자에 걸어 뒀던 단복을 집어 들었다.

적어도 단복은 벽에 걸고 나서 자자. 그렇게 생각하여 벽으로 이동하던 중에 창가에서 발을 멈췄다.

"응? 저건……."

밖에 누군가의 모습이 보였다.

이런 시간에? 설마, 유령?

갑자기 심장 고동이 빨라졌지만, 자세히 보니 내가 아는 사람이었다.

"에바……?"

그녀라면 벌써 잠들었을 시간이었다.

에바는 울적한 표정으로 결계 내 연못 앞에 주저앉아 수면을 빤히 바라보고 있었다.

……솔직히 말해서 뭔가 무서웠다.

일찍 자고 일찍 일어난다는 자신의 규칙을 깨는 것은 그녀에게만큼은 있을 수 없는 일일 터였다.

그런 그녀가 에일리에게도 말하지 않고 이런 시간에 밖에 있다니, 어떤 이변이 일어났다고 생각해도 좋았다.

구체적으로 말하자면 유령에게 조종당하고 있다든가, 그런 오컬트적인 방향으로.

이 세계에 영혼이라는 개념이 있는 이상, 유령이라는 존재를 부정할 수는 없다.

"가, 가야 할까……? 자, 잠깐만. 네아…… 그래, 네아야."

창가에서 네아가 자고 있는 침대 쪽으로 이동했다.

한 명보다 두 명. 영혼 방면으로 강한 네아가 있다면 무서울 게 없다. 흡혈귀도 귀신이니까!

……안 되겠어. 냉정함을 잃었어.

"네아. 야, 일어나. 일어나 줘."

"흐히, 히이……."

어깨를 흔들어 그녀를 깨우려고 했지만 전혀 일어날 기미가 없었다.

오히려 절대 일어나지 않겠다는 듯 내가 덮어 준 이불을 둘둘 감으며 침대 가장자리까지 이동해 버렸다.

너, 너……!

이거 공포 영화에서 제일 먼저 유령에게 습격 받는 상황이잖아!

게다가 유령은 때릴 수 없으니 격퇴할 수 없잖아!

"어쩔 수 없지. 나 혼자 갈까……."

네아는 일어날 것 같지 않고, 나도 각오를 다질 수밖에 없다.

에바도 그냥 잠이 오지 않아서 이런 시간에 밖에 나간 것일지도 모르니 그렇게 몸을 사릴 필요는 없지 않을까.

지금까지 그녀가 했던 행동들을 떠올려 봐. 무슨 일을 해도 이상하지 않아. 이유가 있으면 한다. 그게 그녀였잖아.

세뇌하듯 몇 번이고 그렇게 생각한 나는 단복을 입고 문을 열었다.

"아, 단복에 메어 둔 칼을 안 뺐네."

씻기 전 방해되지 않도록 단복에 달아 뒀던 소도를 알아차리고 아차 싶었다. 하지만 다시 방으로 돌아가면 결심이 흔들릴 것 같으니 이대로 가자.

그나저나 변덕으로 나온 것이 아니라면 에바는 어째서 이런 시간에 밖에 있는 걸까.

무슨 일이 있었던 걸까……? 오컬트를 제외하더라도 저주를 알고 있는 나는 걱정스러웠다.

밖은 보름달 덕분에 생각보다 밝았다.

집에서 나온 나는 창가에서 봤던 에바가 있는 곳까지 천천히 걸어갔다.

약간의 긴장과 공포심을 안고서 연못이 있는 뒤편까지 이동하니, 조금 전에 봤을 때와 전혀 다름없는 위치에 있는 에바가 보였다.

연못 수면을 빤히 바라보는 그녀의 옆얼굴에서는 조종당하고 있다든가 의식이 없다든가 하는 분위기는 느껴지지 않았다. 그 대신—.

"……에바?"

"우사토 씨……."

울고 있었다.

연못 수면에 비친 자신을 보며 그녀는 눈물을 흘리고 있었다.

"……읏!"

놀란 표정을 짓고 있을 내 얼굴을 보고 멍하니 있던 그녀는 자신의 뺨을 타고 흐르는 눈물을 알아차리고서 허둥지둥 닦았다.

이런 곳에서 혼자 울고 있다니 예삿일이 아니었다. 걱정이 된 나는 그녀 곁으로 걸어가 천천히 쭈그려 앉았다.

"죄송해요."

가냘픈 목소리로 그녀가 작게 사과했다.

어째서 사과하는 거지?

에바는 아무런 잘못도 하지 않았는데.

"저, 우사토 씨가 여기로 올 걸 알고 있었어요."

"어?"

"우사토 씨의 방에 불이 켜져 있었으니까요."

……그랬군. 그걸 보고 내가 깨어 있음을 안 건가.

내 방이 있는 2층을 보니 확실히 작은 촛불의 빛이 밖으로 새어 나오고 있었다. 저래서야 깨어 있다는 게 뻔히 보인다.

조금 전의 사죄는 나를 일부러 밖에 나오도록 한 것에 대한 사죄 인가…….

"그래서, 왜 이런 시간에 울고 있었어?"

"그건……."

말을 머뭇거리며 고개를 숙인 그녀는 천천히 지면에 앉아 무릎을 끌어안았다.

나도 이야기하기 쉽게 양반다리로 앉은 뒤 이어서 질문했다.

"뭔가 슬픈 일이라도 있었어?"

"슬픈 일이라니요……. 아바마마도 계시고, 에일리도 있고, 우사 토 씨도, 네아도…… 성 사람들도 모두 제게 다정해요. 그래서 저 는 지금 무척 행복해요."

"그럼 왜?"

"그건……."

그녀는 나를 힐끔 보더니 결심한 듯 입을 열었다.

"꿈을, 꿨어요. 아주 무서운 꿈을……."

"꿈인가……. 무서운 꿈이라면 울고 싶어지는 마음도 이해가 가."

나도 훈련 시의 로즈가 꿈에 나온 날은 잠결에 침대 위에서 팔 굽혀 펴기를 하기도 했다.

특히 기억나지 않는 악몽만큼 섬뜩하고 무서운 것은 없다.

뭐가 무서운지도 모른 채 어디서 엄습할지 알 수 없는 공포가 가슴속에서 솟구치는 감각은 너무나도 두렵다.

"제 주위에서 많은 사람들이 화를 내고 있었어요."

"화를……. 얼굴은 보였어?"

"아뇨, 까만 실루엣인 사람들이 한가운데에 있는 제게 화를 내고……. 그것이 쭉 계속되는 꿈이었어요."

"그건 무서운 꿈이네. 하지만 누가 네게 화를 내는 걸까. 넌 아무런 나쁜 짓도 안 했는데."

루카스 님이 말했던 대로 에바는 착한 아이다.

누군가에게 원한을 살 만한 성격은 아니었고, 애초에 왕녀인 그녀에게 원망을 토로할 수 있는 사람이 있을 리가 없었다.

내 말을 듣고 에바는 뭔가 하고 싶은 말이 있는 것처럼 입술을 달싹였다.

그 모습이 조금 신경 쓰였지만 이내 그녀가 이야기하기 시작했기에 그쪽에 귀를 기울였다.

"이 꿈은 잊어버릴 만하면 꾸는데, 그럴 때마다 여기서…… 어마마마 근처에서 시간을 보내요. 여기 있으면 저는 혼자가 아니라는 생각이 드니까요……."

"여기 있던 건 그런 이유에서였나……."

설령 땅속에 아무도 없더라도 이 무덤은 그녀에게 소중한 거구나. 엄마의 무덤을 정말로 소중히 여기고 있음을 알 수 있었다.

"하지만 오늘 꿈은 뭔가 달랐어요. 무서운 건 변함없었지만 저를 지켜 주는 사람이 있었어요. 그것도 잔뜩."

"흐응, 꿈에서 지켜 줬던 사람이라. 그건 좋네."

꿈은 무의식적인 영역이니, 꿈이 바뀌었다는 것은 그녀의 정신적인 무언가가 바뀌었다는 뜻일까? 어쨌든 지켜 주는 사람이 나온 것은 좋은 일이었다.

"그게 말이죠. 놀랍게도 한 명은 저와 얼굴이 똑같았어요. 키는 조금 더 컸으려나? 다른 사람들의 얼굴은 안 보였지만, 웅크린 제 주위에 서서 지켜 줬어요."

"똑같은 얼굴……? 너랑?"

"여기서 확인했으니까 분명해요. 몇 년이나 본 자기 얼굴을 틀릴 리가 없어요!"

자신만만하게 수면을 가리키며 단언하는 에바를 보고 쓴웃음을 지었다.

그랬구나. 그래서 아까 연못을 빤히 바라보고 있었던 건가.

"뭐, 무서운 꿈은 그렇게 연달아 몇 번씩 꾸지 않으니까. 다음에 잠들면 분명 즐거운 꿈을 꿀 수 있을 거야. ……보증은 없지만 말이지."

"후후후, 그러면 좋겠네요. 정말로……."

에바는 내 말을 듣고 쿡쿡 웃었다.

웃게 된 걸 보면 이제 괜찮으려나? 조금만 더 같이 있다가 슬슬 졸리다고 하면 방으로 돌려보내자.

그때까지 잡담이라도 하면서 시간을 때울까 생각하고 있는데 에바가 웃음을 그쳤다.

"……우사토 씨는 얼마 뒤면 이곳에서 나가 버리시는 거죠?"

"뭐, 그렇지. 내게도 해야만 하는 일이 있으니까."

며칠 뒤면 나는 다음 나라로 가야 한다.

그때까지 에바의 저주를 어떻게든 해결하고 싶지만, 떠날 시간이 오면 포기해야 한다.

에바를 구하고 싶다. 그런 생각은 있으나 내게는 서신 전달이라는 중대한 임무와 아마코의 엄마를 고쳐줘야 한다는 사명이 있다.

그쪽을 소홀히 할 수는 없었다.

내 대답에 에바는 슬픈 표정을 짓고서 무릎을 끌어안은 손에 힘을 주었다.

"……아마 제가 다음에 우사토 씨를 만날 일은 없을 거예요."

"그건, 무슨 뜻이야?"

"……저는 머지않아 사라져 버릴 테니까요."

사라진다는 건…… 저주 이야기인가.

예상외라고 할 만한 일도 아니었다. 저주받은 본인이 자각하지 못할 리가 없었다.

"이미 우사토 씨는 알고 계시겠죠. 저는, 저주받았어요. 어마마마와 마찬가지로 언젠가 흔적도 없이 사라져 버릴 거예요."

사라져 버린다.

그 말에 얼마나 절절한 마음이 담겨 있는지 나는 상상할 수 없었다.

비애에 잠긴 그녀에게 나는 위로의 말을 건넸다.

"아직, 살아날 수 있을지도 모르잖아?"

"무리예요. 알 수 있거든요. 점점 제 자신이 사라지는 감각, 그리고……."

무릎을 끌어안은 손을 푼 그녀가 오른손에 낀 기다란 흰색 장갑을 벗었다.

낮에 네아를 올릴 때 봤던 하얀 손— 특별할 것 없는 평범한 손을 보고 의아했지만, 에바가 달빛을 향해 오른손을 들어 올리면서 마침내 그녀에게 일어나고 있는 이변을 알아차렸다.

"웃, 이건……."

"아셨나요?"

손이 투명해……?!

달빛을 받아 지면에 생긴 오른손 그림자에는 팔꿈치 아랫부분이 없었다.

존재가 사라진다.

나는 막연하게 인식했던 사태를 이때 처음으로 이해했다.

이것은 평범한 저주가 아니었다. 네아가 말했던 대로 정체를 알

109

수 없는 무시무시한 것이었다.

"지금은 오른손만 이렇지만 언젠가는 온몸이 이렇게 돼서……
최후에는 사라져요. 그런 저주예요."

마침내 목도한 에바를 좀먹는 저주.

그것은 내가 상상했던 것보다도 훨씬 잔혹했다.

이런 현상이 자기 몸에 일어나고 있는데도 내 앞에서는 아무 일
도 없는 것처럼 행동했던 건가.

참을 수 없이 무서웠을 텐데.

엉엉 울고 싶었을 텐데.

그런데도 그녀는 계속 웃는 얼굴로 지내왔다.

멍하니 그녀의 얼굴로 시선을 옮겼다.

그녀는 슬프게 웃고서 오른팔을 감추듯 일어나 나를 향해 깊이
머리를 숙였다.

"죄송해요."

"……왜, 사과해?"

사려가 부족한 내가 사과한다면 또 몰라도. 여기서 에바가 사과
하는 의미를 알 수 없었다.

고개를 든 그녀는 살짝 시선을 내리고서 이유를 말했다.

"역시 저는 나쁜 아이예요. 머리로는 납득해도 본심은 당신을 붙
잡으려 하고 있어요. 이런 즐거운 일상이 쭉 계속되면 좋겠다
고……. 이렇게 기분 나쁜 모습을 보여서 우사토 씨의 동정심을 끌
어내려고…… 당신의 다정함에 매달리려고 했어요."

"에바……."

"자기 기분을 우선하려는 저는 욕을 들어도 싸요."

확실히 동정하고 말았다.

힘이 되어 주고 싶다고 생각했다.

어떻게든 해 주고 싶다는 생각도 했다.

하지만 그것은 내가 멋대로 생각한 것이고, 에바가 매달리고 싶어 한 것은 사람으로서 당연한 일 아닐까?

"그건, 틀렸잖아."

"틀리지 않았어요."

"너는 아무런 잘못도 하지 않았어. 다정함에 기대고 싶어지는 건 당연해. 누구든 괴롭고 슬플 때는 혼자 있을 수 없어."

"그럼 이곳에 남아 주실 건가요? 제가 사라질 때까지 함께 계셔 주실 건가요? 저는 당신의 다정함에 기대도 되나요?"

나를 내려다보는 그녀의 눈동자는 흔들리고 있었다.

솔직히 내 대답은 정해져 있었다. 그녀의 바람을 들어주기에는 내게 해야만 하는 일이 너무 많았다.

앉은 채로 에바 쪽을 향해 몸을 돌린 나는 무릎에 손을 올리고 머리를 숙였다.

"……미안, 그건 무리야. 나는 여행을 계속해야만 해."

"……고개를, 들어 주세요."

그녀의 말에 고개를 들었다.

에바가 어떻게 반응해도 괜찮도록 몸을 긴장시키고 있었지만, 고개를 든 내 눈에 날아든 것은 아까보다도 깊이 머리 숙여 인사하는 에바의 모습이었다.

"솔직하게 대답해 주셔서 감사합니다. ……이로써, 포기할 수 있어요."

"……웃."

얼굴을 든 그녀는 인형에 웃는 얼굴을 그려 넣은 듯한 표정을 짓고 있었다.

"제 고집으로 당신을 이곳에 붙잡아 둬선 안 된다고, 사실은 알고 있었어요. 하지만 당신의 말을 듣고 마침내 결심이 섰어요."

"……잠깐만, 에바."

"저는, 이제 괜찮아요. 이런 시간까지 귀찮게 해서 죄송해요."

그 말만 하고서 그녀는 그대로 뒤돌아 방으로 돌아가려고 했다.

이대로 보내서는 안 된다.

지금 붙잡지 않으면 그녀는 두 번 다시 내게 본심을 털어놓지 않을지도 모른다.

차라리 그녀를 도와주기 위해 움직이고 있다고 밝힐까?

하지만 해결 방법의 실마리조차 찾지 못한 현재로써는 그녀에게 괜한 희망만 안기게 될지도 몰랐다.

아니, 밝히든 안 밝히든 지금은 그녀를 붙잡아야 해!

허둥지둥 일어나 손을 뻗었다.

"에바!"

"—웃!"

뻗어 나간 손이 그녀의 오른손을 잡았다.

눈물에 젖은 얼굴로 돌아본 그녀의 모습에 한순간 멈칫했다가 말을 걸려고 한 순간, 허리에 찬 소도가 갑자기 진동했다.

"윽! 뭐야?!"

―크오오오오오오!

"윽?!"

귀에 익은 무시무시한 포효가 두통과 함께 머릿속에 울렸다.

기억하는 것보다도 훨씬 크고 사나운 포효―.

두통은 금세 가라앉았다.

하지만 내가 잡은 에바의 손이 이상하게 차갑다는 것을 깨달았다.

얼굴을 드니 그녀도 나와 마찬가지로 왼손으로 머리를 누르고 있었다.

"에바, 괜찮아?!"

"우사토, 씨…… 제게서, 떨어지세요……."

"떨어지라니……?!"

"―윽!"

잡은 손을 통해 치유마법을 걸려고 했지만 그녀의 고개가 아래로 푹 꺾이더니 손에서 힘이 빠졌다.

쓰러지려는 그녀를 순간적으로 끌어안으려고 했을 때, 그녀의 몸이 예고도 없이 떠올랐다.

"대체 무슨…… 무슨 일이 일어나고 있는 거야?!"

『―용서 못 해.』

"에바?!"

『너도, 왕도, 용서 못 해.』

그것은 에바의 목소리가 아니었다.

겹겹이 중첩되어 들리는 섬뜩한 목소리가 그녀의 입을 통해 나오는 것을 보고 확신했다.

"네가 저주의 정체구나."

『아아, 용사여. 우리는 왜 죽어야만 했는가. 왜 버려졌는가. 어리석은 왕이여, 힘에 탐닉한 왕이여, 왜 우리를 구하지 않았는가. 우리는 아직 살아 있었을 터.』

"……말이 안 통하는 건가?"

『우리는 잊지 않는다. 분노를, 공포를, 절망을, 증오를. 영원히 저주하리라.』

에바를 조종하는 누군가가 그렇게 단언함과 동시에 공중으로 떠올랐던 그녀의 몸이 천천히 지면에 내려섰다.

『그러나 수백 년의 고통도 끝을 맞이한다. 여기 용사와 왕족의 존재로 우리는 마침내 해방되리니.』

"……?!"

그녀의 몸과 지면에서 반투명한 쇠사슬에 묶인 무언가가 튀어나왔다.

❀제6화 출현! 에바를 좀먹는 저주!

에바의 몸과 지면에서 튀어나온, 반투명한 쇠사슬에 묶인 무언가.

그것들이 꿈틀거리며 소름 끼치는 목소리로 신음했다.

『아, 아…… 아아아!』

"이 녀석들은 뭐야……?!"

쇠사슬에 묶여 있는 것은 인간의 해골이었다. 하반신 없이 몸통과 머리만 있는 그것의 목에 쇠목줄이 채워져 있어 절그럭절그럭 소리를 냈다.

나를 비웃듯 이를 딱딱 부딪치는 그 형상은 여간 무서운 게 아니었다.

"심지어 잔뜩 있어……!"

대충 스무 개 정도일까.

지면에서 머리만 나온 해골도 있었는데 어째선지 그 이상 나올 기미는 없었다.

『그 몸을 바쳐 우리를 위해 사로잡혀라. 동포여, 가라, 먹어라, 해방을 위해!』

"웃, 오는 건가!"

에바 주위에 떠오른 해골들이 나를 노리고 쇄도했다.

순간적으로 전투태세를 취했지만, 과연 이 녀석들에게 물리 공격이 통할까?

"일단 때려서 확인할까."

사룡 때와 똑같다.

상대해 봐야 알 수 있다.

앞서 달려드는 해골 하나에게 치유 펀치를 날려서 이마에 직격시켰다.

『아…… 키히, 캬하!』

주먹이 직격하여 이마가 깨졌지만, 귀에 거슬리는 웃음소리를 낸 해골의 이마는 이내 푸르스름한 불꽃에 휩싸여 원상 복구되었다.

"음……."

때릴 수는 있어도 효과는 없나.

재생된 것도 치유마법의 효과는 아니었다. ……귀찮네.

이어서 물어뜯을 기세로 입을 크게 벌린 채 돌격한 해골을 피하며 작게 혀를 찼다.

속도는 그럭저럭 빠르고, 강도는 약하지만 금세 수복된다.

에바 주위에는 뱀이 똬리를 튼 것처럼 쇠사슬에 묶인 해골들이 선회하고 있었고, 그중 몇몇은 그녀 옆에 가만히 서서 나를 빤히 살피고 있었다.

눈알 없는 구멍이 나를 바라보는 것에 말로 표현할 수 없는 불쾌함을 느끼며, 달려드는 해골을 향해 수도를 내리쳤다.

"생각해, 생각해……!"

어떻게 해야 에바를 저 해골로부터 구할 수 있지?

단순히 이 녀석들을 에바 곁에서 전부 떼어 내면 되는 걸까? 아니면 에바의 의식을 깨워야 하나?

하지만 저주가 에바의 의식을 빼앗은 상태였다. 그런 그녀를 어떻게 깨우지? 늘 그랬던 것처럼 힘으로 어떻게 될 것 같지는 않았다.

"읏, 위험해?!"

팔을 크게 벌리고서 깨물려고 하는 해골을 굴러서 피했다.

애초에 이 녀석들은 뭘까.

저주이면서 의사를 가지고 있고, 심지어 이 녀석들은 사마리알의 왕족과 용사를 미워하고 있었다.

"그보다 또 용사라고 오해받다니, 선대 용사는 터무니없는 역병의 신(神)이네!"

상체를 뒤로 젖힘과 동시에 머리 위를 지나간 해골의 몸통을 차올리고 그대로 공중제비를 돌았다.

그러는 동안에도 해골들은 일제히 달려들었다.

"끝이 없어……!"

네아가 조종했던 좀비에게는 치유 펀치가 듣지 않았지만, 이 녀석들에게는 치유 펀치는 고사하고 물리 공격조차 효과가 없었다. 어중간하게 부숴도 금방 수복하여 덤벼들었다.

아무리 내가 치유마법사여도 이 녀석들을 영원히 피할 수는 없었다.

"한 방에 쓰러뜨릴 수 없다면 박살 낼 뿐이다!"

상대는 저주— 사룡 때처럼 진심으로 싸워도 문제없을 것이다.

게다가 에바의 몸을 좀먹고 있는 녀석들이었다. 봐줄 필요도 없다.

피하는 것을 멈춘 나는 정원의 돌바닥이 깨질 만큼 힘주어 발을 내디뎌 전방으로 뛰쳐나가 두 해골의 머리를 움켜잡았다.

『아, 아아······!』

『아······ 아······파!』

"내 스승님의 특기다. 받아라!"

그리고 지금부터는 내 오리지널!

해골의 머리를 쥔 채 그대로 돌바닥에 내동댕이치자 와지끈 소리와 함께 부서졌다.

"다음은 너다!"

이어서 측면에서 달려든 해골을 잡아 근처 나무에 힘껏 격돌시켰다.

해골의 상체가 산산이 조각났다.

방금 지면에 내동댕이친 두 해골도 서서히 재생되고 있는 것 같지만 아까보다 상당히 느려 보였다.

아무래도 이렇게까지 부서지면 재생에 시간이 걸리는 듯했다.

『샤아······아아!』

"어이쿠."

이어서 달려든 해골 셋을 똑같은 방법으로 움켜잡고 재생하기 힘들도록 박살을 냈다.

대처법만 알면 간단했다.

"좋아, 이 상태로 계속 으스러뜨릴까······ 응?"

손에서 뚜둑 소리를 내며 다음 표적을 정하려고 남은 해골들을 둘러보니, 녀석들은 나를 에워싼 채 둥둥 떠 있었다.

포위당했나? 아니, 이건…… 아까 느꼈던 적의가 희미해지고 다른 감정이 보였다.

"겁먹은, 건가?"

주저하듯 이쪽을 살피는 해골들의 모습에 나는 고개를 갸웃했다.

"……어쨌든 다짜고짜 덤벼들었을 때부터 말이 통할 만한 녀석들이 아니라는 건 알았어."

그쪽에서 오지 않겠다면 사양 않고 에바를 구하겠다.

혹시 몰라서 주위를 경계하며 에바가 있는 방향으로 몸을 돌렸다.

조종당하고 있는 에바 주위에는 아까와 마찬가지로 여러 해골들이 빙빙 돌고 있었고—.

"……잠깐만."

에바 근처에서 머리만 땅 위로 내놓고 있던 해골이 없어?!

"어디지?!"

잘못 셌나? 아니, 싸우는 도중에 해골의 수는 파악해 뒀다.

사라진…… 건가? 내가 해골들을 쓰러뜨려서 존재를 유지할 수 없게 됐다든가? 하지만 조금 전에 박살 낸 해골들은 느리지만 재생되고 있었다.

저주로 발생한 대량의 해골 중 일부가 사라졌다.

이변이라고 하기에는 사소하지만 무시할 수 없는 일이었다.

여기서 벗어나 에일리 씨나 성에 있는 사람들을 덮치고 있을 가능성이 있기 때문이다.

그 가능성을 생각하고서 한시라도 빨리 에바를 구해 내기 위해 그녀에게 다가가려고 한 순간, 지면에서 하얀 팔이 튀어나와 내 발을 붙잡았다.

"뭐야?! 밑에서?!"

『아……하하…….』

지면에서 얼굴을 내민 것은 두 해골이었다.

녀석들은 가느다란 팔로 내 발을 단단히 움켜쥐고서 덜그럭덜그럭 웃었다.

설마 이 거리에서 지면을 통해 공격할 줄은 몰랐다. 에바의 발밑에서 해골이 튀어나왔다고 생각했기에 내 발밑은 전혀 경계하지 않았다.

"젠장……!"

내가 움직이지 못하게 되자 주위에 떠 있던 해골들도 다시 움직이기 시작했다.

"붙잡은 것 정도로 덜그럭덜그럭 아우성치지 마!"

붙잡힌 발에 힘을 줘 구속에서 벗어났다.

하지만 발을 잡은 해골에게 정신을 빼앗긴 사이 다른 해골 하나가 내 팔을 잡아 깨물었다.

단복 위에서 압박하는 듯한 아픔이 일었다.

『살려 줘…….』

『용사님…….』

『아파, 아파⋯⋯.』

"으, 아, 아아아!"

뭐지, 아까와 똑같은 두통이⋯⋯?!

게다가 뭔가가 머릿속에 흘러들었다. ⋯⋯설마 이 녀석들, 처음부터 나를 공격하려던 게 아니라 깨무는 것이 목적이었나⋯⋯!

머리가 아파서 해골을 떨쳐 낼 힘이 빠졌다. 그리고 그 틈을 노린 것처럼 주위에서 모습을 살피던 해골들이 일제히 내게 엉겨 붙어 깨물었다.

시야가 분열하듯 여러 영상과 목소리가 강제로 흘러들어서 나는 고통스럽게 신음했다.

"끄으⋯⋯ 떨어져⋯⋯."

깨무는 힘은 그리 강하지 않았다.

그보다도 머릿속을 휘젓는 목소리와 처음 보는 풍경— 마치 몇십 개의 시야를 동시에 보는 것 같은 감각에 속이 울렁거리고 머리가 깨질 듯이 아팠다.

"이런, 위험, 할지도⋯⋯."

이런 종류의 공격은 처음 받았다.

이 녀석들은 정신적으로 나를 약화시킬 셈이었다.

여태껏 싸운 방식으로는⋯⋯ 이길 수, 없어?

"웬 이상한 녀석들한테 붙잡혀 있는 거야?! 하여간 손이 많이 간다니까!"

그때, 시야가 혼탁해지고 인사불성에 빠진 내 머리 위에서 꾀꼬리

같은 목소리가 들림과 동시에 내 어깨에 무언가가 착 내려앉았다.

다음 순간, 낯익은 보라색 문양이 몸에 떠올랐다.

『이이익!』

『히야아……!』

온몸에 퍼진 문양은 들러붙어 있던 해골들을 팍 튕겨 냈다.

그와 함께 두통이 거짓말처럼 사라지고 시야도 원래대로 돌아왔다.

머리를 흔들고서 일어난 나는 어깨에 앉은 그녀에게 감사 인사를 했다.

"하아, 하아…… 고마워, 덕분에 살았어. 네아."

"그보다 안 본 사이에 왜 이 지경이 되어 있는 거야?! 왜 저주가 발동된 거지?!"

그건 내가 알고 싶다.

날개로 에바를 가리키며 상황 설명을 요구하는 네아를 보고 안도의 한숨을 쉬었다.

네아가 와 주지 않았다면 정말로 큰일 날 뻔했어…….

"바로 설명할게. 하지만 그건—"

『아아아아아!』

『우으, 으아아아아!』

저 녀석들과 싸우면서 해야겠지.

나와 네아를 노려보며 화난 것처럼 쇠사슬을 절그럭거리고 이빨을 부딪치는 해골들을 시야에 담은 나는 해골의 공격을 피하며 조금 전까지 일어났던 일을 설명했다.

네아가 내 몸에 마술을 걸어 주고 있는지 해골의 공격을 받을 때마다 단복에 보라색 문양이 떠올랐다. 이게 해방 주술이란 건가? 내심 쓸모없다고 생각했었는데 의외의 상황에서 도움이 되었다.

"그래, 그렇게 된 거구나."

"대처법을 알았으면! 얼른 가르쳐 줄래?!"

달려드는 대량의 해골을 주먹으로 대처하며, 어깨 위에서 조용히 생각에 잠긴 네아에게 필사적으로 외쳤다. 꽤 과격하게 움직이고 있는데도 전혀 떨어질 기미가 안 보였다.

"우사토, 대처법은 간단해. 내가 지금 우사토에게 걸고 있는 마술을 저 아가씨에게 주입하면 돼."

"……그렇게 간단한 일이야?"

"그래. 저 괴악한 취미의 시체들은 저 아이를 매개로 여기에 소환된 거야. 저 아이만 무효화시키면 되는 거지."

"그 말은 즉, 중계 역할인 에바를 저주에서 떼어 놓으면 이 녀석들은 사라진다는 거야?"

"맞아! 뭐야, 잘 알고 있네!"

왜 지금 칭찬받은 걸까.

나, 그렇게 머리가 나빠 보이나.

하지만 이건 내가 생각해 낼 수 없을 만한 해결 방법이었다. 이 아이가 있어서 다행이라고 다시금 생각했다.

에바가 중계 역할이라면 저주의 근본은 다른 곳에 있다고 생각해도 되려나?

"하지만 마술을 주입하는 건 너야."

"네가 하는 게 아니라?! 난 마술 같은 거 못 써!"

"그런 건 나도 알아. 하지만 나와 일체화된 너라면 얘기가 다르지. 우사토, 손을 들어 봐."

해골들과 일단 거리를 둔 나는 네아의 말을 따라 양손을 들었다.

그러자 네아의 작은 몸에서 보라색 마술 문양이 내 몸으로 전달되었고, 팔을 지나 양손에 모였다.

"이건……."

"내가 마술을 발동해서 네 몸에 보낼 거야. 넌 그냥 아무것도 생각하지 말고 주먹을 휘두르면 돼. 그『구속 주술』이라면 방해되는 해골을 잠시나마 무효화시킬 수 있겠지."

"이게 바로 호랑이에게 날개를 달아 준 격인가……!"

마술이 담긴 양손을 움켜쥐고 눈앞의 해골들을 노려보았다.

구속 주술의 위력은 내가 제일 잘 알고 있었다. 이 녀석을 해골에게 때려 박으면 설령 재생되더라도 움직임을 봉할 수 있다.

"하지만 에바에게 마술을 주입하는 순간에는 지금 내가 너한테 건 마술을 풀어야만 해. 그때 너는 무방비해져."

"내 걱정은 하지 마. 못 버틸 아픔은 아니니까."

"그 망설임 없는 말이 터무니없다고……. 자, 온다! 첫 시도지만 제대로 성공시켜 줘!"

"그래!"

네아의 격려에 부응하여 에바를 향해 전력으로 뛰었다.

벽을 이루듯 부유 중인 해골들— 그중 하나의 안면에 뒤로 크게 물렸던 왼쪽 주먹을 때려 박았다.

"하아!"

몸이 부서지며 다른 몇몇 해골들과 함께 날아간 녀석은 지면에 떨어지자 구속 주술에 묶여 덜그럭덜그럭 경련했다.

해골을 때린 왼손의 마술은 조금 전의 일격으로 소비되어 버렸지만 네아가 바로 마술을 보충해 주었다.

뭐랄까, 이건, 응.

치유 펀치와 조합하면 구속과 치유를 겸비한 엄청난 기술이 만들어질 것 같아…….

"우와, 끔찍해."

"마술에 집중해! 다음 녀석이 온다!"

나도 끔찍한 혼종이라는 생각을 하긴 했지만 말로 꺼내진 말아 줘.

하지만 이거라면 재생돼도 움직이지 못한다. 설령 그것이 짧은 시간이더라도 내게는 충분하다.

에바를 향해 일직선으로 돌진하며 주먹을 휘둘러 덤벼드는 해골들을 날벌레처럼 격퇴해 나갔다. 단숨에 에바 근처까지 거리를 좁힌 나는 마술을 행사 중인 네아에게 말했다.

"네아, 준비해!"

"알고 있어!"

이미 나는 에바의 눈앞까지 접근한 상태였다.

맨 처음 구속 주술을 먹인 해골도 움직이기 시작했을 테고, 재빨리 에바를 저주에서 해방시키자!

구속 주술이 없는 오른손을 펼치고 에바의 눈앞에서 발을 멈춤과 동시에 그녀의 머리에 손을 올렸다.

"지금이야!"

"간다!"

네아가 내 몸을 덮고 있던 해방 주술을 해제하자 무방비해진 틈을 노리고 뒤에서 다가온 해골이 내 몸에 들러붙어 깨물었다.

날카로운 아픔이 머리를 강타했다.

"끄, 으…… 네, 아……!"

"대상을 『저주』로 정한다! 항거하는 수단으로 이것을 물리치리라!"

두통에 시달리며 흔들리는 시야 속에서, 에바의 머리에 올린 오른손을 통해 네아가 발동한 마술이 흘러드는 것이 보였다.

그것이 에바의 전신을 뒤덮듯 전개되자 주위에 있던 해골들이 무언가에 끌려 들어가는 것처럼 지면으로 사라졌다.

나를 깨물고 있던 해골도 마찬가지로 연약하게 사라졌다.

"에바!"

저주에서 해방된 에바가 고꾸라졌다.

에바를 안아 지면에 눕힌 나는 그녀의 이변을 알아차렸다.

"머리카락이, 파래졌어……. 네아, 이건……."

새하얬던 에바의 머리카락이 빛깔을 되찾은 것처럼 싱그러운 파란색으로 바뀌어 있었다.

어떻게 된 거지? 에바에게 무슨 일이 일어난 거야…….

"아마 이 아이의 존재를 흡수하던 녀석들을 떼어 냈기 때문일 거야."

"그런다고 머리카락 색이 바뀌어……?"

"원래 이 아이의 머리카락은 파란색이었던 거지."

역시 에바의 머리카락이 새하얬던 건 저주 때문이었나?

그렇다면 이제 에바는 저주에서 해방됐다고 생각해도 되려나?

"이제 이 아이는 괜찮은 거야?"

"……아니."

"어째서? 에바에게 걸려 있는 마술을 풀 수 없었던 거야? 그 해방 주술이라는 마술로……."

마술의 효과를 해제하는 마술. 그것이 해방 주술일 터.

내 물음에 옆에서 상태를 살펴본 네아는 천천히 고개를 가로저었다.

"……내가 건 마술은 해방 주술이 아니라 『내성 주술』이야."

"뭐?"

왜 여기서 내성 주술을?

내성 주술은 대상에게 딱 하나 내성을 부여하는 마술일 터다.

"말했잖아. 해방 주술은 대상의 술식이 보여야 쓸 수 있어. 그때 나한테는 해골들의 모습은 보였어도 에바에게 걸린 마술의 술식은 안 보였어. 그래서 대신 내성 주술을 걸어서 에바에게 저주에 대한 내성을 부여한 거야."

……즉, 아직 에바를 저주에서 구하지 못했다는 뜻인가.

어쩌면 좋을지 알 수 없어 침음하는 내게 네아가 심각한 목소리로 말을 이었다.

"지금 그녀는 저주에 내성을 가지고 있을 뿐이니까, 이게 풀리면 아까 그 녀석들이 또……."

"내성 주술은 임시방편일 뿐이라는 거야……?"

예전에 네아가 아르크 씨의 갑옷에 타격 내성을 부여한 적이 있는데, 그때는 내 주먹이 전혀 통하지 않았다. 지금은 저주 내성을 부여해서 저주가 에바에게 다가오지 못하도록 했을 뿐인가.

"……역시 이 아이를 구하려면 저주의 근본을 쳐야 한다는 거네."

그래도 마침내 상대의 꼬리를 잡았다. 반드시 저주를 깨부숴서 에바를 구하겠어!

그렇게 결의하고 있는 사이, 기절한 에바의 얼굴을 들여다보던 네아가 인상을 찌푸렸다.

"……이 저주의 정체, 대충 알겠어."

"뭐라고? 네아, 정체가 대체—."

"우사토 님!"

""……!""

저주의 정체를 알았다는 네아에게 이야기를 들으려고 했지만, 잠옷 차림의 에일리 씨가 집에서 헐레벌떡 뛰쳐나와 네아도 나도 입을 다물었다.

항상 냉정한 그답지 않은 모습에 나는 아차 싶었다.

"에일리 씨, 이건……."

위험했다. 이 상황은 내가 에바를 해한 것처럼 보여도 이상하지 않았다.

에일리 씨에게 어떻게 설명할지 생각하고 있는데 이쪽으로 달려온 그의 발이 멈췄다.

"……엘리자, 님?"

"예?"

에바의 얼굴을 보고 그렇게 중얼거린 그는 이내 퍼뜩 정신이 든 표정으로 자신의 눈을 비비고 에바를 안은 나를 보았다.

"……무슨 일이 일어났는지는 창문으로 봤습니다! 우사토 님께서 공주님을 구해 주셨다는 건 알고 있습니다! 어쨌든 공주님을 침실로 모시죠!"

"아, 네!"

에일리 씨의 지시대로 에바를 안아 들고 집을 향해 걸어갔다.

"아아, 젠장. 그 해골들……."

달빛을 받아 만들어진 내 그림자를 보고 나답지 않게 욕을 내뱉었다.

내 그림자에는 이상이 없었다.

그러나 내가 안고 있는 그녀의 그림자는 몸의 절반 이상이 사라진 상태였다.

얼마 남지 않은 그림자가 마치 그녀의 남은 수명을 나타내는 것 같아서, 사태는 최악으로 치닫고 있음을 자각하지 않을 수 없었다.

***

침대에 눕힌 에바는 죽은 듯이 자고 있지만 숨은 분명하게 쉬고 있었다.

그러나 눈에 띄게 약해진 상태였다.

"이대로 깨어날 수 있을지 어떨지……."

에일리 씨는 이 일을 성에 알리러 가서 이 자리에 없었다.

창문으로 비쳐 든 달빛을 받은 에바의 모습을 보고서 천천히 눈을 감았다 뜬 나는 네아에게 물었다.

"네아, 내성 주술은 얼마나 유지돼?"

"반나절 정도야. 내가 마력을 계속 가하면 얼마든지 유지되지만, 그걸로는……."

"근본적인 해결이 되지 않는다는 거지……?"

그 말에 네아는 고개를 끄덕였다.

지금 에바가 무사한 것은 네아의 내성 주술로 저주를 튕겨 내고 있기 때문이었다. 그것이 풀려 버리면 에바는 점점 쇠약해지다가 끝내는 소멸하리라.

"어째서 이 아이가 밖으로 나갈 수 없는지 알았어."

"왜 못 나가는 건데?"

"이 저주가 에바를 성에 구속하고 있기 때문이야. 아까 봤던 해골들과 쇠사슬로 묶여 있는 에바가 성을 나가게 되면 단숨에 그 존재와 생명을 빼앗겨 버릴 거야."

"그래서 에바는 이곳에……."

태어났을 때부터 저주 때문에 성 안에서만 생활할 수밖에 없었다. 그건 대체 얼마나 잔혹한 일일까.

"아마 이 결계에 둘러싸인 집은 에바가 밖에 나갈 생각을 하지 못하도록 만들어진 장소겠지. 지내면서 불편하지 않도록, 답답하다고 여기지 않도록 교육받으며 자란 이 아이는 문자 그대로 이 세계 밖에 모르면서 큰 거야……."

무심코 창밖을 보았다.

결계에 감싸인 작은 집. 살기 위해 필요한 것은 충분히 갖춰져 있지만 이곳은 너무나도 좁았다.

"……잠깐만. 지금 에바는 저주에 내성을 지닌 상태지? 그럼 에바를 성 밖으로 데리고 갈 수 있지 않아?"

"응, 가능하지만……."

네아는 불쌍하다는 얼굴로 에바를 내려다보았다.

"이대로 의식을 되찾더라도 이 아이는 멀쩡하게 살 수 없어. 아까 벌어졌던 전투로 생명력이 너무 소모됐어……. 바깥세상에 나가더라도 1년을 못 버틸 거야."

1년…… 너무 짧다.

"그리고 우사토도 이 나라에 줄곧 매여 있을 순 없잖아."

"……그렇지. 우리한테도 해야 할 일이 있어."

그렇기에 단기간에 결판을 내야 했다.

다행히 상대의 꼬리는 잡았다. 아까 싸울 때 에바의 몸을 장악했던 저주가 묘한 말을 했었고, 네아도 뭔가를 눈치챈 것 같았다.

"네아, 이 저주의 정체를 알았다고 했지? 가르쳐 주지 않을래?"

"그건 상관없지만. 정체라고 해도 전부 알아낸 건 아니야."

"그래도 좋아."

지금 필요한 것은 아까 봤던 해골에 관한 정보였다.

어떤 사소한 정보라도 좋으니 들어 두고 싶었다.

"우사토, 이건 저주이면서 저주가 아니야. 아, 하지만 그래도 일단 저주려나? 부차적인 효과를 포함하면 그렇지만, 주된 부분은 그거니까……."

"음…… 응~? 미안, 뭔 말인지 모르겠어."

나도 이해할 수 있도록 쉽게 설명해 줘.

저주 같은 방면은 아직 잘 모른다고.

"나도 정체를 알았다고 말하긴 했지만 애매모호해. 확실한 건…… 그 해골들은 육체를 잃은 영혼이란 거야."

"육체를 잃은 영혼?"

"이렇게 말하면 알려나? 유령이야."

"……어? 미안, 지금 뭐라고 했어?"

"유령이라고. 유령, 육체를 원하며 방황하는, 의사를 지닌 에너지체."

"……."

듣지 말걸.

힘껏 때리기도 했었는데, 유령이라고 생각하니 새삼 무서워…….

어색하게 웃는 내 모습 따위 눈치채지 못한 네아는 그대로 말을 이었다.

"그 녀석들이 왕족과 용사…… 용사라고 착각한 우사토를 덮친 건 그런대로 원한이 있기 때문이야."

"그건 그 녀석들의 말을 듣고 알았어. 하지만 어째서 해방된다느니 하는 영문 모를 소리를 했던 거야?"

"바로 그거야. 그 해골들이 해방을 바라고 있다는 게 중요해."

네아는 손가락으로 척 가리키듯 이쪽으로 날개를 들이댔다.

뭐가 중요하다는 거지? 그 해골의 말이 중요하다는 건가?

"육체를 잃은 영혼은 이 세상에 머물지 못한다고 저녁 먹기 전에 말했었지? 하지만 그 해골들은 머물고 있어. 그렇다는 건 그 해골들의 영혼을 이 세상에 구속하고 있는 『무언가』가 있다는 뜻이야."

"그럼 그 『무언가』를 때려 부수면 에바를 저주에서 해방할 수 있다는 거야?"

"말투가 난폭하지만, 맞아. 운이 좋으면 빼앗겼던 에바의 육체와 영혼도 돌아오겠지."

생각해 보면 그 해골들은 목줄이 채워진 채 쇠사슬에 묶여 있었다.

그것이 해골들을 구속하는 『무언가』인 걸까?

"알 수 없는 건 『어떤 방법으로 영혼을 이 세상에 묶어 두고 있는가』야."

"마술이지 않을까? 생각할 수 있는 건 그것뿐인데……."

"마술이기에 이상한 거야. 보통은 이렇게 오랫동안 유지되지 않아."

"시간이 경과하면 사라지는 마술도 있고, 반영구적으로 기능하는 마술도 있다고 네가 저번에 말했잖아."

사마리알에 도착하기 전에 해방 주술에 관해 가르쳐 주면서 그녀가 했던 이야기였다.

"맞아. 하지만 마술을 발동하기 위해서는 마력이라는 연료가 필요해. 오랜 세월 유지하려면 그만큼 많은 마력이 필요해져."

"요컨대 너처럼 마술을 쓸 수 있는 마물이 이 저주에 관여하고 있다는 거야?"

"가능성은 있어."

네아 같은 마물이 관여하고 있을 가능성인가.

명확한 적이 있다면 나도 대처하기 쉬워진다. 하지만 그만큼 주위에 미칠 피해도 생각해야겠지.

팔짱을 끼고 끙끙거리며 고민하고 있으니 이야기는 아직 끝나지 않았다는 듯 내게 몸을 돌린 네아가 날개를 들었다.

"또 다른 가능성이 하나 더 있어."

"또 다른 가능성?"

"술자 없이 외부에서 마력이 제공되는 구조를 만드는 거야. 기본적으로 마술은 뼈대만 만들어지면 누구의 마력이든 상관없이 발동되니까 외부에서 적당히 마력을 넣어도 알아서 계속 작동시킬 수 있어. 구조만 만들어 두면 사라지지도 않고 거의 영구적으로 마술을 행사할 수 있는 거야."

"……그렇구나."

전혀 모르겠다.

즉, 멋대로 마술이 사라지지 않도록 연료가 되는 마력을 제공하는 시스템을 만들면 술자가 없어도 괜찮다는 건가……?

"나 같은 마물의 소행인지, 아니면 옛날에 살았던 누군가가 만든 구조로 작용하고 있는지는 모르겠지만 불쌍해."

"에바가?"

"아니, 영혼들이."

해골 쪽?

그녀의 말을 듣고 나도 모르게 이상한 목소리를 내고 말았지만, 네아는 슬픈 얼굴로 창밖을 보며 혼잣말처럼 중얼거렸다.

"육체를 잃은 영혼이 해방을 바라고 있는 거잖아. 심지어 마음이 망가진 것 같았어. 해방되고 싶다고, 다시 살고 싶다고 몇십 명, 어쩌면 몇백 명은 될 사람들의 사념이 일그러진 사고가 되어 저주의 대상인 이 아이를 덮치고 있는 거야. 웬만한 인간은 버틸 수 없어."

"자신들을 구속하고 있는 것에서 해방되고 싶어서 에바의 존재를 빼앗고 있는 거야?"

"아마 그럴 거야."

대체 그 해골들은 뭘까.

아니, 이 경우에는 어디서 왔는가를 따져야 하려나.

육체는 사라졌지만 원래는 인간이었을 테니까. 생각해 보면 내가 해골들을 격퇴하는 모습을 겁먹은 것처럼 바라봤던 것도 인간에 가까운 반응이었다.

그리고 물렸을 때 머릿속에 울렸던 말…… 그중에는 어린아이의 목소리도 있었다.

살려 달라고, 아프다고 도움을 구하는 목소리와…….

"용사인가."

나는 허리에 메어 둔 용사의 소도를 꺼냈다.

"내가 에바의 손을 잡았을 때, 이 녀석이 거세게 진동했어. 뭔가에 반응한 것처럼 말이야."

"기분 탓……은 아닌 거지?"

"확실하게 진동했어. 그리고 그 후에 에바의 주변에서 해골들이 쏟아져 나와서 전투가 시작된 거야. 그 녀석들이 나를 용사라고 한건 아마 이 칼 때문이겠지. 그게 아니라면 앞뒤가 맞지 않아."

나는 용사가 아니다. 그것만큼은 확실하게 말할 수 있었다.

용사인 이누카미 선배와 카즈키가 이미 소환됐고, 무엇보다 소환될 때 적성이 있는 자에게만 들린다는 종소리를 나는 듣지 못했기 때문이다.

"하아, 설마 사룡뿐만 아니라 유령한테까지 용사라고 불릴 줄이야. 나 같은 게 용사일 리가 없잖아."

"내가 보기에는 충분히 용사지만 말이지. 이 나라 편에 붙으면 넌 확실히 용사가 될 수 있을걸? 그만한 힘을 가지고 있으니까."

루크비스에서 언젠가 키리하가 말했었지.

이 세계에서 『용사』는 두 가지 의미가 있다고.

다른 세계에서 소환된 카즈키와 이누카미 선배 같은 용사와, 이 세계에서 무용을 인정받아 용사의 칭호를 부여받은 자.

"어쨌든 용사라는 직함은 바라지 않아. 지금도 이런데 진짜로 용사가 되면 어떤 귀찮은 일이 닥칠지 몰라."

"그건 그러네……. 우사토는 어떻게 봐도 말썽에 휘말리는 타입이고, 자신이 직접 말썽에 끼어드는 타입이니까. 칭호뿐인 용사 같은건 안 되는 편이 좋을지도 몰라."

"납득하지 말았으면 좋겠어……."

네아의 말에 어깨를 축 떨궜다.

뭐, 이번만큼은 내가 직접 성가신 일에 끼어든 것이나 마찬가지니까 반론할 수 없지만.

각설하고 이야기를 되돌리자.

결국 에바의 저주가 발동되는 계기를 만든 것은 이 소도였다.

이 녀석을 가진 채로 섣불리 에바의 손을 잡아 버렸기에 에바가지금 이렇게 된 것이라면 내 탓이라고도 할 수 있었다.

그렇게 생각하니 나 자신의 부주의함이 한심했지만 얻은 것도 있었다.

나는 방에 두고 온 수첩의 내용을 머릿속에 떠올렸다.

"옛날에…… 사마리알을 멸망시킬 뻔했던 사룡과 그것을 타도한용사 이야기는 너도 알지?"

"그 수첩 내용 말이지?"

"그래……. 그 이야기는 틀림없이 실제로 일어났던 일이야. 그리고그 사건이 에바의 저주와 밀접하게 연관되어 있다고 나는 생각해."

"틀렸다고 말하고 싶지만…… 하아, 그러네. 네 이야기를 들어 보니 관계가 없을 리는 없겠어……. 아~ 사룡에 관해서는 이제 잊어버리고 싶은데 왜 여기서 나오는 거야~!"

"나도 떠올리고 싶지 않아."

꽤 봉변을 당했고 고생도 했다. 네아도 빈사 상태까지 몰렸을 정도였다.

"페그니스 씨도 오랜 옛날 사마리알에 큰 재앙이 닥쳤었다고 했으니 틀림없겠지. 사룡과 용사는 에바의 저주와 확실하게 관련이 있어."

"페그니스? 그건 또 누구야?"

아아, 네아는 모르지, 참.

고개를 갸웃하는 네아에게 페그니스 씨에 관해 설명했다. 나를 성에 데려온 사람이라고 하자 금세 생각났는지 네아는 싫다는 표정을 지었다.

나쁜 사람은 아니기에 조금이나마 이미지 쇄신을 위하여, 사마리알이나 탑에 관해 설명해 준 것과 내게 소도를 돌려준 이야기를 하자 그녀는 얼굴을 찌푸렸다.

"……우사토. 그 녀석 절대 내게 접근시키지 마."

"알고 있어."

"그리고 넌 너무 쉽게 속아. 좀 더 남을 의심하면서 행동해."

"아마코에 이어서 너도 그 소리냐……."

"사마리알의 탑이라……. 흐응, 사룡이 쓰러진 뒤에 부흥을 기원하며 만들었다……. 상당히 여유로운 임금님이네."

네아는 내 지적을 무시하고서 뭔가를 곰곰이 생각했다.

너무 쉽게 속는다니 실례라고 생각하지만, 확실히 나는 눈앞의 올빼미에게 속은 결과, 조종당한 완전 무장 아르크 씨에 이어 사룡과도 싸우게 됐었다.

그것을 떠올리고 천천히 고개를 숙였다.

……응?

"네아. 누군가가 왔어. 조용히 해."

"알겠어."

네아는 내 어깨에 올라오더니 사역마 올빼미를 연기하듯 부엉~ 하고 울었다.

그 후, 곧바로 성의 의사로 보이는 사람과 웰시 씨 같은 마법사들이 줄줄이 방에 들어왔다.

아마 에바의 상태를 진찰하기 위해 불려 온 사람들이겠지.

방해되지 않도록 조용히 방을 나간 나는 문 옆의 벽에 등을 기대고 어깨에서 힘을 뺐다.

그러자 아래층에서 계단을 올라온 에일리 씨가 천천히 이쪽으로 다가왔다.

"우사토 님."

"네?"

"루카스 님께서 우사토 님을 부르십니다."

"……알겠어요."

뭐, 당연히 부르겠지.

오히려 부르지 않았으면 내 쪽에서 찾아갔을 것이다.

에일리 씨가 말하길, 루카스 님은 집 밖에서 기다리고 있다고 했다.

에바의 얼굴은 안 보는 걸까?

그렇게 물어보자 에일리 씨는 침통한 목소리로 대답했다.

"분명 루카스 님도 충격을 받으셨을 겁니다."

충격인가. 소중한 딸이 쓰러졌다면 보통 그렇겠지.

방금 질문은 너무 무신경했다.

"공주님께 나타났던 문양은 우사토 님의 힘입니까?"

"······!"

갑작스러운 질문에 동요를 감출 수 없었다.

앞서 걷는 에일리 씨를 응시하며 무심코 발을 멈추고 말았지만, 어깨에 앉은 네아가 가볍게 뺨을 두드려서 정신을 차리고 다시 걷기 시작했다.

그랬지, 참. 에일리 씨는 내가 에바에게 마술을 거는 모습을 봤다. 눈치챘더라도 이상하지는 않았다.

어쩌지? 입막음할 수는 없고, 차라리 사정을 설명할까?

"우사토 님을 질책하는 것은 아니니 안심하셔도 됩니다. 그 문양이 지금 공주님의 생명을 지켜 주고 있음은 막연하게 알 수 있으니까요······."

"······."

"애초에 공주님께 걸린 저주는 제가 아는 저주와 전혀 다릅니다. 공주님의 머리카락이 원래 색을 되찾은 것을 보면 그 문양이 공주님에게서 저주를 떨어뜨려 놓고 있다는 건 알 수 있습니다."

솔직히 내가 에바에게 위해를 가했다고 여겨지지 않아서 다행이었다. 그렇게 됐다면 최악의 경우 옴짝달싹할 수 없는 상황이 되어 그녀를 구할 여유도 없어졌을 테니까…….

"공주님의 몸을 좀먹는 저주는 색깔을 빼앗고, 기척을 빼앗고, 끝내는 전부 사라져 버리게 하는 무서운 저주입니다. 그런 저주에 시달리고 계신 공주님이 돌연 원래 모습으로 돌아오다니, 여태껏 이런 일은 없었습니다."

"원래 모습이라는 건 어릴 적 머리카락 색을 말씀하시는 건가요?"

"네, 엘리자 님께 물려받은 아름다운 머리카락이라 정말 쏙 빼닮은 모습이었습니다."

에일리 씨는 그 모습을 떠올리듯 아련한 시선으로 대답했다.

그러나 밖으로 나가는 문 앞에서 그의 발이 멈췄다.

"에일리 씨?"

"……사실은, 어릴 적과 같은 공주님을 보는 일은 두 번 다시 없을 줄 알았습니다. 엘리자 님께서 그러셨던 것처럼 누구에게도 이별을 고하지 못하고 사라지실 것이라고 생각했지요."

누구도 알지 못하는 가운데 사라진다……. 그건 몹시 괴로운 일이었다.

그 사람에게도, 주변 사람들에게도…….

"제가 할 수 있는 일은 집사 업무뿐입니다. 이제껏 살면서 마법도, 검도 다뤄 본 적이 없는 나약한 남자입니다. 그래도 저는 집사로서 공주님이 아무런 불편 없이 지내실 수 있도록 노력했습니다. 그러나 지금은 공주님께 아무것도 해 드릴 수가 없습니다……. 저는 그것이 참을 수 없이 분합니다……."

"……에일리 씨는 나약한 사람이 아니에요."

떨리는 목소리로 꺼낸 그의 말을 부정했다.

요 며칠간 알게 된 에일리 씨…….

요리를 잘하고 집안일이라면 뭐든 소화하고, 에바를 무척 소중하게 여기고 있었다.

그런 그를…… 에바의 성장을 줄곧 지켜본 사람을 나약한 사람이라는 말로 정리할 수 있을 리가 없다.

"싸우지 않아도 에일리 씨가 에바를 줄곧 지탱해 왔다는 것은 변함없는 사실이에요. 그러니까 지금까지 그랬던 것처럼 에바가 무사하기를 기도해 주세요."

"우사토 님……."

"그리고…… 육체파인 저는 그녀의 저주를 때려 부수겠어요."

"예……? 때려, 부순다고요? 대체 당신은……."

나는 그의 앞을 가로질러 걸어 나갔다.

이렇게까지 큰소리를 쳤으니 이제 앞으로 나아갈 뿐이다.

그렇게 굳게 다짐한 그때, 내 어깨에 앉아 있던 네아가 날개로 가볍게 뺨을 찰싹 때렸다. 그에 옆을 보니, 네아는 언짢은 얼굴로 자신을 가리키고 있었다.

"부엉~!"

"아~ 미안, 나 혼자가 아니지."

자신만만한 그녀를 보고 쓴웃음을 지으며 문손잡이를 잡은 나는 뒤돌아 단언했다.

"에바의 저주는 **저희**가 어떻게든 해결하겠어요."

그리고 나는 놀란 표정을 지은 에일리 씨를 뒤로한 채 문을 열어젖혔다.

마당은 캄캄했다. 그리고 아까 있었던 소동으로 인해 불이 밝혀진 성이 보였다.

나는 망설이지 않고 걸어 나갔다.

"……왔나."

그는 지난번과 마찬가지로 무덤 앞에 양반다리로 앉아 있었다.

이쪽을 돌아보지 않고 그렇게 중얼거린 그를 향해 나는 주저 없이 입을 열었다.

"루카스 님, 드릴 이야기가 있습니다."

자, 여기서부터가 승부다.

제7화 네아, 동분서주하다! 움직이기 시작하는 계획!

우사토가 성에 간 지 오늘로 닷새째.

그리고 네아가 우사토를 만나러 간 다음 날이기도 했다.

나와 아르크 씨는 되도록 밖에 나가지 않고 여관방에서 지내며, 아무리 기다려도 돌아오지 않는 우사토를 걱정했다.

"우사토, 괜찮을까……."

"우사토 님이라면 웬만한 일은 어떻게든 하시겠지만, 닷새나 돌아오지 않으시는 걸 보면 뭔가 일이 생겼다고 생각하는 편이 좋을지도 모르겠습니다."

평소 우리는 각자의 방에서 지내지만 이렇게 이야기를 나눌 때에는 1층에 있는 큰 식당의 구석에 모였다.

현재 우사토에게 간 네아에 관해서는 몸이 안 좋아 방에서 쉬고 있다고 이곳에서 일하는 사람들에게 말해 뒀으니 문제없었다.

"우사토도 걱정되지만 이 상황도 이상해. 우리 말고 손님이 없는 것도 그렇지만, 아마 이곳 사람들은 내 정체를 눈치채고 있을 거야. 그런데 누구도 나를 쫓아내려 하지 않고 기사에게 알리려고 하지도 않아."

"네아라면 몰라도 아마코 님의 정체를 알면서 아무 짓도 하지 않는 것을 보면…… 사마리알 왕은 미리 저희에 관해 알고 있었을지도 모르겠군요."

아르크 씨는 주위에 들리지 않게 목소리를 낮추고서 그렇게 말했다.

"하지만 그것도 아마 링글 왕국과 루크비스에서 저희가 어떻게 행동했는지까지일 겁니다. 여행 도중에 동료가 된 네아에 관해서는 모르겠지요."

"……아니꼽지만, 정체가 알려지지 않은 그 녀석이 생각지도 못한 형태로 활약하게 된 거네."

시끄럽고 뻔뻔하고 우사토에게 친한 척하는 흡혈귀가 도움이 된다는 사실은 인정해야 했다.

나를 깔보는 네아의 비웃음이 머릿속에 떠올라서 관자놀이를 눌렀다.

"아무튼 네아가 돌아오는 걸 기다릴 수밖에 없겠지……."

"그렇죠. 우사토 님이 붙잡혀 계신다면 성에 돌입하는 것도 생각해 봐야 합니다. 어디까지나 최종 수단입니다만……."

"우사토를 붙잡는 게 가능해?"

"……하, 하하하, 우사토 님도 인간이니까요."

방금 그 짧은 틈은 뭘까.

하지만 우사토는 평범한 수단으로 붙잡을 수 있을 만한 인간이 아니었다.

빠르고, 강하고, 포기할 줄을 모른다.

사룡에게도 겁먹지 않고 덤벼드는 배짱 또한 있었다.

약점을 꼽자면…….

"보고도 못 본 척하지 못한다는 걸까……."

내 상황도, 나크의 상황도, 네아의 상황도, 본체만체하지를 못했다.

본인은 그렇게 착한 사람이 아니라고 부정할지도 모르지만, 그는 도움을 구하는 목소리를 무시하지 못했다. 괴로워하는 사람을 간과하지 못했다.

내가 생각하기에 우사토의 그런 부분이 위험했다.

"어쩌면 카즈키 님처럼 우사토 님도 사마리알 공주님의 호감을 얻으셨을지도 모릅니다. 언뜻 들은 바로는 꽤 미인이라더군요. 하하하."

"……."

"아, 네, 농담입니다. 죄송합니다."

내 기운을 북돋기 위해 쾌활하게 웃은 아르크 씨의 말에 무심코 무표정이 되어 버렸다.

"우사토한테는 이상한 사람이 잘 꼬이니까 웃을 수 없는 농담이야."

카즈키와 웰시 씨, 키리하 남매 같은 평범하고 상냥한 사람뿐만 아니라, 스즈네, 하르파, 네아, 그리고 로즈 씨와 구명단 사람들 같은 여러 가지 의미에서 조금 위험한 사람들에게도 사랑받는지라 아르크 씨의 말도 전혀 가망이 없지는 않았다.

"귀찮은 일이 벌어진 게 아니라면 좋겠는데……."

"그게 이미 벌어졌단 말이지."

"……?!"

그때, 낯익은 목소리에 얼굴을 들고 그 방향으로 고개를 돌렸다.

올빼미 모습으로 성에 갔던 네아가 사람 모습으로 식당 입구에서 웃으며 손을 흔들고 있었다.

어딘가 노곤해 보이는 그녀는 나와 아르크 씨가 앉은 테이블로 다가오더니 아르크 씨가 뺀 의자에 거리낌 없이 앉아 테이블에 축 몸을 기댔다.

나는 그런 네아에게 말을 걸었다.

"무슨 일이 있었는데?"

"음~ 어쩔까~ 말할까, 말까~? 하지만 피곤한데~."

⋯⋯.

"흥!"

비교적 진심을 담아 네아의 머리에 힘껏 수도를 내리쳤다.

"아파!"

네아는 머리를 누른 채 의자에서 굴러떨어졌다.

"무, 무슨 짓이야?! 그냥 조금 골려 주려고 했을 뿐인데!"

"그런 거 필요 없으니까 빨리 말해. 또 장난치면 명치를 뚫어 버릴 거야."

"뚫어?! 뭔가 나에 대한 대우가 너무 험하지 않아?!"

귀찮은 일이 벌어졌다고 말해 놓고서 뜸을 들이면 짜증이 나는 것도 당연했다.

"자자, 진정하세요. 네아도 피곤할 테고, 일단 아침을 먹으면서 이야기하죠."

"마, 맞아. 나 무진장 분발해서 배고프고 피곤하다고. 그, 그러니까 그 손 집어넣어⋯⋯!"

"⋯⋯."

아르크 씨의 말에 마지못해 고개를 끄덕인 나는 다시 의자에 앉았다.

어쩔 수 없지. 확실히 피곤해 보이고, 지금은 물러나자.

아르크 씨가 여관 사람에게 조식을 부탁하자 미리 준비해 뒀는지 바로 따뜻한 3인분 식사가 테이블에 차려졌다.

"우사토 말인데⋯⋯. 결과만 말하자면 귀찮은 일에 말려들었어. 그것도 상당히 귀찮은 일에."

포크로 샐러드를 찍으며 내뱉은 네아의 말에 나는 이마를 짚었다.

잠깐 떨어져 있는 사이에 왜 또 귀찮은 일에 말려든 거야⋯⋯.

"무슨 일이 있었던 겁니까?"

"사마리알의 공주님에 관해 알아?"

"공식 석상에 모습을 드러내지 않는, 사마리알 왕의 딸 말이지요?"

"맞아. 사마리알 왕의 주선으로 우사토는 어제까지 나흘간 그 공주님이랑 같이 살았어."

정말로 뭐 하고 있는 거야? 우사토⋯⋯!

이번에는 머리를 싸매고서, 성에 있는 우사토에게 말로 표현할 수 없는 기분이 들었다. 어떻게 하면 일국의 공주와 함께 사는 사태가 벌어지는 거야?!

네아는 이어서 우사토가 성에 초대된 이유를 간단하게 설명했다.

"그랬군요. 우사토 님을 성에 초대한 건 그를 스카우트하기 위해서……라는 겁니까?"

"그래, 맞아. 스카우트 자체는 거절한 것 같지만, 그 대신 공주님이 사는 집에 며칠간 묵게 된 모양이야."

우사토가 했을 생각이야 뻔하다. 상대가 서신 이야기를 받아들여 줬는데 후의를 저버릴 수는 없다며 승낙했을 것이 틀림없다.

"그건 어찌 되든 좋아. 문제는 그 왕녀, 에바 우르드 사마리알이야."

"그녀에게 무슨 문제라도? 설마, 그 공주가 우사토 님께 반했다든가……?"

"그랬다면 그나마 귀엽기라도 했겠지."

아르크 씨의 말에 네아는 천천히 고개를 가로저었다.

"그녀는 저주받은 상태였어. 우사토의 치유마법으로도, 내 마술로도 어떻게 할 수 없는 귀찮은 저주에 말이야."

"저주……. 네아의 마술 같은 겁니까?"

"마술보다도 악취미지. 멀쩡한 정신머리를 가지고 있다면 시도하지 않을 만한 방법으로 만들어 낸 저주가 그녀의 몸을 좀먹고 있어."

"……우사토는 그 사람을 구하려 하고 있는 거야?"

내가 그렇게 묻자 눈앞의 네아는 어이없다는 듯 어깨를 떨궜다.

그 모습에 그가 어떤 행동에 나섰는지 이해하고 말았다.

"나는 넌지시 못 본 척하라고 말했는데 우사토는 어린애 같은 이유로 공주를 돕고 싶다면서 여태 성안에서 뛰어다니고 있었어. 정말이지, 저주의 습격도 한번 받았으면서 전혀 주춤하는 기색도 없다니까."

"저주의 습격을 받았다니…… 저주가 의사를 가지고 있단 말입니까?"

"으음~ 그 부분이 복잡하단 말이야. 뭐, 설명해야겠지. 너희도 알아야 도와줄 수 있을 테니까."

도와준다고?

네아가 돌아온 것에는 우사토의 상황을 설명하는 것 말고 다른 목적이 더 있는 건가?

"지금부터 에바를 좀먹고 있는 저주의 정체를 가르쳐 줄게. 그다음에 저주를 완전히 파괴하는 나의 완벽한 계획을 너희도 도와줘야겠어."

***

"루카스 님, 단도직입적으로 말씀드리겠습니다. 저는 에바를 좀먹는 저주를 때려 부술 생각입니다. 그러니 저주의 정체를 가르쳐 주세요."

"부엉?!"

너무 단도직입적이야!

눈앞에 있는 사마리알의 왕, 루카스도 갑작스러운 우사토의 말에 뒤돌아보고서 입을 쩍 벌리고 있었다.

"우, 우사토! 갑자기 무슨 소리를 하는 거야?! 너무 놀라서 내가 왜 널 여기에 불렀는지 잊어버렸어!"

"저는 농담한 게 아닙니다."

우사토가 조용한 목소리로 그렇게 말하자 루카스는 놀란 표정에서 진지한 표정이 되었다. 무덤 앞에 앉아 있던 루카스는 천천히 일어나 우사토와 눈을 마주쳤다.

"……무슨 말이지? 저주를 부수겠다는 건 에바를 살리겠다는 건가?"

"살릴 겁니다."

"힘으로 해결할 수 있는 문제가 아니야. 저주와 마주했을 네가 가장 잘 알고 있을 텐데?"

"네, 확실히 힘만 가지고는 어떻게 할 수 없는 상대라는 건 알고 있습니다. 하지만 저한테는 이게 있죠."

우사토는 내게 눈짓하고서 주먹을 들었다.

그의 의도를 알아차린 나는 우사토의 손에 마술을 흘렸다. 그의 손에 떠오른 보라색 문양을 보고 루카스의 눈이 휘둥그레졌다.

"그건…… 설마 마술인가?"

"알고 계셨나요. 실제로 쓰고 있는 건 제 사역마지만…… 저와 이 녀석이라면 저주도 때려 부술 수 있어요."

그 말에 조금 이상한 기분이 들었다.

그만큼 우사토는 나를 믿고 있다는 걸까?

살짝 자랑스러운 기분을 느끼고 있는데 눈앞에 있는 루카스가 아연한 얼굴로 천천히 땅에 앉더니 작게 웃었다.

"하, 하하, 우리나라의 정보망도 아직 멀었군······. 네가 마술까지 다룰 줄은 꿈에도 몰랐어. 지금 에바도 너의 사역마 덕분에 사라지지 않고 살아 있단 뜻인가?"

"네. 하지만 그것도 임시방편일 뿐이에요. 근본을 끊어 내리려면 저주 자체를 부술 수밖에 없어요."

"그래서 내게 저주의 정체를 묻는 건가."

그 말에 우사토가 고개를 끄덕이자 루카스는 손으로 이마를 덮었다.

"솔직히 살아날 수 없을 거라고 생각했어. 그 아이도 엘리자처럼 내 앞에서 사라져 버릴 거라고, 그렇게 각오했는데······."

거기서 말을 끊은 그는 조금 떨리는 목소리로 말을 이었다.

"하지만 역시 안 돼. 포기할 수 없어. 작별 인사를 하지 못했던 엘리자의 모습이 계속 머릿속에 아른거리는데······. 그런데 그 아이까지 사라지면 나는 더 이상 왕일 필요가 없어져 버려. 엘리자와 에바가 사랑한 사마리알이라는 나라를 미워하게 될 테니까······."

나는 이 남자의 마음을 조금 알 것 같았다.

인간의 생은 짧다.

이아바 마을에서 줄곧 인간으로 둔갑해 지냈던 내게 사람의 죽음이란 것은 어느 날 돌연 찾아오는 것이었다.

노환이나 질병, 마물의 습격 등 여러 가지 이유가 있지만, 어떤 이유로든 가까이서 살던 인간이 죽어 사라지는 것은 괴로운 일이었다.

우사토는 루카스의 독백을 말없이 듣고 있었다.

루카스는 조금 전의 연약한 모습에서 벗어나 힘 있는 눈으로 우사토를 보며 입을 열었다.

"우사토, 지금부터 할 이야기는 사마리알 왕족의 치부다. 욕심에 사로잡혀 눈앞의 이익만 좇다가, 끝내 자신뿐만 아니라 자자손손 죽음의 저주라는 쇠사슬에 묶여 버린⋯⋯ 그런 어리석은 자의 이야기야. 이 이야기를 듣는다고 도움이 될지는 모르겠지만, 그래도 듣겠나?"

"네, 필요한 일이니까요."

그런가, 하고 중얼거린 루카스는 마침내 이야기할 마음이 들었는지 우사토를 마주 보는 방향으로 고쳐 앉았다.

"수백 년 전, 사마리알에 큰 재앙이 닥친 것을 아나?"

"사룡과 용사의 싸움 말이죠?"

"⋯⋯더는 놀랍지도 않아. 너라면 그 정도는 알고 있어도 이상하지 않으니까. 응."

우사토가 이미 사룡과 용사를 알고 있다는 사실에 약간 얼굴을 굳히면서 루카스는 이야기를 계속했다.

"그 싸움은 용사의 승리라는 형태로 끝을 맞이했어. 여기까지가 성 사람들도 알고 있는 역사야. 평범한 영웅담이라면 여기서 끝났겠지만 문제는 그 후였지."

"그 후⋯⋯."

"싸움이 끝나고 남은 것은 폐허, 그리고 부상과 중독으로 제대로 움직일 수 없는 백성들과 기사들이었어. 건물은 어쩔 수 없어도, 부상자는 즉각 치료하면 완치까지는 아니어도 움직일 수 있을 만한 수준이었다고 해."

그래도 많은 사망자가 나왔을 것이다.

만약 용사가 나타나지 않았다면 사마리알이라는 나라는 지금 이곳에 없었을지도 모른다.

"하지만 당시의 왕에게는 파괴된 거리도, 다쳐서 괴로워하는 백성들도 보이지 않았어."

"……그럼 그 왕에게는 무엇이 보였죠?"

일국의 왕이 황폐해진 나라도, 상처 입은 백성도 안중에 없었다. 왕으로서 있을 수 없는 행위였다. 보통은 그런 정신 상태가 되지 않는다.

분명 그럴 만한 이유가 있을 터.

그래, 이를테면—.

"용사야. 압도적인 힘을 발휘하여 사룡을 굴복시킨 초인에게 왕은 매료됐어."

타인을 매료하는 힘. 인간의 지혜를 뛰어넘은 힘.

전성기 사룡이라는 규격을 벗어난 괴물을 굴복시킨 용사의 모습은 분명 무엇보다도 거룩하고 매력적으로 보였을 것이 틀림없다.

"힘이 있으면 누구에게도 지지 않는다, 힘이 있으면 유린당하지 않는다, 힘이 있으면 두려워하지 않아도 된다. 어린아이 같은 논리로 왕은 용사의 힘을 욕심내고 말았어. 하지만 평범한 방법으로는 용사를 나라에 붙잡아 둘 수 없었지. 설득도 구속도 불가능하자 왕은 다른 방법을 생각했어."

"마술, 인가요."

"그래. 지금이야 마술이 사라지고 있지만 당시에는 인간 마술사가 곳곳에 있었거든. 사마리알에도 딱 한 명, 마술사가 있었어. 왕은 그 마술사를 이용하여 『용사를 왕국에 옭아매기 위한 마술』을 만들려고 했어."

어리석은 생각이다.

본래 마술은 인간이 간단히 손댈 수 있는 것이 아니었다. 설령 다룰 수 있더라도 마술의 존재 방식을 바꾸는 시도는 오히려 위험을 부른다.

그것을 막기 위해 해방 주술이라는 안전장치가 있는 것이다.

……응?

마술이 사라지고 있다고?

"부, 부엉~?"

어, 아니, 잠깐, 지금 루카스의 입에서 흘려들을 수 없는 말이 나온 것 같은데?

마술이 사라지고 있다니 무슨 소리야?!

"왜 그래? 네아. 지금 중요한 이야기 중이니까 조용히 해 줘."

날개로 우사토의 어깨를 가볍게 때렸지만 작은 목소리로 꾸지람을 듣고 말았다.

우리가 그러고 있는 걸 눈치채지 못한 루카스는 이야기를 계속했다.

"하지만 괴물처럼 강한 용사를 평범한 마술로 옭아맬 수 있을 리가 없지. 사룡조차 쓰러뜨린 최강의 존재가 일개 마술사의 마술에 저항하지 못할 리 없으니까."

"하긴, 그 사룡을 쓰러뜨릴 정도라면 그렇겠네요."

"그 사룡? 하하하, 마치 사룡을 직접 만난 듯한 말투군."

"예? 아, 아하하~ 상상하면 그렇다는 거죠."

재미있다는 듯 웃는 루카스에게 우사토는 어색한 웃음으로 대답했다.

나도 사룡이 얼마나 무서운지는 몸소 체험하여 알고 있었다.

오랜 세월 동안 사체로 썩었는데도 그토록 강했다. 사지 멀쩡한 상태라면 나라 하나쯤은 간단히 유린할 만한 힘을 가지고 있었을 것이다.

"평범하게 생각하면 거기서 계획을 단념해야 했어. 아무리 힘에 매료됐어도 용사를 붙잡을 수 없다는 것 정도는 알 수 있었을 테니까. 하지만 왕은 평범하지 않았어."

"그 왕은 대체 무슨 짓을 한 건가요?"

"힘이 부족하면 늘리면 된다. 규모가 부족하면 키우면 된다. 용사라는 압도적인 개체를 옭아맬 수 있다면 그에 상응하는 대가를 준비하면 된다. 그걸 위해 왕은 절대로 하면 안 되는 너무나 어리석은 짓을 저질렀어."

"절대로 하면 안 되는 짓…… 대가…… 설마……?!"

강대한 힘을 제어하려면 그에 상응하는 힘이 필요하다.

마술사 한 명의 힘으로는 용사의 힘을 억제할 수 없다면…… 자연스럽게 수단은 한정된다.

"산제물이야."

뭐, 그렇게 되겠지.

생명에는 마력 이상의 에너지가 있다. 몇십, 몇백 명의 생명 에너지가 모이면 터무니없는 힘이 될 것이다.

나는 냉정하게 고찰했지만 우사토는 그럴 수 없었는지, 너무 화가 난 나머지 주먹을 움켜쥐고 어깨를 작게 떨었다.

"사룡 때문에 생긴 몇백 명이 넘는 대량의 부상자를 산 채로, 마술을 강화하기 위한 매개체로 이용했어. 남녀노소 관계없이 영혼이 뽑혀서 말 못 하는 시체가 되었지……."

"미쳤어!"

"나도 그렇게 생각해. 힘을 추구한 나머지 왕은 자신이 지켜야할 것의 우선순위를 틀리고 말았어. 나라는 백성이 있어야만 성립되는데, 왕은 나라의 번영만을 우선하여 지켜야 할 백성을 제물로 삼은 거야."

"웃, 그래서, 용사를 붙잡았나요?"

"아니, 붙잡지 못했다고 해."

"그게 뭐예요. 그래서는……."

"개죽음이지. 그 말이 적절해. 용사를 포획하려던 왕의 책략은 훌륭하게 깨졌고, 남은 것은 수백 구가 넘는 시체와 목적을 이루지 못한 채 발동된 마술뿐이었어. 그리고 그 마술을 위해 희생된 백성들의 영혼은 왕가를 좀먹는 저주로 변했지."

그것이 에바를 좀먹고 있던 저주의 정체.

아마 그 해골들은 용사를 붙잡기 위해 제물로 바쳐진 사마리알 사람들의 영혼이고, 그들을 묶은 쇠사슬은 마술사가 발동했던 사마리알에 영혼을 구속하는 마술일 것이다.

"그 마술을 만든 마술사는 어떻게 됐죠?"

"부흥을 위해서라며 저 탑을 만들게 한 다음 바로 처형됐어. 마술사를 처형한 왕도 저주에 걸려 사라져 버렸다고 해."

우사토에게 들은 이야기와는 다르네.

저 탑을 만들게 한 사람은 왕이라고 들었는데 루카스는 마술사가 만들게 한 것이라고 했다. 우사토가 잘못 들었을지도 모르지만 이 차이는 크다.

왕이 만든 것이라면 아직 의심스러운 단계지만, 마술사가 만들게 한 것이라면 뭔가 반드시 의미가 있다.

"……네아, 뭔가 알았어?"

우사토가 목소리를 낮춰 그렇게 물어왔다.

나는 그를 보고서 고개를 끄덕이고 한 번 울었다.

저주의 정체는 알았다.

에바의 육체와 영혼을 빼앗고 있는 것은 동일한 저주인 줄 알았는데 틀린 생각이었다.

육체를 빼앗는 것은 제물로 바쳐진 사마리알의 백성이고, 영혼을 빼앗는 것…… 아니, 정확히 말하자면 사마리알이라는 장소에 옭아매는 것은 마술이겠지.

내 구속 주술이 『육체』를 속박하는 마술이라면, 수백 년 전 사마리알의 마술사가 습득했던 마술은 『영혼』을 속박하는 마술······. 정말이지 악질적인 마술을 배웠다.

"내가 저주에 관해 알고 있는 건 여기까지야."

"가르쳐 주셔서 감사합니다."

"고마워할 사람은 나지. 너는 포기하고 있던 내게 희망을 보여 줬어. 그 밖에 뭔가 할 수 있는 일이 있다면 뭐든 말해 줘. 가능한 한 너를 돕고 싶어."

루카스의 말에 우사토는 한 번 더 감사 인사를 하고서 그 자리를 뒤로했다.

"아무튼 다음은 저주의 본체가 어디 있는지 찾아 볼까."

"그건 내가 할게. 혼자서 움직이는 쪽이 편하고, 무엇보다 일단 우사토가 컨디션을 완벽하게 회복해 주지 않으면 곤란해."

"······알겠어, 부탁할게. 믿을 건 너뿐이야."

나는 우사토를 향해 자신만만하게 고개를 끄덕이고 머리를 굴렸다.

저주의 정체를 완전히 파악한 지금, 다음으로 할 일에 우사토의 수고는 필요 없다.

우선은 우사토가 말한 대로 저주의 본체······ 마술사가 발동시킨 마술을 찾는 것부터 시작할까.

"그렇게 된 거야."

"사마리알 백성의 저주인가요."

우사토와 네아가 상대하려고 하는 저주의 정체에 관해서는 잘 알았다.

하지만 네아의 이야기를 듣고 한 가지 의문이 들었다.

"그럼 네아는 왜 여기 온 거야? 지금쯤 마술의 본체를 찾고 있어야 하는 거 아니야?"

"본체야 당연히 바로 찾았지. 잘 들어. 나는 마술에 관해서는 전문가야. 여기 온 건 다른 이유 때문이야."

"……무슨 이유?"

어이없다는 얼굴로 어깨를 으쓱이는 네아의 모습에 조금 울컥했지만 냉정하게 질문했다.

내 질문을 듣고 네아는 득의양양한 표정을 지으며 창밖을 가리켰다.

"저거야."

"……저거?"

그녀가 가리킨 쪽으로 눈을 돌리자 사마리알 중앙에 우뚝 선 하얀 탑이 보였다.

이 나라에 오고 나서 몇 번이나 들은 종소리를 울리는 사마리알의 탑.

사마리알의 백성들이 기도의 대상으로 보고 있는 저 탑에 뭔가 있다는 걸까?

"몇백 년 동안 어떻게 마술이 계속 발동될 수 있었는가. 답은 바로 근처에 있었고 너무나도 단순했어. 우사토는 저주의 본체를 부숴야 하는지라 성을 떠날 수 없으니 이쪽 일은 너희와 함께하기로 한 거야."

"네아, 대체 뭘 하려는 겁니까?"

아르크 씨의 말에 「크크크」 하고 못되게 웃은 네아는—.

"오늘 밤, 우리는 사마리알의 희망의 상징을 부수러 갈 거야."

그런 터무니없는 말을 했다.

🌸제8화 그 분노는 그녀를 위해!

네아가 아마코에게 가고 몇 시간이 지났다.

이미 해는 저물어서 창밖으로 보이는 성에는 횃불이 군데군데 밝혀져 있었다.

눈앞의 침대에는 여전히 깨어나지 않은 에바가 누워 있었고, 나는 침대 옆 의자에 앉아 그녀에게 걸린 마술이 풀리지 않는지 지켜보고 있었다.

"네아는 잘하고 있으려나······."

저주의 본체를 발견해 보고하러 돌아온 뒤, 곧바로 아마코와 아르크 씨에게 가 버린 네아를 생각했다.

상당히 못된 얼굴을 하고 있었으니 괜찮으리라고 생각하지만, 그녀는 중요한 순간에 덜렁대는 구석이 있어서 불안하기도 했다.

"뭐, 이럴 때야말로 믿어야겠지."

나는 나대로 네아의 계획에 따라 움직이자.

먼저 네아가 맨 처음 지시한 대로 휴식을 취한다.

다음으로 에바에게 걸린 내성 주술이 어떤 사고로 사라지지는 않는지 지켜본다.

그리고 그 내성 주술의 빛이 약해지면 네아에게 데려간다.

이 세 가지를 내게 이른 네아가 「뇌가 근육인 너도 이 정도는 기억할 수 있지?」 하고 쓸데없는 배려를 발휘해서 답례로 치유 딱밤을 먹이니 울며 기뻐했다.

"……상당히 약해졌네."

침대 위에 잠든 에바를 지키고 있던 빛은 처음보다 약해져 있었다.

"슬슬 나갈 시간인가."

예정대로 그녀를 데리고 나가자.

하지만 나는 저주를 파괴해야 하기에 그녀를 옮기는 것은 집사 에일리 씨다.

사실은 루카스 님이나 다른 기사들의 도움도 빌리는 편이 좋지 않을까 싶었는데 네아가 거부해서 나와 네아, 그리고 에일리 씨만 저주를 파괴하러 가게 되었다.

에일리 씨에게 이미 협력을 요청했으니 이제 그를 부르기만 하면 된다.

"실례합니다."

그때, 누군가가 문을 노크했다.

응? 에일리 씨인가?

"마침 잘 오셨어요. 슬슬 부르러 가려고 했는데…… 무슨 일이세요? 에일리 씨."

문을 연 에일리 씨는 뭐랄까, 씁쓸한 표정을 짓고 있었다.

그런 그의 표정이 의문스러웠지만, 에일리 씨가 옆으로 몸을 비키자 이유를 알 수 있었다.

"안녕, 와 버렸어."

"……허? 루카스 님?"

에일리 씨 뒤에서 루카스 님이 나타났다.

어? 왜?

네아가 말한 대로 조용히 일을 진행하기 위해서 루카스 님께는 작전을 전하지 않았을 텐데…….

"어째서 여기 계신 거예요?!"

"에일리에게 들었어. 오늘 밤에 저주를 부수러 갈 거지?"

순간적으로 에일리 씨를 보자 그도 미안한 표정을 짓고 있었다. 그 모습을 보건대 루카스 님에게 추궁받고 실토해 버린 듯했다.

"루카스 님……."

"더 말하지 않아도 돼, 우사토. 나도 왕이기 이전에 아버지야. 소중한 딸의 목숨이 걸려 있는데 어떻게 가만있을 수 있겠어."

"루카스 님에게 무슨 일이 생기면 이 나라는 어떡하고요!"

"내게 무슨 일이 생겨도 우수한 대신들이 어떻게든 해 주겠지. 수십 년 동안 날 보좌한 자들인걸. 내가 변을 당하더라도 뒷일을 맡길 수 있을 정도로는 신용하고 있어."

"그런 문제가 아니에요!"

쾌활하게 웃는 루카스 님에게 나는 어떻게 말하면 좋을지 알 수 없어서 머리를 짚었다.

이건 이미 무슨 말을 해도 소용없을 것 같아…….

"그런데 우사토, 무단으로 성안을 배회하려고 하다니 그다지 칭찬할 만한 일은 아니군. 자칫 의심받기라도 했으면 기사에게 붙잡혔을지도 몰라."

"……되도록 조용히 사태를 해결할 생각이었어요."

수상하게 여겨져 붙잡힐지도 모른다는 걱정이 없지는 않았으나, 저주는 강력한 정신 공격을 가하기에 괜히 사람을 모았다가는 무슨 일이 벌어질지 알 수 없었다.

특히나 검을 지닌 기사라면 더더욱 그랬다. 정신이 버티지 못해 착란 상태에 빠져서 같은 편을 공격할 수도 있었다.

"루카스 님, 호위는요?"

"물론 데려왔지. 결계 밖에 페그니스와 기사 다섯 명이 있어."

"그런가요."

페그니스 씨인가…….

네아가 말한 대로 되지 않았으면 좋겠는데…….

하지만 와 버렸다면 어쩔 수 없지.

"마술…… 저주의 본체에는 되도록 가까이 가지 말아 주세요. 본체에는 저 혼자 접근할 거고, 기사들은 에바를 지키게 하세요."

"너 혼자 괜찮은 건가?"

"저주는 강력한 정신 공격을 가해요. 대처할 수 있는 건 아마 저뿐일 거예요."

정확히는 내성 주술을 다루는 네아뿐이다.

지금은 에바에게 마술을 부여했지만, 한 대상에게만 부여할 수 있다는 단점이 있기에 마술을 파괴할 때는 에바에게 건 마술을 풀고 내게 마술을 걸어야만 한다.

"아무튼 에바와 함께 이동하죠."

"에바를 움직여도 괜찮나?"

"마술이 풀리면 결국 저주는 어디서든 덮쳐요. 그러니 제 근처에 있는 편이 안전해요. 가까이 있으면 지킬 수 있으니까요."

다시 한 번 에바를 매개체로 저주가 발동되면 그녀의 존재는 확실하게 사라져 버릴 것이다.

그렇게 되지 않기를 내심 기도하며 의자에 걸어 뒀던 단복을 입고 준비했다.

"아바, 마마…… 우사토, 씨?"

"""……?!"""

그때, 준비하던 내 귀에 작은 목소리가 들렸다.

그 목소리를 듣고 루카스 님과 동시에 돌아보자 침대에 누운 에바가 살짝 눈을 뜨고 있었다.

"에바, 괜찮아?"

"음…… 괜찮아요. 저기, 대체 무슨 일이 있었던 거죠?"

기억 못 하나? 기억이 혼탁한 건가?

"어라? 게다가 아바마마께서 어쩐 일로 이곳에……? 일 때문에 바쁘시지 않나요?"

다가온 루카스 님의 얼굴을 보고 천천히 몸을 일으킨 에바가 그렇게 물었다.

"……하하하, 일은 진즉에 끝냈어."

"예? 그런가요? 그럼 오늘은 함께 있는 거네요."

그 대답에 에바는 기쁘게 웃었다.

그러다 자신의 시야에서 흔들리는 머리카락을 잡더니 놀란 목소리를 냈다.

"제 머리카락이 새파래졌어요!"

그러고 보니 그녀는 자신의 머리카락 색이 바뀌어 버렸다는 걸 몰랐지.

느닷없이 저주에 관해 이야기해서 그녀에게 혼란을 줄 수도 없으니, 사정이 있어서 내가 사용한 마술로 색을 바꿨다고 해 두자.

내 설명을 들은 에바는 「으음~」 하고 고개를 갸웃하며 파란 머리카락을 만지작거렸다.

그러다 뭔가를 떠올렸는지 얼굴을 들었다.

"아! 아바마마가 계실 거라면 지금 당장 대접할 준비를 해야겠어요!"

이불을 걷고 일어난 그녀는 천천히 발을 바닥에 내렸다.

"에바, 너무 무리하지 않아도…… 에바?"

침대에서 발을 내린 그녀의 움직임이 부자연스럽게 멈춘 것을 깨달은 나는 조금 긴장하며 그녀를 주시했다.

"엇……."

아래를 향한 에바의 시선을 따라 나도 그곳을 보니―.

"그림자가, 없어……."

"……!"

이런……!

달빛을 받아 만들어진 그림자는 그녀가 입은 원피스와 절반 남은 몸의 형태만을 그리고 있었다.

부자연스럽게 떠 있는 것처럼도 보이는 원피스 그림자…….

내 얼굴을 본 에바는 자신의 몸을 끌어안으며 어깨를 떨었다.

"우사, 토 씨……. 아, 아아아…… 저는, 대체 무슨 짓을……!"

"에바, 괜찮니?!"

"마, 만지지 마세요! 저를 만지면 안 돼요!"

에바는 어깨에 손을 올리려고 한 루카스 님에게서 도망치듯 기어 갔다. 창가까지 이동한 그녀는 나를 보더니 「죄송해요」라고 작은 목 소리로 수없이 중얼거렸다.

이 모습을 보면 해골들에게 조종당했을 때도 의식은 있었던 모 양이다.

누구인지도 모를 녀석에게 몸을 빼앗긴 데다 나와 마찬가지로 사 마리알 백성들의 원망에 찬 목소리를 들었을 그녀가 이런 모습을 보이는 것도 무리는 아니었다.

"우사토, 어쩌면 좋지……."

"루카스 님, 제게 맡겨 주세요."

동요하는 루카스 님에게 그렇게 말하고 한 걸음 앞으로 나갔다.

자신은 없지만 내가 그녀를 진정시킬 수밖에 없다.

"우사토 씨도! 제게 다가오면 안 돼요! 또, 저주가……."

침대 옆까지 다가가자 그녀는 양손으로 머리를 감쌌다.

내가 에바의 손을 잡아서 저주가 발동해 버렸다고 생각하는 것 같았다.

전부 질 나쁜 저주 때문이건만, 그녀는 자신에게 접촉하면 누군가가 심한 봉변을 당할 것이라고 여기고 있었다.

내가 더 다가오지 않는다는 것을 안 에바는 얼굴을 들었다.

"저는…… 우사토 님이 사라지길 원하지 않아요. 함께 사라져 버릴 거라고, 그런 생각, 안 해요…… 믿어 주세요."

"괜찮아. 분명하게 믿고 있어."

그 해골들, 설마 내가 사라지면 같이 있을 수 있다고 한 건가?

해방되고 싶어서 필사적인 건 알겠지만 도저히 용서할 수 없었다.

끓어오르는 분노를 억누르고 나는 냉정하게 말했다.

"너는 그때 저주에 장악됐을 뿐이야."

"……읏."

"지금은 마술로 너한테서 저주를 떼어 냈으니까 조종당할 염려는 없어. 그러니까 안심해도 돼. 자."

나는 손을 끌어안아 숨기고 있는 에바 앞에 오른손을 내밀었다.

내 손과 눈을 번갈아 보던 그녀는 무서워서 떨리는 손을 천천히 내밀었다.

선득하니 차가운 손이 내 손에 올려졌다.

"아……."

저주가 발동했던 것은 용사의 칼을 가진 내가 에바의 손을 잡았기 때문이지만, 내성 주술로 저주를 몰아낸 상태라면 아무것도 일어나지 않는다. ……네아가 없는 지금으로서는 그것도 시간문제지만.

"거봐, 괜찮지?"

"……네."

희미하게 안도의 한숨을 쉰 그녀는 내 손을 꼭 쥐었다.

진정된 것 같아서 다행이긴 한데…… 이거 굉장히 부끄럽다.

새삼스레 내 행동이 너무 느끼했다는 생각이 들어서 지금 당장 공중제비를 돌고 싶다는 충동이 일었다.

"우사토."

"네? ……아."

내심 부끄러워 까무러치다가 옆에 있던 루카스 님이 나를 지그시 내려다보고 있음을 깨달았다.

"어어, 이건, 그게……."

내 얼굴에서 핏기가 가셨다!

필요한 일이기는 했지만 일국의 왕녀의 손을 잡다니 비상식도 유분수였다!

부친인 루카스 님도 입으로는 딸을 아내로 맞이해 달라고 농담했었지만, 막상 이런 상황에서는 「뭘 멋대로 내 딸 손을 잡는 거냐!」라고 말해도 이상하지 않았다.

"역시 딸을 받아 주지 않을래?"

"그쪽 얘기인가요?!"

무표정하게 쳐다보면서 무슨 말을 하려나 했더니!

깜짝 놀라서 얼굴을 든 에바와 나에게 루카스 님은 얼씨구나 웃어 보였다.

"이럴 때야말로 진정한 마음을 알 수 있는 거지. 이야~ 감복했어. 이건 나도 인정할 수밖에 없겠네. 딸을 잘 부탁한다, 우사토."

"마치 자신은 내키지 않았다는 것처럼 말하지 마세요……!"

인정할 수밖에 없다니…… 결혼에 엄청 적극적이었다고 기억하는데요?!

완고한 부친의 요소 따위 찾아볼 수 없는 언동이었는데요?!

"자, 이 이야기는 딸을 구한 다음에 하지."

"……예? 농담으로 끝내실 생각은 없는 건가요?!"

에바를 구한 후에 뭔가 터무니없는 예정이 생겨 버렸다.

"저기, 아바마마…… 저를 구한다니요……?"

"지금부터 우사토가 네 저주를 풀러 갈 거야."

"우사토, 씨가……?"

"뭐, 어쨌든 자세한 이야기는 이동하면서 설명하지."

에바 앞에 쭈그려 앉은 루카스 님은 그녀의 등과 무릎 뒤쪽에 손을 받치고서 안아 올렸다.

"제가 도중까지 에바를 옮길까요?"

"이 역할은 내게 맡겨 줘. 어쩌면…… 아니, 아무튼 나가지."

"……알겠습니다. 그럼 절 따라오세요."

루카스 님이 무슨 말을 하려고 했는지 나는 이해하고 말았다.

마술을 파괴하는 데 실패하면 에바는 사라진다.

"그렇게 두지는 않을 거예요."

그런 끝은 내가 허락하지 않는다.

사마리알 백성들의 영혼을 구속한 마술을 전력으로 때려 부수겠어!

나는 다시 기합을 넣고 문밖으로 나갔다.

***

에일리 씨를 남겨 두고서 에바를 데리고 집을 나온 나와 루카스 님은 결계 밖에서 기다리던 페그니스 씨와 기사들과 합류했다.

"우사토 님, 지금부터 어디로 가면 되겠습니까?"

"사역마의 보고에 의하면 저주는 옥좌 근처에 있어요. 우선 근처까지 이동하죠. 페그니스 씨, 안내를 부탁드려도 될까요?"

"예, 알겠습니다."

나와 루카스 님 곁으로 다가온 페그니스 씨에게 그렇게 부탁하자 그는 뒤에 있는 기사들에게 지시를 내리고서 앞장서 성을 향해 걷기 시작했다.

결계가 있는 정원에서 나와 성안으로 들어가 마도구 불빛으로 밝혀진 통로를 걸었다.

"우사토, 이제 와서 묻기도 좀 그렇지만…… 저주란 것은 어떤 모습을 하고 있지? 일단 에일리에게 듣기는 했는데 너무 추상적이라 잘 모르겠어."

"그러네요……."

루카스 님의 질문에 나는 에바를 곁눈질하며 어젯밤에 있었던 일을 떠올렸다.

그 해골들의 모습…… 간단히 말하자면 상반신만 있는 해골에 목줄이 채워져 있고 거기에 쇠사슬이 연결된 느낌인가.

"쇠사슬에 묶인 불쌍한 영혼……일까요."

"쇠사슬이라……. 그것이 마술사의 마술인가?"

"아마 그럴 거예요. 그들은 에바의…… 사마리알 왕족의 살아 있는 육체를 가지고 싶어해요. 이기적인 이유로 삶을 빼앗긴 그들의 원념은 무척 강하고, 동시에 몇백 년이나 자신들의 영혼을 사마리알 땅에 구속한 마술에서 해방되기를 바라고 있어요. 이 두 가지 소원이 섞여서 지금 에바는 이와 같은 상태가 됐다고 할 수 있죠."

내 설명에 에바가 슬픈 표정을 지었다.

"가엾은 사람들이네요."

"……그러게."

네아도 똑같은 말을 했었지만, 이 아이는 그 가엾은 사람들 때문에 목숨이 위험한 상태라서 의미가 다르게 다가왔다.

그래도 불쌍하다고 여기는 것은 이 아이가 다정하기 때문이겠지.

"마지막으로 하나 더. 이건 제가 그들과 싸우면서 알게 된 것인데, 그들은 용사를 바라고 있어요. 용사를 붙잡으면 영혼이 해방되어 자신들은 자유로워질 수 있다고 생각하는 거예요."

"정말로 자유로워지는 건가?"

"모르겠어요. 하지만 그렇게 되면 용사라고 오해받고 있는 저는 사마리알에 구속되고 에바도 사라져 버릴 가능성이 커요."

"……"

상상하기 싫다는 것처럼 표정을 일그러뜨린 루카스 님이 에바를 고쳐 안았다.

"응? 잠깐. 너는 심상치 않은 힘을 가지고 있긴 하지만 용사가 아니잖아. 어째서 저주가 반응한 거지?"

"그건……."

이 자리에서 말해 버려도 될까?

마술을 파괴하러 갈 때까지 일을 시끄럽게 만들지 말라고 네아가 그랬는데…… 아니, 반대다. 여기서 말해야만 한다.

자칫 잘못하면 아군일지도 모르는 상대가 등을 돌리게 될 수도 있다.

각오를 다진 나는 벨트에 메어 둔 소도를 꺼내 루카스 님에게 보였다.

"그 이유는, 이거예요."

"……우사토, 어째서 그걸 가지고 있지?"

칼을 본 루카스 님이 경악했다.

그런 그의 반응을 본 나는 앞서 걷고 있는 페그니스 씨의 등에 대고 말했다.

"페그니스 씨, 저번에 이건 이 세상 물건이 아닌 것 같다고 하셨죠?"

"……예, 그랬습니다."

"하하하, 어이, 페그니스. 네가 준 건가? 아무리 우사토가 믿을 만한 손님이라고는 하지만 이 나라 사람이 아니야. 심지어 성내에서 무기를 돌려주다니 전대미문이라고."

루카스 님이 웃으며 페그니스 씨에게 말했지만 그는 여전히 이쪽을 돌아보지 않았다.

나는 다시 루카스 님에게 얼굴을 돌렸다.

"루카스 님, 확인할게요. 이걸 제게 돌려주라고 루카스 님이 허락하셨나요?"

"아니, 나는 허락하지 않았는데……."

"그럼 이건 무단으로 돌려줘도 되는 물건인가요?"

"너를 신뢰하기는 하지만 에바가 근처에 있어. 무단으로 돌려줘도 될 리가 없지."

즉, 페그니스 씨의 독단이란 뜻인가.

경계해 두는 편이 좋겠다. 주위 기사들도 페그니스 씨의 부하라면 믿을 수 없다.

"루카스 님, 물러나 주세요."

손으로 루카스 님을 제지하며 발을 멈췄다.

시선은 우리와 마찬가지로 멈춘 페그니스 씨에게서 떼지 않았다.

"상황이 바뀌었어요. 루카스 님, 일이 커질지도 모르니까 에바를 확실하게 안고 계세요."

나는 루카스 님을 이끌고 주위를 경계하며 천천히 페그니스 씨와 기사들에게서 멀어졌다.

기사들은 동요한 것처럼 보이기도 했지만, 그것이 내 행동 때문인지 아니면 다른 이유 때문인지는 판별할 수 없었다.

"여러분도 제게 다가오지 마세요. 다가오면 바로 요격하겠습니다."

전투태세를 취하지 않고 말로만 위협했다.

아직 기사들에게는 적의를 보내지 않았다. 지금 명확하게 의심스러운 사람은 여전히 등을 돌리고 있는 페그니스 씨뿐이었다.

"우사토 씨, 괜찮은…… 건가요?"

뒤에 있는 에바가 불안해하며 내게 말을 걸어왔다.

나는 돌아보지 않고서 되도록 상냥하게 대답했다.

"응, 걱정하지 않아도 돼. 지금부터 무슨 일이 일어나더라도 루카스 님과 너는 반드시 지킬 테니까."

"……네!"

네아가 잘못 생각한 것이라면 그걸로 다행인 일이다.

하지만 만약 네아가 말한 일을 페그니스 씨가 하고 있다면, 나는 이 사람에게 절대로 뒤를 맡길 수 없다.

그렇기에 지금, 그가 아군인지 적인지를 판별하겠다.

"지금 제가 당신에게 품고 있는 의혹은 오해일지도 몰라요. 가능하다면 저도 오해이길 바라지만…… 조금 전 루카스 님의 발언으로 의심은 더 깊어졌어요. 페그니스 씨, 어째서 제게 이걸 돌려주셨죠?"

"……."

"혹시 당신은 저주에 관해 루카스 님보다 더 깊이 알고 있는 것 아닌가요?"

"……."

"그걸 알면서 제게 이걸 돌려줬다고 가정한다면…… 당신은 에바가 위험에 빠질 것도 알고 있었다는 건가요?"

"⋯⋯."

모든 질문에 침묵.

뒤로 보낸 루카스 님과 에바도 마침내 상황을 파악했는지 믿을 수 없다고 중얼거리며 숨을 삼켰다.

"당신이 어떤 의도를 가지고서 이걸 제게 돌려줬는지, 아니면 그 냥 선심으로 돌려줬는지. 그걸 지금 여기서 확실히 해 두지 않으면⋯⋯ 저는 당신을 믿을 수 없어요."

그렇게 단언하자 페그니스 씨는 손으로 눈가를 짚었다.

"그 전에 질문 하나 해도 되겠습니까?"

"⋯⋯뭐죠?"

"그것은 『진짜』입니까?"

"⋯⋯."

이제 확정이겠지.

자신의 결백을 증명하는 것이 아니라 이 소도의 정체를 알고 싶어 한다는 것은, 그렇게 물어볼 만한 이유와 가치가 이 소도에 있기 때문이다.

나는 손에 든 소도를 앞으로 내밀고 입을 열었다.

"이건 진짜로 용사가 다뤘던 칼이에요."

"⋯⋯! ⋯⋯큭, 크크큭!"

이쪽에 등을 보인 페그니스 씨의 어깨가 크게 들썩였다.

"크, 하하하하하! 그렇군요, 그렇습니까! 역시 나는 틀리지 않았어!"

지금까지 보여 줬던 냉정하고 예의 바른 모습과는 달리 기뻐하며 웃는 그를 보니 오싹하게 소름이 돋았다.

"처음에는 억측일 뿐이었지. 그분이 다뤘던 검이! 몇백 년이나 행방을 알 수 없었던 검이 설마 이런 형태로 발견될 줄은 몰랐어!"

"우사토, 나는…… 꿈이라도 꾸고 있는 건가?"

루카스 님은 변모한 페그니스 씨를 보고 충격을 받은 듯했다.

이 나라에 온 지 며칠밖에 안 된 내 눈에도 루카스 님과 페그니스 씨 사이에는 확실한 신뢰 관계가 있는 것처럼 보였었다.

그렇게 신뢰하던 페그니스 씨가 평소의 냉정함을 잃고 웃어젖히는 광경은 루카스 님에게 비정상적으로 보였을 것이 틀림없다.

"아뇨, 루카스 님. 이건 꿈이 아니에요."

지금 보고 있는 것은 루카스 님조차 몰랐던 페그니스 씨의 일면.

그 모습이 밝혀진 지금―.

"페그니스 씨는 고의로 에바의 저주를 발동시키려고 했어요……. 그는 우리의 적이에요."

주먹을 움켜쥐고 눈앞에서 여전히 고양감에 젖어 있는 그를 노려보았다.

그는 기쁨에 떨면서 우리의 동요 따위 신경도 쓰지 않는 것 같았다.

"굉장해……! 우리 일족의 비원이 마침내 이루어지다니! 그것도 용사와 같은 고향 출신의 인간이 선택되다니! 심지어 내 세대에! 이보다 행복한 일이 있을까!"

"우리 일족, 인가……."

용사를 나라에 구속하려고 했던 왕……은 아니겠지.

그렇다면 답은 하나밖에 없다.

"당신은 용사에게 마술을 걸려고 했던 마술사의 자손이군요?"

"예, 정답입니다. 역시 용사가 되실 분입니다. 훌륭한 통찰력입니다."

마술을 발동하고 처형된 마술사.

루카스 님의 이야기로는 당시의 왕만이 용사에게 매료된 것처럼 전해졌지만, 제물을 이용한 마술을 발동한 마술사도 평범할 리가 없었다.

용사의 힘에 매료된 자는 한 명 더 있었던 것이다.

"뭐라……? 설마…… 네가…….."

"속인 것은 아닙니다. 저는 그저 자손일 뿐, 마술을 배우지는 않았으니까요……. 굳이 말하자면, 어릴 적부터 용사가 얼마나 멋진지를 아버지에게 들으며 자랐다는 것 정도입니다."

경악하는 루카스 님에게 그렇게 말한 페그니스 씨가 이쪽을 돌아보았다.

눈을 부릅뜨고 이를 드러내며 웃는 얼굴은 평소의 냉정한 그와 전혀 딴판이었다.

"우리 일족은 용사를 존경하고 있습니다. 존경하기에 사마리알의 희망이길 바라는 겁니다. 그 희망을 위해 우리는 선조가 만들어 낸 마술을 계속 지켰습니다. 그리고 제 세대에 당신께서 나타나셨습니다."

페그니스 씨는 나를 가리켰다.

"우사토 님, 당신은 이 왕국에 필요한 분입니다. 용사의 검을 지

녔고, 망령을 상대하던 그 모습. 그야말로 용사라는 이름에 걸맞은 분입니다."

"……저는 용사가 아니에요."

"하지만 소질은 있습니다. 확실히 마술에 구속된 망령이 반응한 것은 당신이 가진 검입니다. 그러나 그 망령들을 압도하고, 심지어 공주님에게서 떼어 낸 것은 다름 아닌 당신의 힘입니다."

나와 해골들이 싸우는 것을 보고 있었나. 네아와 대화한 것까지 알려지지는 않아서 다행이지만 어쨌든 최악의 상황이었다.

"그리고 망령들은 훌륭하게 당신을 용사로 인정했습니다. 당신이 간단히 사로잡힐 만한 평범한 사람이었다면 저도 다음 용사가 나타날 때까지 기다렸겠지요. 하지만 당신은 싸웠습니다! 공주님을 구하기 위해! 이것을 고결하다는 말 외에 뭐라고 표현할 수 있겠습니까! 당신은 이 왕국에 꼭 필요한 인간이라고 저는 확신했습니다!"

점점 목소리가 커지는 그를 보며 나는 식은땀이 나는 것을 느꼈다.

맹신적이었다. 주위에 미칠 피해를 고려하지 않고 자신의 목적만을 추구하고 있었다.

이것이 페그니스 씨의 본성인가. 정말이지, 이래서야 나는 쉽게 속는 성격이라는 네아의 말도 부정할 수 없잖아.

나타난 것이 평범한 악인이라면 좋았겠지만, 이 사람은 자신이 악이라고 생각하지 않았다. 정말로 성질이 나빴다.

"어째서, 어째서냐…… 페그니스."

동요한 루카스 님이 떨리는 목소리로 페그니스 씨에게 물었다.

그 물음을 들은 페그니스 씨는 흥분을 가라앉히고 부드럽게 미소 지었다.

"폐하. 제가 하는 일은 틀리지 않았습니다. 그는 사마리알에 필요한 분입니다. 이 나라를 위해 그를 이곳에 구속해야 한다고 판단했습니다."

"그건 네가 판단할 일이 아니다!"

루카스 님은 언성을 높여 페그니스 씨를 꾸짖었다.

신뢰했던 페그니스 씨가 자신을 배신한 것에 상당한 충격을 받은 것 같았다. 냉정해질 수 없을 만했다.

"너는 왕족에게 걸린 저주와 마술을 알고 있었던 건가?"

"예, 그것을 지키는 것이 저희 일족의 의무였지요."

"……!"

루카스 님은 조금 망설이다가 이어서 질문을 던졌다.

"너는, 엘리자를 구할 수 있었던 건가? 왕족조차 몰랐던 저주를 알고 있는 너는…… 저주를 없앨 수단 역시 알고 있지 않았나?"

그 말에 페그니스 씨는 반론하지 않고 그저 비통한 표정을 지었다.

"엘리자 님께서 그렇게 되어 저도 몹시 슬펐습니다."

……그게 뭐야.

마치 에바의 엄마가 사라져 버린 것은 어쩔 수 없다는 듯한 태도와 표정이었다.

루카스 님도 나와 똑같이 생각했는지 에바를 안은 손을 떨며 언성을 높였다.

"……그게 다인가? 나의 가장 가까운 곳에 있던 네가! 엘리자의 생명이 사라져 가는 모습을 보았던 네가! 모든 것을 알면서 그저 보기만 했던 네가! 웃기지 마라, 페그니스! 용사에게 눈이 멀어 버린 인간이 엘리자를 죽인 건가! 이 아이에게서 엄마를 뺏은 건가!"

"망령들은 악이 아닙니다. 그들은 그저 해방되고 싶을 뿐입니다. 우사토 님께서 이 나라에 구속되면, 분명 사로잡힌 영혼들은 해방되겠지요. 그리고 그들은 사마리알의 왕족을 용서하고 저주는 없어질 겁니다. 전부 원만하게 수습됩니다."

"그딴 헛소리는 어찌 되든 좋다! 딸은…… 에바는 어떻게 되지?!"

"유감스럽지만 어쩔 도리가 없습니다."

그 말에 루카스 님의 옷을 잡은 에바의 손이 떨렸다.

……이 사람과 나는 절대 함께할 수 없다.

눈앞에서 옅게 웃는 얼굴을 후려치고 싶다는 충동이 들었다.

"……."

하지만 감정이 이끄는 대로 주먹질해서는 안 된다.

싸울 필요는 없을 터.

주먹을 단단히 움켜쥐고 필사적으로 감정을 억누르자―.

"폐하, 마술을 부순다는 얼토당토않은 생각은 그만두십시오. 사마리알의 미래를 생각하면 공주님은 필요한 희생입니다."

"뭐?"

그러나 그 말에 나는 감정을 억누를 수 없게 되었다.

지금 이 사람은 뭐라고 한 거야?

필요한 희생이라고?

하필이면 그딴 편리한 말로 에바를 버리려는 건가?

"이 이상 괴로워하시지 않도록 차라리 행복한 채로—."

나는 말없이 돌벽을 쳤다.

쾅! 하는 소리와 함께 크게 금이 갔다. 그것만으로도 페그니스 씨가 입을 다물고 허리에 찬 검을 잡았다.

"행복한 채로, 뭐?"

"······웃."

"행복한 채로, 뭘 어쩌겠다는 건데."

스스로도 깜짝 놀랄 만큼 낮은 목소리로 말하자 페그니스 씨와 주위에 있던 기사들이 흠칫 물러났다.

기사단장이든 뭐든 알 게 뭐야.

협력 받을 수 있게 설득하려고 했지만 이제 됐다.

필요한 희생이라는 말을 지껄이는 멍청이는 일단 맞아야 정신을 차리겠지.

내가 그 썩은 근성을 바로잡아 주겠어.

지금 나는 분명 분노에 찬 형상을 하고 있을 것이다. 누가 지적하지 않아도 알 수 있을 만큼 나는 화가 나 있었다.

"우사토, 기다려 줘."

주먹을 움켜쥐고서 페그니스 씨에게 다가가려고 했을 때, 뒤에서 들려온 목소리에 나는 발을 멈췄다.

돌아보니 루카스 님은 놀랍도록 냉정한 표정을 짓고 있었다.

"에바를 위해 화내 줘서 고맙다. 하지만 이건 내가 대응해야만 해."

"……죄송합니다. 냉정하게 있을 수 없었어요."

"하하하, 괜찮아. 솔직히 나도 격노할 뻔했지만 나보다 네가 더 화를 낸 덕분에 냉정해질 수 있었어. 너처럼 다정한 남자가 아군이라 정말 다행이야. 진심으로 그렇게 생각해."

에바를 안은 채 천천히 내 앞으로 한 걸음 내디딘 루카스 님은 강한 어조로 입을 열었다.

"페그니스. 나는 사마리알을 위해서 왕이 된 게 아니야. 엘리자를 위해 왕이 된 거다. 그녀가 있었기에 왕이 됐다. 그녀가 이 나라를 좋아했기에 나는 왕으로서 노력할 수 있었어. 그렇기에 그녀가 사라져 버린 이후로는…… 나는 더 이상 왕이 아니어야 했지."

루카스 님의 시선이 품속에 있는 에바에게 향했다.

"하지만 이 아이가 태어나 줬어. 괴로운 운명이 기다리고 있다는 건 알고 있었지만, 그래도 태어나 줘서 정말로 다행이라고 생각했어. 그래서 이 아이를 위해 다시 한 번 나는 왕으로서 노력하자고 생각했다. 엘리자처럼 웃어 주기를 바라면서. 이 아이가 이 나라에서 행복하기를 바라면서."

"아바마마……."

"지금은 이 아이가, 내가 왕일 이유다. 결단코 사마리알을 위해서가 아니야."

그것이 루카스 님이 왕이 된 이유인가.

뭐랄까, 이 사람답다고 생각하는 건 조금 실례일지도 모르지만,

내가 본 루카스 님의 모습은 그가 이상적인 왕이라고 했던 로이드 님의 모습과 겹쳐 보였다.

"페그니스, 너는 나의 적이다. 오랫동안 내 오른팔이었던 네게 미안한 말이지만 지금 이 순간부터 너는 반역자다."

"생각을 바꾸실 마음은 없다는 말씀입니까?"

"두 번 말하게 하지 마. 우사토, 해치워도 좋다. 왕인 내가 허락하마. 방해되는 저 녀석을 처리하고 저주를 파괴하러 가자."

그렇게 말한 루카스 님이 재빨리 뒤로 물러나 버려서 조금 맥이 빠졌다.

아니, 뭐. 루카스 님보고 싸우라고 할 생각은 전혀 없으니까 딱히 상관없지만.

"······그렇더라도 마술을 부수는 건 무리입니다. 설령 우사토 님이 마술을 습득하셨더라도 이곳의 마술은 특별하니까요."

"해 보지 않으면 모르죠."

내가 팔짱을 끼고서 그렇게 말하자 페그니스 씨는 연민의 눈길로 나를 보았다.

"확실히 당신이라면 웬만한 일은 혼자 해결하실 수 있을 겁니다. 그만한 힘과 의지가 있습니다. 그러나 이것만큼은 어쩌실 수 없습니다. ······당신은 혼자니까요."

페그니스 씨가 손을 들자 그의 주위에 있던 기사들이 말없이 검을 뽑았다.

역시 페그니스 씨의 입김이 작용한 사람들이었나.

페그니스 씨의 이야기에 놀라지 않고 조용히 지켜보는 것을 보고서 대충 짐작은 했지만.

"아무리 강대한 힘을 가지고 있어도 혼자서 할 수 있는 일은 한정적입니다."

"하!"

아아, 그런가. 이 사람은 내가 혼자서 저주를 상대할 거라고 생각했나 보네.

그래서 아까부터 묘하게 강경했구나.

어차피 나는 저주를 파괴할 수 없다고 얕잡아 보고 있었다. 지금부터 루카스 님과 에바를 집중적으로 노려서 빈틈을 만든 뒤 날 쓰러뜨릴 속셈이겠지만— 너무 허술했다.

"하하하하……."

"우, 우사토 씨?"

"우사토, 너무 화가 나서 이상해졌나?"

"아뇨, 이상해진 게 아니라 진짜 걸작이라서……."

의아해하는 에바와 루카스 님에게 걱정하지 말라고 손을 내저으며 앞을 보았다.

확실히 나는 뭐든 혼자 해결하진 못한다.

질 것 같을 때에는 누군가의 힘을 빌리고 만다.

이번 저주도 그랬다.

나 혼자 해결하려 했다면 지금쯤 에바와 함께 저주에 사로잡혔을 것이다.

그렇게 되지 않은 것은 내게 동료가 있기 때문이었다.

"무엇이 그리 웃기십니까?"

"뭐가 웃기냐고? 시시한 얘기 다음은 무력행사인가? 대단한 일족이네. 과연 악질적인 저주를 계속 지켜 온 녀석들이야. 사마리알을 위해서라고 하면서 결국 자신의 소망을 이루고 싶을 뿐이잖아. 이걸 어떻게 안 웃고 배겨?"

"……읏!"

용사는 개뿔.

일족의 사명?

사마리알을 위해?

그걸 위해 가장 중요한 것을 희생하려 하고 있잖아.

"페그니스 씨, 당신은 세 가지를 틀렸어."

"……."

"첫째, 필요한 희생 따위 존재하지 않아."

누군가가 슬퍼하는 희생은 필요 없다.

희생 위에 성립하는 평화 따위 나는 절대로 사양이다.

"둘째, 나는 용사 같은 거창한 존재가 아니야."

진짜 용사가 있는데 어째서 내가 용사가 돼야 하지?

내게는 구명단이 제일 잘 맞는다.

"……셋째는?"

그때, 뒤쪽 어둠 속에서 소리도 없이 검은색 올빼미 한 마리가 내 어깨로 날아왔다.

하품하듯 「부엉~」 하고 우는 올빼미의 모습에 웃은 나는 다시 페그니스 씨를 보며 득의양양하게 단언했다.

"나는 혼자가 아니야."

그 순간, 나와 페그니스 씨의 옆에 있던 창문에서 달빛과는 다른 붉은빛이 들어왔다.

경악하여 눈을 크게 뜬 페그니스 씨와 기사들의 시선 끝에서 사마리알의 탑에 설치된 거대한 종이 시뻘건 열기를 띠며 두 동강 나는 광경이 펼쳐지고 있었다.

당황하는 페그니스 씨와 기사들을 보고 나는 가학적으로 웃으며 말해 주었다.

"자, 너희의 소중한 **희망**은 때려 부쉈어. 이런데도 여유를 부릴 수 있을까?"

***

네아가 협력해달라는 말을 꺼낸 그날 밤, 우리는 여관을 빠져나와 사마리알의 탑으로 향했다.

여관에는 당연히 우리를 감시하는 사람들이 있었지만, 내 예지마법으로 수월하게 감시를 빠져나올 수 있었다.

"블루링, 준비됐어?"

"크웅."

탑에 오기 전에 데려온 블루링의 등에 올라탄 나는 아르크 씨 옆에 있는 네아에게 시선을 주었다.

"그래서, 지금부터 어쩔 거야?"

"일단 위로 올라갈 거야."

"경비가 되게 삼엄한데……."

귀를 기울이자 탑 안에서 발소리가 들렸다.

평범하지 않은 엄중한 경비에 네아는 미소를 지었다.

"내 생각이 틀리지 않았다는 거지. 이상하리만큼 경비가 탄탄하다는 건 여기에 지켜야만 하는 뭔가가 있다는 뜻이야."

"이거, 실수라는 말로는 변명할 수 없어……."

"마술을 파괴하려면 필요한 일이야."

네아의 말에 한숨이 나왔다.

그런 나를 보고 쓴웃음을 지은 아르크 씨는 허리에 찬 검을 칼집까지 통째로 뽑았다.

"경비 중인 기사들은 전부 기절시키면 되는 거지요?"

"응."

네아가 고개를 끄덕인 것을 보고 우리는 탑 안에 숨어들었다.

위로 가는 계단 앞에 불 켜진 방이 있었고, 그곳에서 남자 두 명의 목소리가 들렸다.

수인 특유의 후각과 청각을 살려 방 안의 상황을 파악하고 목소리를 낮춰 아르크 씨에게 전했다.

"안에 두 명. 아마 경비원이려나? 술을 마시고 있는 것 같아."

"뭐라고요? 경비 업무를 맡았으면서 음주를……?"

아르크 씨의 표정이 굳었다.

화났나? 아르크 씨는 링글 왕국의 기사이니 규칙 위반을 용서할 수 없는 걸까?

어쨌든 화난 얼굴은 처음 봤다.

"들키면 경보를 울릴 겁니다. 가능하다면 순식간에 의식을 빼앗는 편이 바람직하겠죠."

"알았어."

아르크 씨의 말에 고개를 끄덕인 나는 예지마법을 발동하여 몇 초 후의 미래를 봤다.

보인 것은 문에 발이 걸려 넘어지는 한 남자.

안을 들여다보니 등을 돌린 채 술을 마시는 남자가 있었다.

……좋아.

"블루링, 기사가 문밖으로 넘어지면서 나올 테니까 내가 신호하면 몸통박치기를 먹여. 아르크 씨는 블루링이 움직임과 동시에 방 안으로 들어가서 다른 한 명을 기절시켜 줘. 그 사람은 등을 돌리고 있으니까 목덜미를 치기만 하면 돼."

"크앙."

"알겠습니다."

"저기, 나는?"

"방해되니까 거기 가만히 있어."

"너무하지 않아?!"

그렇지만 실제로 그런걸.

아우성치는 네아를 무시하고서 신호할 준비를 했다.

방에서 그림자 하나가 문 앞까지 다가왔다.

타이밍을 가늠한 나는 작게 말했다.

"블루링, 지금이야!"

"크릉!"

블루링이 무시무시한 기세로 돌진했고, 아르크 씨가 그에 못지않은 속도로 튀어 나갔다.

먼저 블루링이 문에 걸려 넘어지려던 기사에게 몸통박치기를 먹여 기절시켰다.

"미안하다!"

"으악?!"

그리고 아르크 씨가 깔끔하게 다른 한 명을 기절시켰다.

좋아, 내 예지마법이 있으면 상대의 행동을 파악하고서 확실하게 기습할 수 있다.

"역시 예지마법은 반칙 같은 마법이네. 이질적이라고 해도 좋아."

"그런 건 나도 알고 있어."

약간 질색하며 그렇게 말하는 네아에게 쌀쌀맞게 대답한 나는 위로 올라가는 계단을 올려다보았다.

"이렇게 위층에 있는 보초도 정리하자."

"크앙~."

아르크 씨가 고개를 끄덕이고 블루링이 울음소리를 내어 대답해 주었다.

지금 우리에게 기사들은 그다지 위협이 되지 않았다. 아무튼 여기 오기 전에 사룡이라는 무시무시한 존재와 싸우기도 했으니까.

그것과 비교하면 별것 아니었다.

기사들을 전부 기절시키고 탑 꼭대기에 올라온 우리의 눈앞에 나타난 것은 은색 빛을 발하는 커다란 종이었다.

그것을 본 네아는 안도하여 가슴을 쓸어내렸다.

"내 짐작은 틀리지 않았나 보네. 그럼 아르크, 뒷일은 부탁할게."

"알겠습니다. 당신은 어쩔 겁니까?"

올빼미로 변신한 네아에게 아르크 씨가 질문하자 그녀는 곤란한 표정을 지었다.

"아직 내게는 할 일이 있어. 그 녀석은 진짜 뭔 짓을 할지 알 수 없는 인간이니까, 내가 지켜봐야지."

그 녀석이라는 건 우사토겠지.

본의는 아니지만 나는 네아의 말에 동의했다.

"우사토를 부탁할게."

"……그래. 그럼 갔다 올게."

가볍게 고개를 끄덕인 네아는 푸드덕 날개를 펼쳐 그대로 성을 향해 날아가 버렸다.

그녀가 사라지는 모습을 지켜본 아르크 씨는 천천히 심호흡을 하더니 허리에서 검을 뽑아 중단자세로 들었다.

"후우…… 아마코 님, 떨어져 계십시오."

"응."

마력을 높이는 아르크 씨의 지시에 따라 블루링을 데리고 뒤로 물러났다.

우리가 물러난 것을 확인한 그는 단숨에 마력을 해방하여 손에 든 검에 불길을 휘감았다.

네아가 아르크 씨를 조종했을 때 쓰게 했던 강력한 화염마법. 아르크 씨 스스로가 쓰기를 꺼리던 그 화염이 그의 주위를 휘황하게 비추었다.

"……으음!"

그의 목소리와 함께 불길이 검에 흡수되듯 압축되고 도신이 빨갛게 달궈졌다.

"그럼 갑니다!"

아르크 씨는 시뻘건 검을 치켜들었다.

그것만으로도 열풍이 불어서 나는 눈을 뜨고 있지 못하고 무심결에 가리고 말았다. 그 순간, 앞에서 바람을 가르는 소리가 들림과 동시에 발밑을 뒤흔드는 진동이 탑에 퍼졌다.

깜짝 놀라 눈을 뜨자 검을 내리친 아르크 씨와 조금 전까지 달빛을 반사했던 커다란 은색 종이 둘로 쪼개져 형형하게 타고 있는 광경이 시야에 들어왔다.

"와아……."

이것이 아르크 씨의 진정한 힘……!

우사토의 힘이 있었다고는 하지만 사룡의 비늘을 태웠던 업화…….

감탄을 흘린 나는 불길을 없애고 검을 칼집에 넣은 아르크 씨에게 말했다.

"이거 정말 괜찮을까? 중요한 탑의 종을 부숴 버렸는데……."

"하하하, 아마 안 되겠죠. 이야~ 어쩌면 좋을까요."

난처하다는 듯 웃는 그를 보고 나는 어깨를 떨궜다.

"슬슬 이 자리를 벗어날까……."

종이 파괴됐다는 사실은 금세 주위에 알려질 것이다.

원군이 오기 전에 우리는 이 자리를 벗어나야 했다. 밤이기는 해도 왕국 중심에 있는 종이 부서졌다는 것을 밖에 있는 위병들이 눈치채지 못할 리가 없다.

도망칠 준비를 하기 위해 아르크 씨에게 말을 걸려고 했는데, 그는 여전히 붉은 열기를 띤 종을 보며 얼굴을 찌푸리고 있었다.

"아르크 씨. 아까 같은 화염을 쓰는 거, 별로 안 좋아하지……?"

"그러네요. 자만하는 건 아니지만, 제 화염은 너무 위험합니다. 한 점에 집중해 내보내면 생물의 뼈까지 쉽게 태워 버리는 업화……. 네 아이에게 조종당했을 때는 그저 불길을 발산하기만 해서 다행이었죠."

확실히 조종당하지 않은 그가 선보인 일격은 검에 화염의 힘을 극한까지 집중시킨 것처럼 보이기도 했다. 이렇게 커다란 종을 간단히 양단한 것만 봐도 얼마나 큰 위력이 담겨 있는지는 쉽게 알 수 있었다.

온화한 아르크 씨가 화염을 쓰기 싫어하는 이유도 알 것 같았다.

"하지만……."

자리를 정리하고 일어난 그는 평소처럼 온화하게 웃으며 입을 열었다.

"다른 사람을 돕기 위해 제 힘이 필요하다면 기꺼이 쓰겠습니다."

"그런가…… 그래도 너무 무리하지는 마."

"하하하, 그건 우사토 님께 말씀해 주십시오."

아르크 씨의 말에 나는 「그것도 그러네」 하며 미소 지었다.

분명…… 아니, 반드시 우사토는 무모한 짓을 할 것이다.

사룡과 싸웠을 때처럼 자신이 해야만 하는 일을 해내려고 할 것이다.

"크웅……."

"응, 알고 있어. 우사토는 괜찮아."

작게 우는 블루링의 머리를 쓰다듬으며 그리 멀지 않은 곳에 있는 성을 보았다.

지금 우사토는 저곳에 있다.

"우리가 할 수 있는 일은 여기까지야. 우사토, 무사히 돌아와."

멀리 떨어진 곳에서 누군가를 구하려고 분투 중인 그를 향해 나는 그렇게 중얼거렸다.

***

"뭔 짓을 한 거지?!"

눈을 번뜩이며 나를 노려본 페그니스 씨는 허리에 찬 검을 뽑아

칼끝을 겨눴다.

"보면 아실 텐데요? 제 동료가 탑의 가장 중요한 부분을 부쉈어요."

"그걸 말한 게 아니야! 네 동료들은 부하들이 감시하고 있었을 텐데!"

조금 전까지 정중한 말투를 유지했던 페그니스 씨의 변화에 나는 어이없어하며 어깨를 으쓱였다.

"단순히 감시가 허술했던 거 아닌가요?"

실은 네아가 어떻게 종을 부술 계획인지 듣지 않았었기에 내심 안절부절못하기도 했다.

그것을 들키지 않도록 대담하게 웃으며 페그니스 씨에게 말하자 그는 얼굴을 와락 구겼다.

"그럴 리가…… 웃?!"

"웅?"

그러나 금세 퍼뜩 놀란 표정으로 내 어깨 위에 있는 네아를 본 그는 검을 고쳐 들었다.

그리고 검을 역수로 잡고 칼자루 끝에 달린 구체에 손을 올렸다.

"검이여! 저자의 거짓을 파헤쳐라!"

영창과 함께 구체가 눈부시게 빛났다.

그 빛을 받은 올빼미는 천천히 내 어깨에서 떨어지더니 펑 소리와 함께 흑발 적안의 흡혈귀 소녀로 변했다.

"어라라? 변신이 풀려 버렸네."

""……?!""

이 자리에 있는 모두가 눈을 크게 뜨고서 지면에 착지한 네아를 응시했다.

"네, 네네네, 네아가, 사, 사람이 됐어요!"

"후, 후후후, 나는 이제 놀라지 않아. 그래, 올빼미가 사람으로 바뀐 게 뭔 대수라고…… 사람이 올빼미로 바뀌어도 전혀 이상하지 않아."

뒤에서 혼란스러워하는 아빠와 딸에게는 나중에 제대로 설명하기로 하고, 지금은 눈앞에 있는 페그니스 씨와 기사들에게 집중하자.

"인간…… 아니, 설마 마물?! 심지어 그 모습, 동료 중에 있던 네아라는 처녀인가?!"

"마침내 눈치챘구나. 정말로 우리를 너무 얕본 거 아니야? 수인에다 마물에다 기사, 거기에 괴물이 있는 파티에 평범한 처녀가 낄 수 있을 것 같아?"

응? 내 동료 중에 괴물이 있던가?

당황하는 페그니스 씨를 바보 취급하며 네아가 웃었다.

페그니스 씨는 분한 얼굴로 어깨를 떨며 네아에게 향했던 시선을 내게 돌렸다.

"사람으로 둔갑하는 마물은 그리 흔치 않을 터! 너는 대체 뭘 성에 데려온 거지?!"

"보다시피 평범한 사역마예요. 그게 아니면 뭐겠어요?"

"높은 지능을 가진 마물이 사람에게 고개를 숙일 리가 없어! 그걸 모를 만큼 너도 비상식적이진 않을 텐데?!"

뭐, 그건 페그니스 씨의 말이 맞다.

귀찮으니 대충 대답하려고 했는데 페그니스 씨의 말을 들은 네아가 앞으로 나섰다.

"뭘 모르는구나. 넌 대체 지금까지 이 녀석의 뭘 본 거야? 잘 들어. 우사토는 말이지…… 존재 자체가 비상식이야."

너 되게 무례하다.

자기가 멋대로 사역마 계약을 맺은 주제에 왜 내가 비상식이라는 말을 듣는 걸까.

"어차피 우사토도 너희들의 상식 범주에 있는 존재라고 생각해서 함정에 빠뜨리려고 했겠지."

"……읏!"

"우사토 혼자서는 어떻게 할 수 없다고 생각했어? 아무리 강해도 이 근육뇌 치유마법사는 어린애니까, 동료와 떨어뜨려 놓으면 냅다 달릴 수밖에 없을 거라고 본 거야?"

아무리 내가 아직 열일곱 살 애송이라고는 해도 그렇게까지 멍청하지는 않았다.

"뭐, 실제로 그렇지만."

"야."

어째서 네가 인정하는 거야!

"하~지~만~ 내가 있는 이상 우사토가 악질적인 저주에 사로잡힐 일은 없다 이거야. 반대로 말하자면 우사토는 내가 없으면 아무것도 할 수 억─?!"

"그건 지나친 말이고."

"으~~! 딱밤은 너무한 거 아니야?!"

네아는 울상을 지으며 이마를 짚었다.

상당히 힘 조절을 했는데 호들갑은.

으~ 으~ 하고 신음하는 네아와 나를 보며, 페그니스 씨가 어깨를 덜덜 떨며 서슬 퍼런 기세로 외쳤다.

"저 종이…… 저 종이 무엇을 위해 있는지 아는 건가?! 이 나라의 희망이란 말이다!"

"희망 같은 소리 하네. 저건 그저 마력을 모아 마술에 보내는 공급 장치잖아. 그걸 잘도 저렇게 거창한 존재로 만들었구나."

"……!"

네아가 이마를 문지르며 그렇게 내뱉자 페그니스 씨가 주춤했다.

"자, 잠깐만…… 공급 장치라니, 그게 무슨 소리지?"

그때, 뒤에서 멍하니 침묵을 지키던 루카스 님이 조심조심 네아에게 물었다.

그 질문에 네아는 어깨를 으쓱였다.

"말 그대로야. 저 탑이 저주에 마력을 계속 부여한 거야."

"설마, 백성들이 줄곧 믿었던 저 탑이, 왕가를…… 엘리자와 에바를 괴롭혔다는 건가……? 하지만 그 마력은 어디에서 오지? 공급하려면 어디선가 모아야 하지 않나?"

그의 말에 고개를 끄덕인 네아는 시시하다는 듯 대답했다.

"기도야."

"기도, 라고?"

"저것에 기도를 올리면 아주 조금씩 마력을 흡수당하고, 그 마력은 탑 꼭대기에 있는 종에 모여. 사마리알의 백성들이 왕국의 미래를 생각하며 기도를 올리기에 『기도의 나라』라고 불리게 됐는데, 설마 왕가를 좀먹는 저주를 보조하고 있었다니…… 얄궂은 얘기도 다 있지."

기도를 올린 자에게서 근소한 마력을 흡수하고 그것을 마술에 공급한다.

몇백 명의 영혼을 구속한 마술이 계속 발동되려면 대량의 마력이 필요하다. 그것을 보충하기 위해 탑을 숭배의 대상으로 삼고 희망의 상징으로서 사마리알 백성들이 기도하게 만들었다.

네아가 말한 대로 얄궂은 이야기였다.

"어떻게, 알았지?"

거기까지 알아낼 줄은 몰랐는지 페그니스 씨가 경악한 표정을 지었다.

"우사토한테서 네 이야기를 듣고 바로 알았어. 맨 처음 종소리를 들었을 때도 기분 나쁜 느낌이 팍팍 들었고."

그래서 여기 왔을 때 저 탑을 보고 기분 나쁘다고 했던 건가.

결국 거의 다 네아의 도움을 받고 말았네.

답례는 이 일이 마무리된 다음에 하기로 하고, 지금은 눈앞에 있는 페그니스 씨를 어떻게든 처리하자.

나는 마음을 진정시키고 느릿한 어조로 그에게 말했다.

"마력 공급원인 종이 부서졌으니 마술은 머지않아 소멸하겠죠. 하지만 그래서는 에바의 빼앗긴 육체와 영혼이 돌아올 가능성은 한없이 낮아요. 에바를 살리려면 우리가 직접 마술을 파괴하러 갈 수밖에 없어요. 그러니까—."

쓸데없는 전투를 벌여서 시간과 마력을 낭비할 수는 없다.

"페그니스 씨, 이게 마지막 경고예요. 당신에게 아직 양심이 남아 있다면 우리를 그냥 보내 주세요."

"……."

내 말에 페그니스 씨는 표정을 조금도 바꾸지 않고 말없이 오른손을 들었다.

그 신호와 함께 그의 부하 기사들이 검을 겨눴다.

"보내 줄 생각은 없는 건가."

당신들이 우리에게 검을 겨눈다면 이쪽도 상응하는 대처를 하겠어.

"루카스 님."

"……상관없다. 저자는 이미 나라를 섬기는 기사가 아니야. 망집에 사로잡힌 배신자다. 거리낌 없이 때려눕혀라."

뒤에 있는 루카스 님에게 최후의 확인을 받은 나는 옆에 있는 네아를 보았다.

그녀는 기분 좋게 웃더니 다시 올빼미로 변신하여 내 어깨에 앉아 마술을 발동시켰다.

"간다, 네아."

"진짜 멍청한 녀석들이네. 이 정도로 내 옆에 있는 괴물을 쓰러뜨릴 수 있을 거라 생각하는 건가?"

"자연스럽게 나를 괴물 취급하지 마."

나도 치유마법을 발동시키자 양손에 치유마법의 초록빛과 그것을 덮는 보라색 문양이 떠올랐다.

하루 쉬어서 몸 상태도 마력도 완벽했다.

지금부터 싸울 상대는 현재 상황을 만들어 낸 원인의 일부분을 담당한 사람들이다.

전부 합치면 6대 1의 싸움이 되지만, 우리를 방해하겠다면 힘으로 돌파할 수밖에 없다.

"후우…… 흡!"

선빵 필승! 공격받기 전에 쳐부수겠어!

천천히 크게 숨을 들이마신 나는 기사 한 명에게 단숨에 육박했다.

느닷없이 내가 돌격할 줄은 몰랐는지 매우 동요하는 기사와 눈이 마주쳤다.

"무슨, 윽!"

"느려!"

"크헉!"

황급히 자세를 바로잡으려던 기사의 복부에 주먹을 때려 박았다.

기사는 복부를 누르며 눈을 까뒤집었고, 구속 주술의 영향으로 옴짝달싹 못한 채 그대로 부들부들 떨며 쓰러졌다.

구속 주술과 치유마법을 두른 주먹, 치유구속 펀치…… 아냐, 어감이 별로니까 치유구속권(拳)이라고 명명하자.

"일단 한 명…… 응?"

"""""……"""""

페그니스 씨를 제외한 기사 네 명이 움직임을 멈추고 겁먹은 것처럼 나를 보았다.

마치 흉악한 마물을 보는 듯한 그 시선은 뭐죠……?

보기에는 중상 같아도 멀쩡하다고요. 오히려 치유마법 덕분에 전보다 건강하다고요.

"안심하세요. 생명에 지장은 없을 테니까요. 그러니까 안심하고 맞으세요."

"언동이 완전히 악역이야……. 예전부터 괴물 같다고 생각하긴 했지만, 대인전에서는 진짜 끔찍하네!"

네아가 뭐라고 말하는 것 같지만 기사들이 재차 검을 들었기에 나도 주먹을 들었다.

"혼자서 상대하지 마라! 포위해서 움직임을 제한하는 거다!"

뒤에서 검을 든 페그니스 씨가 지시하자 네 명의 기사들은 나를 에워싸기 위해 흩어졌다.

그렇게 간단히 포위당할 수는 없기에 나도 응전하는 형태로 앞으로 뛰쳐나갔다.

"아무리 신체 능력이 흉악해도!"

"이 숫자 앞에서는!"

좌우로 크게 뛴 두 사람과 내 주의를 끌기 위해 정면에서 오는 두 사람.

나는 눈앞의 두 사람에게 단숨에 접근하여 한 명의 팔꿈치와 멱살을 잡고 빙 돌렸다. 그리고 옆에서 경악하는 기사 쪽으로 휘둘러 함께 바닥에 내팽개치고 치유마법과 구속 주술을 흘렸다.

"크악……?!"

"으, 윽?!"

"치유 메치기 개량판, 치유구속 메치기…… 이걸로 세 명."

""우오오오오오오!""

"……!"

기절한 기사에게서 손을 떼자 이번에는 좌우에서 두 기사가 공격했다.

나는 냉정하게 치유마법탄을 만들어 왼쪽 기사에게 던졌다.

"흥!"

"으악?! 뭐야, 그냥 시야 봉인…… 윽?!"

"응?"

뭐지? 치유마법탄을 맞은 기사가 부자연스럽게 경직됐는데?

"큭, 시야 봉인이라고?! 비겁하다!"

괴로워하는 왼쪽 기사에게 정신 팔린 사이에 다섯 번째 기사가 날카로운 찌르기 공격을 가해 왔다.

설마 이 상황에서 비겁하다는 말을 들을 줄이야…….

"미안하지만 나는 기사가 아니거든?"

그리고 저쪽은 여섯 명이고 나는 한 명이었다. 비겁하니 마니 할 상황은 아니었다.

몸을 돌려 공격을 피하고 카운터로 치유구속권을 날렸다.

무릎을 꿇으며 주저앉은 기사를 내려다본 나는 그대로 뒤돌아보았다.

아까 치유마법탄을 먹인 기사를 기절시켜야…… 어라?

"……이미 기절했잖아?"

기사는 얼굴을 부여잡은 채 눈을 까뒤집고 쓰러져 있었다. 심지어 눈물과 콧물로 얼굴이 엉망진창이었다.

어떻게 된 거지? 이 사람한테는 치유마법탄만 날리고 아직 전혀 싸우지 않았는데.

설마 치유마법탄에도─.

"웃, 우왓?!"

"칫!"

기절한 기사를 신경 쓰느라 페그니스 씨의 공격을 늦게 알아차렸다. 즉각 뒤로 크게 물러나 자세를 바로잡자 어깨 위에 있는 네아가 내 뺨을 파닥파닥 때리며 화냈다.

"우사토, 뭘 멍하니 있는 거야! 너는 괜찮을지 몰라도 난 연약하다고!"

"아니, 나도 검에 베이면 아픈데……."

"보통은 아픈 걸로 안 끝나거든?! 이 바보!"

피했으니까 그렇게까지 필사적으로 화내지 않아도 되잖아…….

화내는 네아를 달래고서 페그니스 씨에게 시선을 돌렸다.

"당신이 마지막이에요."

"왜……."

페그니스 씨가 작은 목소리로 중얼거렸다.

"네?"

"왜! 너는 그만한 힘을 가지고 있으면서 링글 왕국의 구명단원으로 있으려는 거지?! 너라면 상응하는 지위에 올라 다대한 성과를 올릴 수 있을 터! 많은 백성들을 구할 수 있을 텐데!"

필사적으로 말하는 그의 모습에 한숨이 나왔다.

그가 말하는 많은 백성들이란 사마리알 사람들만을 지칭할 뿐, 그 외의 사람들은 포함되지 않았다. 자국민만을 생각하는 그 말은 몹시 이기적으로 들렸다.

"역시 당신은 모르는군요."

"뭐……?"

"제가 구명단에 있는 건 그곳이 저의 집이기 때문이에요. 그리고 입장 같은 건 관계없어요. 제가 행동하는 이유는 언제나 단순해요."

나는 뒤에 있는 루카스 님과 에바를 힐끗 보고서 다시 시선을 앞으로 돌리고, 내가 한 말에 쑥스러워하며 웃었다.

"돕고 싶다, 살리고 싶다고 생각해서 지금 여기에 있는 거예요."

"우사토 씨……."

선배와 카즈키가 위험했을 때도, 아마코 때도, 나크 때도, 네아 때도, 언제나 같은 마음으로 행동했다.

이 이상의 이유는 필요 없었다.

"……."

내 말을 듣고 단념한 표정을 지은 페그니스 씨는 검을 들었다.

나도 치유마법을 두르고 치유마법탄을 오른손에 생성했다.

이어서 네아가 구속 주술을 내 손에 흘려보냈고, 그걸 보고서 치유마법탄을 맞은 기사가 어째서 쓰러졌는지 이해했다.

"순식간에 끝내겠어요."

"그렇게 간단히 당할 만큼 나는 약하지 않아⋯⋯!"

아니, 당신은 아무것도 하지 못한 채 끝날 거야.

나는 페그니스 씨의 눈을 향해 치유마법탄을 던짐과 동시에 달렸다.

"그 기술은 알고 있다! 이 정도는 궤도만 파악하면—!"

옆으로 휘두른 검이 치유마법탄을 정확하게 갈랐다.

"그렇겠죠."

기사단장이라고 불리는 당신이라면 내가 던진 치유마법탄 정도는 벨 수 있겠지. 게다가 치유마법탄 자체는 치유마법 덩어리이므로 오히려 상대를 회복시킨다.

하지만 그건 치유마법탄이 **평범**했을 때 이야기다.

"뭐야?!"

치유마법탄을 벤 검을 들고 있는 페그니스 씨의 양팔이 치유마법의 빛에 휩싸임과 동시에 보라색 문양— 구속 주술에 의해 속박됐다.

"저는 혼자가 아니라고 했을 텐데요!"

"네, 이놈!"

양팔이 움직이지 않아서 괴로워하는 페그니스 씨에게 치유구속권을 세 방 때려 박았다.

꼼짝 못 하게 된 페그니스 씨는 직립한 채로 움직이지 않게 되었다.

"기절했나……."

용사에게 매료되어 버린 왕족은 계속해서 저주에 시달리고, 용사를 원했던 마술사의 자손은 다음 용사를 위해 몇백 년이나 마술을 지켰다.

어떻게 보면 이 사람도 사마리알의 저주에 사로잡혔던 게 아닐까.

"저기, 있지, 우사토."

"응? 왜?"

선 채로 기절한 페그니스 씨를 보며 잠시 생각에 잠겨 있으니 약간 몸을 뺀 네아가 말을 걸어왔다.

"설마 너…… 마력탄에 마술 특성을 부여한 거야?"

"무심코 했는데…… 이야~ 해보니까 되네."

내가 한 일은 간단했다. 치유마법탄에 구속 주술의 효과를 부여했을 뿐이다.

제대로 맞히면 짧은 시간이지만 상대의 움직임을 구속할 수 있었다.

"그거, 막으려면 피하는 수밖에 없는 거지?"

"뭐, 그렇지."

모르는 사이에 기절한 그 기사도 아마 구속 주술의 효과가 부여된 치유마법탄을 안면에 맞고서 얼굴이 전혀 움직이지 않는 공포로 기절해 버린 거겠지.

내가 만들었지만 정말이지 끔찍한 기술을 고안해 내고 말았다.

"우와~ 나는 마법을 안 쓰니까 몰랐는데, 우사토는 진짜 예상을 뛰어넘는 짓을 하는구나. 조심스럽게 말해서 제정신이 아니야."

"마, 말이 너무 심하네. 하, 하지만 상대는 최종적으로 멀쩡하니까 괜찮잖아."

"그건 아니지……."

질색하는 네아의 모습에 불합리함을 느꼈다.

뭐, 누군가가 질겁하는 것은 익숙했다. 어쨌든 치유구속권과 치유구속 메치기에 더해 또 새로운 발전 기술을 만들어 버렸군.

새로운 이름을 생각해야겠어!

치유마법탄과 구속 주술을 합쳐서…….

"이름하여 치유구속탄."

"우사토는 괴멸적으로 작명 센스가 없단 말이야. 어렴풋이 알고는 있었지만."

네아가 기막히다는 듯 지적해서 조금 상처받았다.

하지만 이로써 마침내 해골들과 대결할 수 있게 됐다.

"……맞다. 루카스 님이랑 에바는 어디 다치지 않았어요?"

페그니스 씨와 싸우면서 두 사람에게 피해가 가지 않았는지 확인하기 위해 뒤돌아보았다. 두 사람은 멍한 표정을 짓고 있었는데, 루카스 님에게 안긴 에바가 퍼뜩 정신을 차리더니 이내 눈을 반짝반짝 빛냈다.

"우사토 씨는 인간을 벗어나셨네요! 정말로 굉장해요!"

"에, 에바! 아무리 사실이 그렇다지만 너무 솔직한 표현이야!"

"……."

지금 깨달았어.

어이없어하며 말하는 것보다도 존경스럽게 바라보며 말하는 것이 훨씬 마음에 깊이 박힌다는 걸 말이야.

어깨 위에서 폭소하는 네아를 툭 치고서 나는 살짝 어깨를 떨궜다.

"……루카스 님, 페그니스 씨와 기사들은 어떻게 할까요?"

"이 모습을 보면 당분간은 깨어나지 않을 테니 지금은 내버려 둬도 돼. 시간이 아까우니까."

"알겠습니다."

확실히 지금은 시간이 아까웠다.

마력을 공급하던 종을 부쉈으므로 머지않아 저주의 본체는 소멸할 것이다. 저주를 파괴하기 전에 자연적으로 소멸해 버리면 이미 육체와 영혼을 빼앗긴 에바는 계속 빼앗긴 채로 있게 된다.

그런 사태는 절대로 피해야만 했다.

"그럼 서두르죠. 가면서 이 녀석에 관해서도 설명할게요."

네아를 가리키며 그렇게 말하자 루카스 님은 고개를 끄덕였다.

기절한 페그니스 씨와 기사들을 방치한 채, 우리는 통로를 나아가기 시작했다.

🌸 제9화 대결! 사마리알의 저주!

성 안을 나아가며 나는 루카스 님과 에바에게 네아에 관해 설명했다.

네아가 흡혈귀와 네크로맨서의 혼혈이라고 설명하자 루카스 님은 매우 놀랐고, 반면 에바는 올빼미에서 사람 모습으로 돌아온 네아에게 관심이 지대한 듯했다.

"우사토, 알고 있겠지만 확인해 둘게."

"응?"

"뒤에 있는 두 사람도 들어 둬."

흑발 적안의 소녀 모습으로 앞서 걷던 네아가 말을 꺼냈다.

"마술을 파괴하는 건 나랑 우사토야. 너희 두 사람은 뒤에서 그냥 보고 있으면 돼."

"……그렇군. 솔직히 내가 할 수 있는 일은 지켜보는 것뿐이야."

"알면 됐고. 그럼 마술을 파괴하지 못했을 때 이야기를 할게."

"어이, 네아……."

네아의 말에 루카스 님의 얼굴이 굳은 것을 보고 그녀를 말렸다.

그러나 그녀는 나를 노려보았다.

"확실하게 파괴할 수 있으리라는 보증은 없어. 그러니까 최악의 가능성도 각오해 둬야 해."

"하지만……."

"괜찮아, 우사토. 이야기를 계속해 주겠나."

루카스 님의 표정은 진지했다.

그런 그를 보고 네아는 재차 입을 열었다.

"마력을 공급하던 종이 부서져서 저주는 소멸로 향하고 있어. 소멸하는 것 자체는 나쁜 일이 아니야. 사로잡혔던 영혼도 해방되어 앞으로 사마리알의 왕족이 저주받는 일도 없겠지. 하지만 에바의 빼앗긴 존재와 영혼은 영원히 잃어버리게 돼."

"그런, 가요. 그럼 저는 그다지 오래 살 수 없겠네요……."

그녀의 생명은 상당히 소모된 상태이므로 최악의 경우 1년도 채 못 살 수도 있다.

괴로운 얼굴로 그렇게 중얼거리는 에바를 보니 안타까운 기분이 들었다.

"뭐, 그렇게 되지 않도록 이 착해 빠진 녀석이 저주를 파괴하고자 열을 올리고 있는 거지만. 하지만 그래도 실패했을 때…… 이를테면 저주를 파괴하기 곤란하거나 우사토가 위험해지면 포기할 거야."

어떻게도 할 수 없는 상황에 빠지면 물러날 수밖에 없나.

"애초에 위험부담이 너무 커. 에바의 영혼과 육체를 되찾으려면 에바가 가까이에 있어야만 해. 하지만 내 내성 주술은 우사토나 에바, 둘 중 한 명에게만 걸 수 있어. 만약 해골들이 무방비한 에바를 노리면…… 아무리 우사토라도 몇백 개의 해골들을 압도할 수는 없잖아?"

"……그래."

"그렇게 납득할 수 없다는 얼굴로 보지 마. 나도 좋아서 이런 말을 하는 게 아니니까. 돕기로 한 이상은 전력을 다할 거야."

겸연쩍게 앞을 보며 그렇게 말하는 네아의 모습에, 인상을 찌푸리고 있던 나도 쿡 웃고 말았다.

나와 에바를 위해서이기도 할 텐데 솔직하지 못하다니까.

앞서 걷는 네아를 보는 내게 에바가 기쁜 듯이 말했다.

"우사토 씨와 네아는 무척 사이가 좋네요."

"사이좋은 거랑은 좀 다르려나. 뭐랄까, 신뢰하고 있다고 하는 편이 맞을지도 몰라."

"후후……."

에바는 작게 미소 지었지만 그 미소에는 힘이 없었다.

아마 몸에 힘이 잘 들어가지 않을 것이다. 이대로 그녀의 육체와 영혼을 되찾지 못한다면 그녀는 만족스럽게 움직이지도 못한 채 짧은 생을 마치게 된다.

"왜 그러세요?"

말이 없어진 나를 걱정스럽게 보는 에바에게 어색하게 웃어 보였다.

실패한 후는 생각하고 싶지 않았다.

하지만 100퍼센트 성공한다는 보증은 어디에도 없었다.

네아가 말한 대로 최악의 가능성을 생각하고서 저주를 파괴하러 가야만 했다.

그렇기에 실패하지 않도록 최선을 다하겠다.

"도착했어."

조용히 결의를 다지고 있으니 네아가 커다란 문 앞에서 발을 멈췄다.

그녀가 멈춰 선 곳은 옥좌가 있는 방의 문 앞.

내가 맨 처음 루카스 님과 만났던 이곳이 사마리알 왕족을 좀먹어 온 저주가 숨겨진 장소였다.

루카스 님은 심각한 얼굴로 문을 올려다보았다.

"찾는 건 아주 간단했어. 당시의 왕은 자기 현시욕이 강했던 모양이야."

알현실에 발을 들인 네아는 망설임 없이 옥좌 뒤쪽 벽으로 걸어갔다. 그녀는 벽에 손을 짚고서 고개를 한 번 끄덕이더니 나를 보고 입을 열었다.

"우사토, 이 벽을 부숴 주지 않을래?"

"나라면 당연히 벽을 부술 수 있다는 것처럼 말하지 않았으면 좋겠지만…… 뭐, 해 볼게."

매우 단단해 보이는데 간단히 부술 수 있을까?

조금 걱정됐지만 도움닫기를 해서 발차기를 때려 박자 예상보다 간단히 벽이 뚫리고 무너졌다.

무너진 벽 너머에는 안쪽으로 이어진 나선계단이 있었고, 우중충하고 불길한 바람이 불어왔다.

"의외로 간단히 부서졌네. 근데 벽 안쪽에 이런 공간이 있었던 건가……."

용사를 구속하라고 지시한 것은 당시의 왕이니, 가까운 곳에 그

저주의 본체를 놓는 건 당연하려나.

"아니, 그렇게 간단히 부서질 만한 벽은 아닌데……."

"와아, 우사토 씨, 굉장해요!"

"……."

뒤에 있는 부녀의 반응에 기시감이…….

루크비스에서 하르파 씨와 모의전을 치르다가 과녁을 뚫었을 때가 떠올랐다.

……아냐아냐, 기분을 전환하자.

"좋아. 네아, 올빼미로 변신해 줘. 루카스 님은 제 뒤에서 에바를 꽉 안고 따라와 주세요."

"네~."

퐁 변신한 네아가 내 어깨에 앉았다.

루카스 님도 긴장한 얼굴로 에바를 안고 내 뒤로 물러났다.

"자, 이 아래에 마술의 본체가 있어. 정신 바짝 차려, 우사토."

"그래, 전력으로 때리겠어."

주먹을 세게 움켜쥐고서 그렇게 말한 나는 발을 헛디디지 않도록 조심하며 계단을 내려가기 시작했다.

***

네아가 어느새 성 안에서 슬쩍한 마도구로 발밑을 비추며 계단을 내려가니, 어둠 속에서 초록빛이 보였다.

다시금 심호흡한 나는 빛이 새어 나오는 공간에 발을 들였다.

"여기가……."

그곳은 제단 같은 장소였다.

전체적으로 먼지가 쌓이기는 했지만 사람이 몇십 명은 들어올 수 있을 만한 넓이였고, 안쪽 제단에는 뭔가를 모시듯 초록빛을 내는 수정 구슬이 놓여 있었다.

아마 저게 사마리알 백성들의 영혼을 구속하는 마술의 핵이겠지.

중첩된 문양이 수정 구슬 안에서 뒤섞이며 움직이고 있었고, 무엇보다 위험한 분위기가 풀풀 풍겼다.

그리고—.

"……우사토."

"그래, 있네. 심지어 어제와는 비교도 되지 않는 수야."

어젯밤에 해골들을 상대했기에 알 수 있었다.

꺼슬꺼슬한 기분 나쁜 느낌과 내게 향하는 수많은 시선 같은 것.

말하자면 이곳은 해골들의 위장 속인가.

"……웃."

"에바, 괜찮니?"

에바도 나와 비슷한 느낌을 받았는지 숨을 삼켰다.

루카스 님이 걱정하며 말을 걸자 에바는 목소리를 쥐어짜 내게 말했다.

"우사토 씨…… 저는 이 느낌을 알아요."

"안다고?"

뒤돌아보지 않고 에바에게 물어보자, 그녀는 겁먹었는지 떨리는 목소리로 대답했다.

"꿈이랑, 똑같아요. 저를 원망하던 사람들과……."

"무리해서 얘기하지 않아도 돼. 무슨 말을 하고 싶은지는 대충 알겠어."

"……네."

즉, 그녀에게 악몽을 보여 줬던 것도 해골들 짓이라는 건가.

사마리알 백성들의 원한은 상당한 수준이라고 생각했지만, 설마 꿈속에서도 에바를 몰아붙이려고 하다니.

"잠깐만. 그렇다면……."

그 악몽 속에서 그녀를 지킨 사람들은 누구지?

왕족을 원망하는 사마리알 백성들이 에바를 감쌀 리가 없다.

그녀를 지키는 존재, 가능성이 있는 건—.

"우사토! 내 예상대로 마술에는 핵이 있어! 해골들이 본격적으로 움직이기 전에 부숴 버려!"

"……웃, 그래!"

네아가 흥분해 날개를 파닥거리면서 외쳤다.

"그냥 때리면 부서지는 거야? 마술은 필요 없어?"

"쓰는 것도 생각해 보긴 했는데 필요 없겠어. 저 구슬은 말하자면 이 세상에 영혼을 옭아매는 쐐기야. 마술과 달리 사람이 만든 거니까, 저것만 부수면 묶여 있던 영혼들은 해방될 거야."

확실하지는 않은 거냐……. 조금 불안하지만 네아가 그렇게 말한

다면 따르자.

그나저나 마지막엔 주먹으로 부순다니, 참 나답다고 할까…….

"결국 마지막은 힘으로 해결인가……."

"힘밖에 못 쓰면서 새삼 무슨 소리야."

실례야. 나도 꽤 생각하고서 때린다고.

뭐, 이것저것 생각하지 않고 눈앞의 수정 구슬을 부수면 되니 간단하네.

그런 우리의 목적을 알아차렸는지 어젯밤과는 비교도 안 되는 수많은 해골들이 여기저기서 모습을 나타냈다.

『아아…….』

『용, 사…….』

"우글우글 몰려들었네. 네아, 순식간에 정리하자! 타이밍을 맞춰서 나한테 내성 주술을 걸어 줘! 루카스 님, 잠시 에바가 무방비해질 거예요! 위험해지면 저를 불러 주세요!"

"알겠다. 너도 조심해!"

"네!"

나는 루카스 님에게 안긴 에바의 어깨에 가볍게 손을 올렸다.

내게 내성 주술이 걸린 상태라면 해골들의 방해를 무시하고 최단 거리로 저주를 파괴하러 갈 수 있다. 그만큼 에바가 무방비해지지만, 위험해지기 전에 파괴해 주겠어……!

"지금이야!"

"하앗!"

에바의 몸을 덮었던 내성 주술이 팍 터짐과 동시에 힘껏 전방으로 뛰쳐나갔다.

"간다, 네아!"

"알고 있어!"

그리고 내 몸에는 내성 주술이, 양손에는 구속 주술이 휘감겼다.

돌연 튀어나온 내 행동에 해골들도 반응했지만 그 움직임은 느렸다.

지면에서 손을 뻗는 해골도.

천장에서 달려드는 해골도.

전부 내 속도를 쫓아오지 못했다.

"흡!"

『으, 아⋯⋯?!』

전방에 둥둥 떠서 진로를 방해하는 해골도 치유구속권으로 무난하게 처리하고 더욱 속도를 올린 나는 오른팔을 뒤로 힘껏 빼고서 주먹을 단단히 움켜쥐었다.

제단은 눈앞에 다가와 있었다.

이제 이 주먹을 직접 때려 박기만 하면 된다⋯⋯!

"이걸로 끝이다!"

세게 움켜쥔 주먹을 수정 구슬을 향해 내리쳤다.

하지만 잘 풀린 것은 거기까지였다.

『아, 아아아아!』

『크, 키이이!』

"뭐야?!"

절그럭거리는 여러 쇠사슬 소리가 들린 직후, 주먹과 수정 구슬 사이에 무시무시한 속도로 해골들이 끼어들어 벽을 만들었다.

구슬에 직격하려던 주먹은 겹겹이 벽을 이룬 해들골에 막혀 방향이 틀어지고 말았다.

"읏?! 벽과 연결된 쇠사슬에 당겨진 것처럼 해골들이……?!"

"어떻게 된 거야?! 지금 명백하게 이 녀석들의 의사와는 상관없이 쇠사슬이 움직였어! 우사토, 일단 물러나! 어쩌면 나는 터무니없는 착각을—."

"물러나도 별수 없어! 한 번 더 때린다! 하아앗!"

"말 좀 들어!"

막혔다면 못 막도록 하면 된다!

재차 주먹을 내리치려고 하자 아까와 마찬가지로 해골들이 끼어들었지만, 이번에는 막혀도 문제없도록 양팔로 부서질 때까지 후려 쳐 주겠어!

네아의 제지를 무시하고서 오른쪽 주먹을 휘두르려고 하자—.

『하, 지마.』

"읏!"

어린아이 정도로 작은 해골— 그것이 주먹이 아니라 내 얼굴 앞에 끌려왔다. 비명이 아니라 간청하는 듯한 말에 동요하여 주먹이 멈추고 말았다.

이런 수법까지 쓰는 건가……!

내지르려던 주먹을 거두어들이고 그 자리에서 물러나니 네아가 초조한 표정으로 나를 보았다.

"이런 상황은 예상 못 했어. 영혼의 해방을 바라는 해골들과는 명백하게 다른 의사를 가진 누군가가 우리를 방해하고 있어!"

"다른 누군가라니…… 큭!"

주위에서 달려드는 해골들을 피하며, 눈앞에서 제단을 지키는— 아니, 지키도록 강제로 모여든 해골들을 보았다.

목줄에 연결된 쇠사슬. 그것이 천장과 벽에서 뻗어 나와 해골들을 억지로 움직이고 있었다. 마치 꼭두각시 인형처럼 강제로 제단 앞에 끌려 나온 그들을 보고 나는 말로 표현할 수 없는 분노를 느꼈다.

"웃기는 짓을……!"

즉, 그건가? 마술에 영혼이 얽매여 고통 받고 있는 사마리알 사람들을 이용하는 존재가 있다는 건가?

그런 존재가 정말로 있다면, 구슬이 파괴되는 것을 저지한 그 녀석은 다음에 어떻게 나올까?

몇십, 몇백 개의 해골들로 나를 공격해도 현재 네아의 마술에 보호받고 있는 나를 막을 수는 없다.

내게서 빈틈을 만들기 위한 수단, 그건—.

"에바인가!"

"우사토, 이쪽으로 해골들이……!"

등 뒤에서 루카스 님의 다급한 목소리가 들림과 동시에 돌아보았다.

수많은 해골들에게 둘러싸인 에바와 그녀를 지키듯 끌어안은 루카스 님의 모습이 보였다.

"지금 갈게요⋯⋯! 윽?!"

도와주러 가려고 했지만 갑자기 무언가가 발의 움직임을 방해해서 넘어질 뻔했다.

시선을 내려 확인하니 해골에 연결되어 있던 쇠사슬이 어느새 내 발에 감겨 있었다.

"큭!"

내성 주술이 금세 쇠사슬을 튕겨 냈지만, 그래도 내 움직임을 방해하기에는 충분할 정도로 성가셨다.

당장 에바를 구하러 가고 싶은데 이쪽에도 셀 수 없이 많은 해골들이 다가왔다.

망설이고 있을 시간은 없다!

"네아, 나한테 건 마술을 해제해!"

"뭐?! 말도 안 되는 소리 하지 마! 이런 상황에서 널 지키는 마술을 해제하면 어떻게 될지 뻔하잖아!"

"부탁할게!"

"아~! 알겠어! 난 왜 이런 착해 빠진 녀석의 사역마가 된 거야! 진짜~! 절대 죽지 마!"

내게 걸려 있던 내성 주술이 풀리며 저주에 무방비한 상태가 되었다.

나는 그에 아랑곳하지 않고 어깨 위에 있는 네아를 콱 잡았다.

"뀨우?!"

"이 틈에 사과해 둘게! 미안!"

"어?! 왜 나를 들고 손을 치켜들…… 야?! 이거 설마—."

"두 사람을 부탁해!"

에바와 루카스 님 쪽으로 네아를 세게 던졌다.

"꺄아~~!"

네아는 바로 변신을 풀고 사람 모습으로 돌아와 두 사람 근처에 착지했다.

울먹이며 나를 노려본 그녀는 눈이 휘둥그레진 에바와 루카스 님의 손을 잡고서 마술을 발동해 해골들을 몰아냈다.

그에 안도할 새도 없이, 내 발에 쇠사슬을 묶고 있던 해골이 그대로 발을 깨물며 어젯밤과 똑같은 두통이 엄습했다.

즉각 발치의 해골을 밟아 뭉개고 사방팔방에서 달려드는 해골들에게 주먹을 휘둘러 격추시켰다.

『카, 카카.』

발밑에 흩어진 해골 파편이 산더미처럼 늘어날 때마다 비웃는 소리가 들려왔다.

『카카카!』

어젯밤과 비교하면 숫자도 많았고 재생 속도도 현격히 빨랐다.

미처 처리하지 못한 두 해골이 내 등과 발에 들러붙어 이를 박았다.

"—커헉……! 이딴 것에, 똑같은 아픔에 내가 멈출 것 같아?!"

몸에 들러붙은 해골을 뿌리치고 돌려차기로 분쇄한 나는 적당한 해골을 움켜잡아 다른 해골들에게 내동댕이쳐서 함께 박살냈다.

『정상적인 방법으로는 무리인가. 그렇다면 그에 상응하는 숫자와 수단으로 네 녀석의 혼을 망가뜨려 주마.』

"……웃, 누구냐!"

비웃음과는 다른, 머릿속에 울리는 목소리.

그 목소리의 주인을 찾으려고 한 순간, 자신의 목에 묶인 쇠사슬을 움켜쥔 해골들이 일제히 나를 향해 그 쇠사슬을 던졌다.

"큭, 이 정도는……!"

사방에서 살아 있는 생물처럼 날아온 쇠사슬이 내 사지를 구속하여 한순간 움직일 수 없게 되었다.

조금 전까지 격추시켰던 해골들이 그 틈을 노리고 온몸을 깨물었다.

"끄, 아아악……!"

양팔에 엉겨 붙어 깨무는 해골들.

어젯밤과는 비교도 되지 않는 아픔에 제대로 서 있지 못하고 무릎을 꿇고 말았다.

"우사토 씨!"

내 이름을 부르는 에바의 목소리가 들렸다.

달려드는 해골들이 시야를 가득 메우고, 이어서 내가 보게 된 것은 문자 그대로 죽음의 광경이었다.

***

"그러게 내가 뭐랬어……!"

눈앞에서 우사토가 해골들에게 삼켜지고 있었다.

그런 그를 지켜볼 수밖에 없었던 나는 도와주고 싶다는 마음을 억누르고 루카스와 에바에게 계속 마술을 걸었다.

"네아, 우사토 씨가……!"

"지금은 네 걱정이나 해! 나한테서 떨어지면 우사토처럼 되는 거야!"

내성 주술은 한 대상에게만 걸 수 있었다.

지금은 내가 루카스와 에바를 잡고 있어서 내성 주술의 효과가 두 사람에게도 발동된 것일 뿐, 내게서 떨어지면 내성 주술은 효력을 잃는다.

"미안하다. 싸우지 못하는 내가 짐이 된 탓에 우사토가……."

"읏, 우사토가 저 정도에 죽을 리 없어! 괜히 불안해지는 소리 하지 말고 자기 걱정이나 해!"

내 뒤에서 비관적인 표정을 지은 루카스에게 일갈했지만 실제로는 초조했다.

우사토는 물리 공격에는 미친 듯이 강하지만 정신적인 공격에는 약했다.

어젯밤에도 고작 몇몇 해골의 정신 공격에 괴로워했는데, 셀 수 없이 많은 해골들의 정신 공격을 받으면 우사토의 마음이 망가져

233

버릴지도 모른다.

우사토가 사라지면 그의 사역마인 나는 예전처럼 주인 없는 마물이 된다.

"……후, 후후."

나도 참, 무슨 생각을 하는 걸까.

새삼 돌아갈 곳 따위 없다. 굳이 말하자면 우사토의 사역마라는 신분이 지금 내가 있을 자리였다.

짧은 시간이었지만 바깥세상에 나가자고 결심하게 만든 인간을 위해 지금 여기서 목숨을 내놓는 것도 나쁘지 않았다.

"마지막까지 어울려 주겠어. 성공하든 실패하든, 나는 사역마로서 역할을 다하겠어!"

『기익!』

『캬아!』

"발버둥 쳐 주겠다고! 마지막까지 말이야!"

이쪽으로 쇠사슬을 던지는 해골들을 보며 웃은 나는 내성 주술에 더욱 마력을 주입했다.

그러자 우리 세 사람을 덮은 내성 주술 문양이 팽창하듯 떠올라 동그란 결계 형태로 바뀌었다.

"할 수 있으면 해 봐……!"

이 정도 결계라면 해골은 건드릴 수 없다. 그 대신 마술이 이 자리에 완전히 고정되고 마력도 많이 소모되지만, 이 녀석들을 상대로는 상당한 효력이 있을 터다.

『캬, 하……!』

해골들이 던지는 쇠사슬도 결계가 전부 튕겨 냈다.

무식하게 몸으로 부딪치는 개체도 있었지만 그것도 의미는 없었다.

"네아?! 저희를 지키기 위해 그렇게……."

"우사토가 널 돕겠다고 했기에 이렇게까지 하는 거야! 그러니까 넌 조용히 거기서 보고 있어!"

밀려드는 해골들의 충격을 버티기 위해 손을 앞으로 내밀고 마술 유지에 전념했다.

내성 주술은 확실히 강력한 효력을 가진 마술이지만 결코 부서지지 않는 마술은 아니었다.

『역시 만만치 않군.』

"……읏!"

정신없이 해골들의 맹공을 버티고 있으니 제단 앞바닥에서 지금까지 봤던 해골과는 확연하게 다른 분위기를 풍기는 개체가 나타났다.

해골이라는 점은 똑같지만 너덜너덜한 로브를 걸치고 지팡이를 든 그 녀석은 이빨을 딱딱 울리며 말했다.

"마침내 모습을 드러냈구나……."

『내가 나온 건 그저 변덕에 불과하다. 이미 치유마법사가 내 수중에 있으니, 남은 너희만 처리하면 나의 비원은 성취된다.』

눈앞의 녀석이 스윽 손을 들자 해골들의 목에 묶인 쇠사슬이 뒤로 당겨지며 강제로 공격이 멈췄다.

"······변덕, 말이지. 실제로는 승리가 눈에 보여서 모습을 나타낸 거겠지만."

해골들을 조종하는 것, 그리고 「나의 비원」이라는 말을 고려하면—.

"집념이 아주 대단한 쓰레기네. 처형당한 것처럼 꾸며서 죽은 자신의 영혼조차 나라에 구속시키다니 제정신이 아니야. 안 그래? 마술사!"

"마술사라고? 저 녀석이 백성들을 마술의 제물로 삼은······?!"

루카스가 놀라는 것도 무리는 아니었다.

설마 몇백 년 전에 살았던 인간이 자신의 영혼을 저주에 묶으면서까지 용사에 집착할 줄은 몰랐겠지.

"곰곰이 생각해 보면 이상한 이야기야. 사마리알 백성들을 제물로 삼은 건 왕과 마술사, 두 사람인데 어째서인지 왕족만 저주를 받았지. 원래대로라면 마술사의 자손인 페그니스 일족도 저주받았어야 해. 그렇게 되지 않은 건 백성들의 원념이 왕족에게만 향하도록 네가 수를 썼기 때문이었구나?"

『정답이다. 하지만 나의 마술을 유지시키는 역할을 맡기기 위함이기도 했다.』

즉, 페그니스도 이 산송장에게 이용당한 거네.

그렇게 생각하면 용사에게 그토록 집착하게 만드는 가르침도 일종의 저주였다.

"우사토를 어쩌려는 거야? 어쨌든 마력 공급원을 잃은 너는 머지 않아 소멸할 운명이야. 승리를 확신했더라도 그건 일시적인 거야."

『크, 크크크……』

왜 웃는 거지?

마술사는 어깨를 들썩이며 텅 빈 눈으로 이쪽을 보더니 뼛속까지 선득해지는 목소리를 냈다.

『마력 공급 같은 건 이제 필요 없다.』

"……무슨 뜻이야?"

『나의 마술인 속박 주술을 이용하면 육체에 영혼을 옭아매는 것도 가능하다. 내가 새로운 육체를 손에 넣으면 마력 공급도, 지금 있는 저주도 필요 없다.』

"그건 이 세상의 섭리에서 벗어난 행위야! 죽은 자가 살아나는 건 허락되지 않아! 하물며 죽은 인간이 산 사람의 몸을 빼앗다니…… 설마?!"

『눈치챈 모양이군. 저 치유마법사가 나의 새로운 육체다!』

마술사의 목적은 사마리알에 우사토를 속박하는 것이 아니라 우사토의 몸을 탈취하는 거였나?!

낯빛이 변한 나를 본 마술사는 재차 낄낄거리며 불쾌한 웃음소리를 냈다.

『녀석들은 실로 단순하거든. 이룰 수 없는 소원을 바라며 산 자에게 들러붙어 악을 써 댈 뿐인 꼭두각시다. 하지만 그럼에도 수는 많지. 녀석들의 듣기 괴로운 원성과 기억을 일반인에게 보여 주면 마음을 망가뜨리는 것도 간단하다.』

"그럼, 우사토는……!"

『끝없이 지옥의 광경을 보고 있겠지. 사룡에게 완전히 유린당한 이 나라의 참극을 말이야.』

순간적으로 해골들에게 둘러싸인 우사토를 보았다.

엄청난 수의 해골들이 에워싸고 있어서 그의 모습은 보이지 않았다. 하지만 그 안에서 우사토는 사마리알 백성들의 증오와 기억을 끝없이 보고 있었다.

멀쩡한 인간이라면 1분도 버티지 못할 것이다.

"그만하세요. 왜 그런 짓을 하는 거죠……."

에바가 작은 목소리로 마술사에게 나직이 물었다.

마술사는 흥 하고 코웃음을 쳤다.

『이유 따위 단순하다. 나는 용사를 숭상한다. 숭상하기에 나는 용사를 원했다. 붙잡아서 영원한 것으로 만들고자 했다. 결과적으로 그것은 실패했지만.』

"그렇겠지. 사룡을 쓰러뜨린 용사를 너 정도 실력의 마술로 옭아맬 수 있을 리가 없는걸."

확실히 마술은 강력하지만, 상대의 수준이 술자보다 월등하게 높다면 간단히 대처할 수 있다.

심지어 상대는 사룡조차 쓰러뜨린 용사다. 본연의 힘도 무시무시할 테고, 무엇보다 완력뿐인 존재일 리가 없다.

『그분은 내가 온 힘을 다해 발동한 마술을 그저 검을 한번 휘둘러 베어 버리셨다. 하지만 그 후, 마술의 핵은 부수지 않고 모습을 감추셨지. 마치 이것이 내게 주는 벌이자 나의 죄라는 것처럼……』

"그럼 그 실패를 거름 삼아 속죄해 나가면—."

『닥쳐라, 세상 물정 모르는 계집이!』

이때, 처음으로 감정이 담긴 목소리가 마술사에게서 나왔다.

그 목소리에 에바는 깜짝 놀라 어깨를 움찔했다.

『평범한 인간이 그저 노력해서 그분의 영역에 도달할 수 있을 리가 없다. 하지만 실패를 거름 삼는다는 점은 맞다. 나는 똑같은 일을 되풀이할 만큼 머리 나쁜 인간이 아니야.』

거기서 일단 말을 끊은 마술사가 다음으로 꺼낸 말은 내가 상정했던 것 중에서 가장 최악이자 끔찍한 말이었다.

『그래서 나는 용사의 자격을 가진 인간의 몸을 뺏기로 했다.』

내가 이런 말을 하기도 뭣하지만 이 녀석은 틀림없는 괴물이다.

자신의 이상을 위해 죄 없는 많은 사람들의 목숨을 희생하고, 자신조차 영혼뿐인 존재가 되어 저주의 일부분이 되다니…….

『나는 용사가 되기 위하여 나의 자손들에게 마술을 지키게 했다. 해골들의 증오를 왕족에게 보내 먹이로 삼고 수족으로 부렸다. 그렇게 긴 시간이 지나 마침내…… 마침내 나의 비원이 이루어진다!』

감격하여 목소리를 높인 마술사는 자신에게 심취한 것처럼 보였다.

『얌전히 마술의 제물이 되면 치유마법사와 함께할 수 있을 것이다. 사라진 모친과도 만날 수 있겠지.』

"……웃, 싫어요! 아직, 아직 우사토 씨는 노력하고 계세요! 제가 지금 여기서 삶을 포기할 순 없어요!"

『이미 치유마법사는 나의 수중에 떨어졌다. 녀석의 마음을 망가 뜨리고 나의 마술을 거는 데 그리 시간은 걸리지 않아. 최소한의 자비로 편히 사라질 기회를 주려고 했거늘, 쓸데없는 일이었던 모 양이군.』

"네가 그런 말을 할 자격이나 있어?!"

마술사의 말에 나는 욕을 내뱉었다.

자비라는 상냥한 단어를 썼지만, 어차피 사라지는 것은 정해진 일이라는 말이나 마찬가지였다.

그런 선택지를 제시하는 것만 봐도 이 마술사가 자비와는 동떨어 진 악랄한 놈임을 알 수 있었다.

"넌 절대로 용사가 될 수 없다."

그때, 루카스가 마술사를 보며 그렇게 단언했다.

냉정하게 나온 말에는 고요한 분노가 담겨 있었다.

『……뭐라?』

"너 같은 자가 용사가 되는 일 따위 절대로 없다!"

『재미있는 말을 하는군. 용사란 압도적인 힘을 가진 존재다. 저 치유마법사도 그렇지. 치유마법과 잘 단련된 육체를 가지고 적을 타도하는 특이한 존재다. 말로 표현하면 간단하지만 거기에 이르기 까지 얼마나 고된 수련을 거듭했는지는 상상하기도 힘들어.』

마술사의 평가는 핵심을 찌르고 있었다.

우사토는 평범하지 않다.

이 세계에 왔을 때는 어디에나 있는 평범한 소년이었겠지만, 상궤를 벗어난 단련과 실전을 거쳐 성장했다.

이야기로만 들은 나도 그것이 얼마나 비정상적인지 알 수 있었다. 애초에 사룡과 정면으로 싸우려 드는 인간이 정상일 리가 없으니까.

『그런 그의 육체를 손에 넣으면 나는 강대한 존재가 될 수 있다. 틀렸나?』

"그래, 틀렸어. 힘에만 매료된 네게 말해 봤자 소용없겠지만 말해 주지."

루카스가 마술사를 마주 보았다.

"중요한 건 힘이 아니라 그걸 다루는 자의 마음이야. 나는 우사토라는 인간의 일부를 알고 그것을 이해했어. 그는 확실히 굉장한 힘을 가졌지만, 그 힘을 짓밟는 데 쓰지 않고 남을 구하는 데 쓰고 있어. 그게 얼마나 어려운 일인지 너는 모르겠지."

『그게 뭐 어쨌다는 거지? 의지나 신조만으로 용사가 될 수 있다는 건가? 너무나도 어리석은 생각이다.』

"어리석은 건 너다. 용사를 숭상하기는 얼어 죽을. 네가 숭상하는 건 힘뿐이야. 그래서 우사토가 지금까지 해 온 노력을 뺏으려 들 수 있는 거다. 너는 힘만을 원하니까."

루카스의 말이 정곡을 찔렀는지 마술사는 말을 머뭇거렸다.

그러든 말든 루카스는 이어서 말을 자아냈다.

"분명 사룡을 쓰러뜨린 용사도 백성들을 위해 목숨 걸고 싸웠겠지. 그것을 무의미하게 만든 사람이 너와 당시의 왕이야. 그런데도 너는 그것을 후회하기는커녕 제물로 삼은 백성들의 영혼을 몇백 년이나 이용했어. 생명의 존엄을 짓밟는 녀석이 용사가 될 수 있을 리 없다!"

남겨진 수기에 의하면 선대 용사는 사룡 때문에 고통 받던 사마리알 백성들을 위해 싸웠다. 백성들을 위해 사흘 밤낮을 잠도 자지 않고 싸운 끝에 사룡의 입속에 뛰어들어 심장에 칼을 꽂았다.

하지만 싸움을 끝낸 그를 기다리고 있던 것은 구했을 터인 나라의 배신과 자신을 속박하기 위해 제물이 된, 구했을 터인 백성들의 시체였다.

이래서야 인간에게 정나미가 떨어지는 것도 당연하지 않을까.

"딸을 살릴 수 없을 거라고 포기했던 내가 지금 여기에 있는 건 우사토 덕분이야. 그가 살리겠다고 말해 줬기에 희망을 버리지 않을 수 있었어. 너는 그럴 수 있나? 너는 남에게 희망을 줄 수 있나? 수백 명의 죄 없는 백성들을 희생하고, 심지어 그 영혼조차 쥐어짜서 타인의 몸을 탈취하려고 하는 비겁한 놈에게 그게 가능한가?!"

감정을 드러내며 루카스가 그렇게 내뱉어도 마술사는 말이 없었다.

그 대신 아까부터 덜그럭덜그럭 울리던 비웃음이 사라지고 그저 섬뜩한 분위기만이 눈에 띄었다.

『이제 됐다. 어차피 아무것도 못하는 왕의 헛소리. 네놈의 영혼을 망가뜨려 꼭두각시로 삼아 주마.』

"읏!"

마술사의 팔이 움직임과 동시에 지금까지 쇠사슬에 묶여 움직임을 봉쇄당했던 해골들이 일제히 움직이기 시작했다.

"끄, 으으!"

"네아!"

"괜찮나?!"

"얌전히 있어!"

『대단한 마술이군. 역시 마물…… 아니, 경의를 담아 흡혈귀라고 부르기로 할까. 하지만 아무리 저주를 튕겨 내는 마술이라도 이렇게 많은 해골들의 맹공을 계속 받다 보면 언젠가 마력이 다하겠지.』

"그딴 건! 네가 말하지 않아도 알고 있어!"

이를 악물고 버티며 그렇게 되받아쳤다.

지금 하는 일은 시간 벌기에 불과했다.

『왜 그렇게까지 버티지? 지금 네가 하는 일은 무의미하다. 치유 마법사는 이미 살릴 수 없어. 곧 마음이 망가질 테고, 그 빈껍데기에 내가 들어가서 내 계획은 달성된다.』

"후, 후후, 그런 것치고는 우사토의 정신을 망가뜨리는 데 상당히 시간이 걸리는 것 같은데?"

『…….』

우사토가 해골들에게 붙잡힌 지 몇 분이나 지났지만 해골들은 그에게서 전혀 떨어지려고 하지 않았다.

그건 즉, 아직 우사토는 포기하지 않았다는 뜻 아닐까?

침묵하는 마술사를 보고서 우사토가 여태껏 버티는 것이 저 녀석의 예상과는 다른 사태라고 확신했다.

『아무리 육체가 강하더라도 정신은 인간, 심지어 미숙한 어린아이지. 희망을 품은들 소용없다.』

"후, 후후."

『뭐가 그리 웃기지?』

왜일까. 절망적인 상황인데도 이 녀석의 말에 웃음이 나고 말았다.

"지금 너, 굉장히 우스꽝스러워. 승리를 확신하고 우쭐해져서 꼴사나운 추태를 드러내고 있는 그 모습은…… 아니꼽지만 그때의 나랑 정말 닮았어."

당시 우사토가 보기에 나는 분명 눈앞의 마술사와 비슷했을 것이다.

"너 같은 소인배가 꾸민 계획 따위 반드시 무너지게 될 거야. 네가 지금 손에 넣으려고 하는 인간은 평범한 척도로는 잴 수 없는 터무니없는 짓을 저지르는 녀석이니까. 생각대로 계획이 진행될 줄 알다가는 큰코다칠 거야!"

『……여기서 쓸 수 있는 모든 영혼을 너에게 부딪쳐서 끝내 주마.』

마술사는 짜증스럽게 말하며 양손을 크게 들었다.

그 움직임에 반응하여 바닥에서 수백 개의 쇠사슬이 튀어나왔고, 지금까지와는 비교도 되지 않는 수많은 해골들이 나타났다.

『어쨌든 치유마법사의 몸이 손에 들어오면 이 녀석들은 더 이상 쓸모없다. 영혼이 마모되어 없어질 정도로 이용해 주마!』

"악독한 놈! 죄 없는 영혼을 뭐라고 생각하는 거야!"

『최후의 순간 나의 도움이 되는 것이니 이보다 기쁜 일이 또 있을까?』

 이 정도의 숫자가 일제히 공격한다면 내 마력도 버티지 못할 것이다.

 그렇다고 지금 내게 방어 말고 다른 수단이 있지도 않았다.

 절망적인 상황에 마음이 꺾일 것 같았지만, 그래도 나는 필사적으로 자신을 북돋아 결계에 마력을 주입했다.

『가라!』

"읏!"

『크아아아아!』

 떠오른 해골들이 내 결계로 쇄도했다.

 나는 충격과 부하에 대비하여 눈을 감았다.

"……?"

 하지만, 공격이 오지 않았다.

 들려오는 해골들의 목소리도 짐승 같은 외침에서 경악과 곤혹이 섞인 것으로 바뀌어 있었다.

 당혹스러워하며 천천히 눈을 떠보니―.

"……뭐야, 이거."

 하얀 사람들이 결계 주변을 에워싸고서 해골들의 맹공을 막아주고 있었다.

"우리를 지키는 거야?"

 갑자기 나타난 하얀 인영.

 그중에서 한층 눈길을 끈 것은 우리의 눈앞에 있는 긴 머리 여성이었다.

허리까지 오는 긴 머리카락은 파란색이었고, 외모는 어딘가 에바와 비슷했다.

"와 주셨군요……."

"이게 뭔지 알아? 에바."

기뻐하는 에바에게 물어보았다.

"나쁜 사람들은 아니에요. 무서운 꿈에서 항상 저를 지켜 준 상냥한 사람들이에요!"

무서운 꿈에서 지켜 줬다…….

정신적으로 몰아붙이려는 사마리알 백성들의 저주로부터 그녀의 마음을 지켜 온 존재가 이 녀석들이라는 걸까?

어째서 지금 나온 거지?

설마 에바의 위기에 저주에서 뛰쳐나온 건가?

"아바마마, 이제 괜찮아요! 이 사람들이 지켜 줄 거예요!"

"……."

"……아바마마?"

에바의 말이 들리지 않는지 루카스는 내 앞에 있는 하얀 인영을 빤히 바라봤다.

한동안 바라보고서 숨을 삼킨 루카스는 울먹이며 에바를 끌어안았다.

"아아, 그런가…… 그랬구나. 너는 몸이 사라졌어도 이 아이의 성장을 가까이서 지켜봐 주고 있었어. 정말이지, 역시 나는 네게 당해 낼 수가 없어. 작별 인사 같은 건 너에게 필요 없었던 거야. 너는…… 줄곧 에바와 함께 있었으니까……."

루카스가 떨리는 목소리로 말하자 살짝 뒤돌아본 파란 머리 여성이 자상하게 미소 지었다.

루카스의 말을 들은 에바는 눈을 깜박였다.

그렇구나, 이 여성이 루카스의…….

그렇다면 주위에 있는 인영들은 저주로 사라진 역대 왕족들인가.

『말도 안 돼!』

그때, 마술사의 호통이 울려 퍼졌다.

『왜 이제 와서 너희가 나오는 거지?! 너희는 마술도 배우지 못한 평범한 인간일 터! 육체가 사라진 너희들이 바깥으로 나오다니……! 아니, 그딴 건 어찌 되든 좋다! 새삼 너희가 나와 봤자 나의 우위는 흔들리지 않는다!』

그 말과 함께 마술사가 쇠사슬을 더 끄집어내고 더욱 많은 해골들을 보냈다.

『후, 하, 하하하! 고작 몇 명 모여 봤자 망자 수백의 원념을 막을 수는 없다!』

마술사가 말한 대로 해골들을 막을 때마다 흰 그림자가 연기처럼 일렁이며 그 모습이 희미해졌다.

우리 앞에 있는 여성도 예외는 아니었다. 그러나 여성은 해골들의 공격을 신경도 쓰지 않는지 재차 이쪽을 돌아보고 천천히 입술을 움직였다.

『──.』

"뭐?"

목소리는 들리지 않았다.

하지만 분명 우리에게 뭔가를 전하려 하고 있었다.

대체 무엇을…….

"괜찮다고…… 말하고 있어요."

"에바, 이 사람이 뭐라고 하는지 이해할 수 있는 거야?"

"네. 막연한 느낌이지만……."

저주받은 에바를 지키던 영향으로 어느 정도 의사소통이 가능해진 걸까? 아니면 단순히 이 여성이 에바의— 아니, 그건 지금 생각할 일이 아니겠지.

근데 뭐가 괜찮다는 걸까. 사태는 아까와 다름없이 사면초가다. 이런 상황에서 괜찮다고 해도 전혀 그렇게 생각할 수 없었다.

내가 그렇게 걱정하고 있자 여성은 안심시키듯 상냥하게 웃고서 짧게 다음 말을 자아냈다.

『──.』

"이미, 일어났으니까……?"

곤혹스러워하며 그렇게 내게 전한 에바의 말에 고개를 갸웃했다.

일어났다니, 이 상황에서 일어났다고 하면…….

『하하하, 뭘 하든 간에 전부 소용없다! 오랜 세월에 걸친 내 계획은 성공할 것이다! 너희는 전부 영혼이 망가져 내 꼭두각시가 될 것이다! 하, 하하하하!』

"웃, 저 녀석, 진짜 시끄럽네!"

품위라고는 찾아볼 수 없는 웃음소리를 내는 마술사.

뭐라고 되받아쳐 주려고 마술사 쪽을 노려봤다가 우사토를 에워싸고 있던 해골들이 뿔뿔이 흩어지는 광경이 눈에 들어와서 조금 전에 여성이 한 말이 무슨 뜻인지 이해했다.

『하하하하하!』

"……."

자신의 뒤쪽에서 일어나고 있는 이상 사태를 눈치채지 못한 채 웃고 있는 마술사에게 한 실루엣이 다가갔다.

그의 모습이 선명에게 보임과 동시에 우리를 공격하던 해골들의 움직임이 서서히 둔해졌다.

그가 마술사의 바로 뒤에 섰을 무렵에는 해골들의 움직임이 거의 멈춘 상태였다.

"하여간, 너무 늦게 일어난다고…… 웅?"

의기양양하게 너스레를 떨었지만, 고개 숙인 그의 모습을 보고 전율했다.

여기까지 노기가 전해졌고, 혈관이 불거질 만큼 힘이 들어간 주먹이 보였기 때문이다.

"어이."

『허?』

무시무시한 목소리와 함께, 떠들썩하게 웃던 마술사의 뒤에서 뻗어 나온 손이 마술사의 머리를 콱 움켜잡았다.

『아, 아…… 아니, 너는…….』

"왜 그래? 웃어. 바보처럼 말이야. 지금 웃어 두지 않으면—."

그대로 마술사의 머리를 바닥에 내리꽂듯 처박았다.

크게 부서지는 바닥과 박살나는 마술사의 두개골을 차가운 눈으로 내려다본 우사토는 평소처럼 웃으며 주먹을 뚜둑거렸다.

"다시는 웃을 수 없게 될 거야."

인간은 정말로 화가 나면 자연스럽게 웃게 된다고, 어디선가 왔던 여행자에게 들은 적이 있다.

지금 우사토가 바로 그 상태일 것이다.

활짝 웃고 있지만 눈은 전혀 웃고 있지 않았다.

완전히 폭발한 그의 모습을 보고, 나는 지금까지 우사토가 이렇게까지 화낼 만한 일을 하지 않아서 정말 다행이라고 진심으로 생각했다.

🌸제10화 부활! 깨지지 않는 마음!

해골들에게 삼켜지고 난 다음에 눈을 뜨니 주변 일대가 새하얀 공간에 있었다.

그 하얀 공간의 중심에 선 나를 에워싼 사마리알 백성들은 셀 수 없이 많은 원성을 부딪쳐 왔다.

그리고 그 목소리와 함께 사마리알 백성들의 기억이 포개지듯 투영되었다. 불에 타고, 굶주리고, 잔해 더미 속에서 울부짖으며 죽음의 공포에 떠는 사람들의 광경을 강제로 내게 보여 줬다.

머릿속에 직접 주입되는 광경으로부터 눈을 돌리는 것은 불가능했고, 나는 두통에 괴로워하며 이를 악물었다.

"끄, 으으……."

독에 당해서 고통스러워하는 남자의 기억을 보았다.

사룡의 독을 마셔서 폐가 썩어 제대로 숨도 쉬지 못한 채 괴로워하던 남자는, 마침내 나을 조짐이 보여 가족 곁으로 돌아갈 수 있겠다고 생각하자마자 제물이 되어 영혼이 뽑히고 말았다.

『좀 더, 살아서, 가족과…….』

"윽……!"

다음으로 보인 것은 눈앞에서 사랑하는 가족의 죽음을 목격한 여성의 기억이었다.

253

소중한 사람을 잃고 살아갈 희망이 사라진 그녀는 저주에 영혼이 사로잡힌 지금도 여전히 만날 수 없는 가족을 그리워하며 해방을 바라고 있었다.

『나는, 그저, 만나고 싶을 뿐인데…….』

"아, 으으으……."

다음은 사룡으로부터 백성들을 지키기 위해 싸웠던 기사의 기억이었다.

어떤 공격도 통하지 않아 정면으로 사룡의 독을 뒤집어쓴 그는 기적적으로 목숨을 건졌으나 무자비한 왕과 마술사에 의해 영혼을 뽑히고 말았다.

『겨우, 살았다고, 생각했는데…….』

"……웃."

해골들의 원성은 겹겹이 중첩되어 내 머리를 강타했다.

사룡에게 공격받아 크게 다친 사람들의 기억.

극악무도한 왕과 마술사에 의해 영혼이 뽑혀 숨지는 기억.

행복했던 일상이 순식간에 지옥으로 바뀌어 버리는 기억.

고통 속에서 장면은 다시 바뀌었다.

시야 가득 펼쳐진 잔해 더미, 거뭇거뭇 검댕이 묻은 작은 손.

시야의 주인— 소녀는 소리 없이 울었다.

『크오오오오오!』

사룡의 포효가 공기를 진동시켰다.

그 충격에 넘어진 소녀가 고개를 들어 소리가 들린 쪽을 보니, 내가 기억하는 것보다도 강하고 섬뜩한 모습의 사룡이 독의 숨결을 토하며 눈앞에 선 한 남자를 노려보고 있었다.

경장 위에 갑옷을 걸치고, 그 모습과 어울리지 않는 장도와 소도를 허리에 찬 남자는 사룡의 포효에 겁먹지 않고서 마주 서 있었다.

『…….』

말이 없는 남자에게 사룡은 커다란 꼬리를 휘둘렀다.

무시무시한 기세로 주위 건물을 부수며 꼬리가 육박했다.

이에 남자는 내가 가지고 있는 것과 똑같은 소도를 허리에서 뽑더니 흉악한 위력을 내포하고 있을 꼬리를 향해 나아갔다.

꼬리가 남자에게 직격했을 충격과 분진이 멍하니 선 소녀를 덮쳤다.

너무나 큰 충격에 지면을 구른 소녀의 시야에 소도를 쥔 주먹으로 사룡의 꼬리를 막은 멀쩡한 남자의 모습이 날아들었다.

『계통 강화, 봉(封).』

남자가 그렇게 중얼거리자 소도의 도신에서 카즈키의 마력탄 같은 구체가 둥실 떠올랐다. 그리고 구체가 다시 소도의 도신 속으로 돌아가니 이번에는 도신 자체가 금빛을 띠었다.

남자는 빛나는 소도를 역수로 잡고서 그대로 자신의 복부를 찔렀다.

『해(解).』

그와 동시에 왼손으로 소도를 배에서 뽑았다. 스스로 복부를 찔렀을 텐데 어찌된 일인지 상처도, 출혈도 없었다.

『하앗!』

남자는 사룡을 향해 달리기 시작했다.

호리호리한 몸 어디에서 그런 속도가 나오는지 알 수 없을 만큼 빨랐고, 발을 내디딜 때마다 지면이 크게 파였다.

육박하는 남자에게 사룡은 커다란 입을 벌려 맹독의 숨을 토했다.

『봉(封)!』

그러나 그 독은 용사가 허리에 찬 장검의 칼자루 끝을 들자 흡수되듯 사라져 버렸다.

용사는 소도를 든 왼손으로 경악하는 사룡의 흉부를 후려쳤다.

마력이 담기지 않은 평범한 주먹에 사룡의 거구가 크게 날아갔다.

『크아아아아아아아아!』

『자신의 독에 썩어라, 괴물.』

소도를 갈무리한 용사는 장도를 뽑아 양손으로 잡고 상단자세로 들었다.

『해(解)!』

그렇게 외치며 칼을 내리치자 도신에서 불길한 보라색 충격파가 뿜어져 나왔다.

충격파는 허공에 뜬 사룡의 한쪽 날개를 삼키고 하늘로 사라졌다.

어두운 구름조차 가른 남자의 일격을 본 소녀는 공포인지 동경인지 알 수 없는 감정을 품으며 그대로 정신을 잃었고, 다시는 눈을 뜨지 못했다.

『있지, 누가 나쁜 거야? 임금님? 무서운 드래곤? 아니면…… 용사님?』

"으……."

살아생전 모습으로 나에게 생전의 고통을 부딪쳐 오는 사람들.

더 살고 싶었다는 바람, 소중한 사람과 만나고 싶다는 마음, 사랑하는 가족을 남긴 채 죽어 버린 것에 대한 원망— 그런 수백 명의 원성을 강제로 들을 수밖에 없었던 나는 솔직히 미쳐 버릴 것 같았다.

『살고 싶어.』

『어째서…….』

『너 때문이야.』

『사라져.』

『죽어.』

『속죄해.』

주위에서 쏟아지는 원성이 강해졌다.

그에 맞춰 두통이 심해져서 제대로 서 있을 수 없게 되었다. 지면에 무릎을 꿇고 손을 짚자 그 손과 발이 하얀 지면에 천천히 파묻혔다.

"이대로 잠들면…… 해방될 수 있는 걸까…… 하하하."

더는 버틸 수 없을 것 같았다.

머리가 터질 것 같았고, 지금 내가 앞을 보고 있는지 고개를 숙이고 있는지조차 알 수 없었다.

몇 번이고, 몇 번이고, 몇 번이고, 시체가 잔뜩 쌓인 광경을 보고, 그럴 때마다 원망을 들은 내 정신은 너덜너덜했다.

이제 포기해도 된다고, 편해져도 된다고, 그런 생각이 내 안에서 점점 커졌다.

하지만—.

"시끄러워, 닥쳐."

그것은 포기해도 될 이유가 되지 않았다.

해골들에게 그렇게 내뱉고서 가라앉은 사지를 억지로 지면에서 빼낸 나는 비틀거리며 일어섰다.

『……?!』

내 말에 동요하는 해골들.

조금 전까지 다 죽어 가던 내가 느닷없이 일어났으니 놀랄 만도 했다.

확실히 멀쩡한 상태는 아니었다. 머리가 깨질 듯이 아프고 의식도 몽롱했다.

당장에라도 쓰러질 듯한 다리에 힘을 주며 주위를 천천히 노려본 나는 지금 내가 낼 수 있는 최대한의 목소리를 토해 냈다.

"이걸 나한테 보여 줘서 뭘 어쩌고 싶은데? 동정 받고 싶었어? 얌전히 사로잡히라고 말하고 싶어? 웃기는 것도 정도껏 해! 죽음을 받아들이라고는 안 해. 하지만 열심히 살아가는 에바를 해쳐도 될 리가 없잖아!"

머리가 너무 아파서 내가 무슨 생각으로 떠들고 있는지도 이해할 수 없었다.

그래도 나는 솔직하게 생각을 말해야만 했다.

"그녀는…… 에바는 아직 아무것도 몰라! 이 세계를, 줄곧 좁은 결계 속에서 보내면서, 그게 자신의 세계라며 받아들이고! 그것도 웃는 얼굴로……!"

사실은 사라지고 싶지 않을 터다.

더 살고 싶을 터다.

그런데도 무리해서 불합리한 현실을 받아들이려 하다니…… 그런 잔혹한 이야기가 있어서야 되겠는가!

"나는, 그 아이에게 바깥세상을 알려 주고 싶어! 고작 몇 권뿐인 책이 아니라! 작은 화단에 핀 꽃이 아니라! 물고기 한 마리 헤엄치지 않는 연못이 아니라! 지금까지 봤던 세계는 아주 작았다는 것을……! 바깥은 아주 넓다는 것을, 알려 주고 싶어서, 나는…… 나는……."

다른 세계에서 왔기에 알 수 있었다.

이 세계는 굉장하다. 검과 마법, 몬스터, 이런저런 미지의 것이 굴러다니고 있었다. 모르는 것이 많아서 불안했지만, 원래 세계에서는 결코 맛볼 수 없는 엄청난 것이 나를 기다리고 있다고 생각하면 무척 두근거렸다.

그래서 나는 에바에게 그게 얼마나 멋진 일인지를 알려 주고 싶다.

"죽지 않도록, 바깥세상을 모른 채 끝나지 않도록! 나는 그녀를 살리겠어! 그리고 너희를 괴롭혔던 마술도 남김없이 파괴해 줄 테니까……."

천천히 말아 쥔 주먹을 들고 힘을 줬다.

"닥치고 구제받아!"

그렇게 외치고 하얀 지면에 힘껏 주먹을 내리치자 나를 둘러싸고 있던 사마리알 사람들이 사라지고 지면에 금이 가며 흰 공간 자체가 유리처럼 깨졌다.

내 의식도 수면에서 부상하듯 각성했다.

나는 감고 있던 눈을 뜸과 동시에 팔을 앞으로 쑥 내밀어 몸에 들러붙은 해골들을 뿌리쳤다.

"……아직 머리가 어질어질하네."

나는 치유마법을 걸면서 일어나 주위를 둘러보았고, 조금 떨어진 곳에서 루카스 님과 에바를 등진 채 마술을 전개 중인 네아를 발견했다.

그리고 네아의 결계를 지키듯 그 주위를 에워싼 희푸르스름한 인영과 귀에 거슬리는 목소리로 비웃는 로브 차림의 해골.

"……."

나를 포위했던 해골들이 그 로브 입은 해골을 무서워하고 있었다.

확인하지 않아도 이해됐다.

저 로브 차림의 해골이 나의…… 우리의 적이다.

그렇게 정해졌으면 긴말할 필요 없다.

명확한 상대가 있다면 내가 할 일은 단순했다.

끓어오르는 분노를 억누르며 시끄럽게 웃는 로브 차림의 해골에게 다가간 나는 그 머리를 움켜잡고 활짝 웃어 주었다.

*＊＊

로브를 입은 해골의 머리를 지면에 내리꽂은 나는 머리가 박살
난 해골을 내려다보았다.

머리가 부서졌지만 어차피 이 녀석도 다른 해골처럼 재생될 것이다.

일단 해골의 움직임을 봉한 나는 몸 상태를 확인하며 멍하니 나
를 보는 네아에게 걸어갔다.

"이 녀석이 흑막인 거지? 네아."

예상대로 두개골을 복원 중인 해골을 가리키며 네아에게 물어보
자, 어찌 된 일인지 그녀는 겁먹은 것처럼 한 걸음 물러났다.

"응? 네아?"

"어? 아, 네. 그 녀석이 저주를 조종하고 있는 마술사……입니다."

……어째서 존댓말인지는 제쳐 놓고, 역시 이 녀석이었나.

다른 해골들과는 명백하게 분위기가 다르고, 무엇보다 제물이
된 사마리알 백성들의 영혼이 두려워하고 있었으니 말이지.

로브를 입은 해골의 정체에 관해 네아에게 듣고 있으니 에바를
안은 루카스 님이 네아 옆으로 걸어왔다.

"우사토 씨! 무사하셨군요!"

"응, 괜찮아. 루카스 님도 무사하신 거죠?"

"그래, 네아와 그녀들 덕분에 멀쩡해."

"그런가요. 어어, 그녀들이라는 건……."

혹시 주변에 있는 반투명한 사람들을 말하는 건가?

겉모습은 해골들보다도 더 유령 같아서 조금 무서운데…….

"이 사람들은 역대 사마리알의 왕족들이야."

"……그렇구나."

유일하게 명확한 모습을 유지하고 있는 에바 판박이 여성에게 시선을 옮기자 그녀는 에바를 닮은 명랑한 웃음을 지었다.

『젠, 장…… 어떻게…….』

"엉?"

어느새 내가 부순 머리의 재생이 끝났는지 비틀거리며 로브 차림의 해골…… 마술사가 일어나 있었다.

네아에게 듣자 하니 스스로 처형당해 자신의 영혼을 저주에 구속한 모양인데, 잘도 그런 귀찮은 짓을 할 수 있구나.

화가 나기보다도 기막히다는 감정이 들었다.

이마를 짚는 나를 보며 마술사는 이를 딱딱 부딪쳤다.

『어떻게 버텼지?! 일반인은 절대로 버틸 수 없는 악몽이었을 텐데!』

"사마리알 백성들이 보여 준 기억을 말하는 건가? 네가 무슨 목적으로 나한테 그걸 보여 줬는지는 모르겠지만, 그런 걸 내가 알 리가 없잖아. 화냈더니 입을 다물었어. 그게 다야."

"아니아니, 그런다고 입을 다물 리가 없잖아. 어떤 방식으로 화낸 거야……."

간결하게 정리하면 사실인데.

어느새 올빼미 모습으로 돌아와 내 어깨에 앉은 네아를 보고 웃었다.

내 말에 영문을 모르겠다는 것처럼 머리를 쥐어뜯은 마술사는 착란 상태에 빠져서 주위 해골들을 보며 아우성쳤다.

『그렇다면 다시 한 번 시도할 뿐이다! 가라, 망령들아! 저 녀석의 마음을 망가뜨려라!』

해골들의 목에 연결된 쇠사슬이 세게 당겨졌다.

그러나 해골들은 힘이 빠진 채 움직이지 않았다. 마술사의 명령을 무시하듯 양손을 축 늘어뜨리고서 지그시 상황을 지켜보고 있었다.

"무슨 일이야? 안 움직이는데?"

『읏, 움직여라! 왜 내 명령이 안 통하지?! 고통에서 해방되고 싶지 않은가?!』

쇠사슬이 더욱 크게 휘었지만 그래도 해골들은 마술사의 명령을 따르지 않았다.

"네 말이 거짓말이라는 걸 다들 마침내 알게 된 거겠지."

『우, 웃기지 마라! 그럴 수는 없다! 이 녀석들에게 말이 통할 리 없단 말이다! 내 마술에 사로잡힌 이 녀석들은 그저 증오만을 휘두르는 수족에 불과해! 그런 녀석들에게 내 명령을 거부할 만한 의지가 있을 리 없어!』

틀렸다.

그들의 목소리와 기억을 보고 알게 된 것이 있다.

증오뿐만이 아니었다. 다들 고통에서 해방되고 싶어서 누군가에게 매달리려고 했다. 괴롭기에 도움을 구하고, 자신들만으로는 이

고통을 어떻게 할 수가 없으니까 줄곧 명령을 따랐던 것이다.

"외부의 말이 통하지 않는 그들이 지금 이러고 있는 건 우사토가 그들과 똑같은 정신세계에 끌려가 거기서 그들에게 뭔가 변화를 줬기 때문인가? 그렇게 생각하면 앞뒤가 맞지만⋯⋯ 마음이 망가질 위험이 있으니 정상적인 방법은 아니야. 역시 우사토구나."

그런 의도는 전혀 없었으므로 감탄해도 곤란하다.

하지만 내가 일시적으로나마 해골들에게 사로잡혔던 것도 나쁜 일은 아니었던 모양이다.

"이제 너를 따르는 영혼은 없어. 여기서 마술을 부수고 에바와 사로잡힌 영혼들을 전부 구하겠어. 네아, 끝내자."

"그래, 이걸로 끝내자."

주먹을 움켜쥐고 날카롭게 마술사를 노려보았다.

내 시선을 받은 마술사는 당황하여 뒷걸음질 쳤지만, 이내 크게 몸을 떨더니 짐승처럼 으르렁거리며 내게 달려들었다.

『너만! 너의 육체만 손에 넣으면⋯⋯!』

"우사토 씨, 위험해요!"

"우사토!"

갑작스러운 마술사의 공격에 허둥거리는 에바와 루카스 님을 안심시키듯 오른손을 옆으로 든 나는 그대로 마술사의 목을 홱 붙잡았다.

그와 동시에 머리에 둔통이 일었지만 이제 와서 그런 것은 사소한 문제였기에 무시하고 마술사를 한 손으로 들어 올렸다.

"이 정도 정신 공격은 익숙해졌어. 치유마법을 쓸 것까지도 없어."

『웃, 이, 괴물 녀석……!』

"그것도 익숙한 말이네."

마술사는 도망치려고 양팔을 붙들었지만 그 완력은 약했다.

『몸, 몸만 있으면……!』

"내 몸은 내 거야. 힘을 가지고 싶으면 내세에 몸을 단련해. 몇백 년이나 준비하는 것보다는 훨씬 편할 거야."

나는 그렇게 내뱉고서 목을 붙잡혀 버둥거리는 마술사를 크게 치켜들고 힘껏 던졌다.

이어서 허리에서 용사의 소도를 뽑아 치유마법과 구속 주술로 도신을 덮었다. 칼자루를 세게 움켜쥔 나는 그것을 제단을 향해 날아가고 있는 마술사에게 던졌다.

『으아아아악?!』

"그렇게 용사를 원한다면 줄게!"

초록빛 궤도를 그리면서 회전하며 날아간 소도는 한 치의 오차도 없이 마술사의 이마에 직격했고, 그러면서 뒤에 있는 제단의 수정 구슬에 마술사를 고정시켰다.

"내게 선대 용사처럼 사룡을 쓰러뜨릴 만한 힘은 없어. 내 친구처럼 강한 마법도 안 가지고 있지. 하지만 내게는 치유마법과 스승님에게 단련 받은 몸이 있어."

"내 마술도 있고 말이지."

머리에 꽂힌 소도를 뽑으려고 몸부림치는 마술사를 똑바로 노려보았다.

내 주먹에 마술 문양이 흘러든 것을 보고 어깨에 있는 네아에게 시선을 보냈다.

"해방 주술이야. 보험 대신 부여해 줄게. 그걸로 저 기분 나쁜 해골을 해치워 버려!"

"……하하! 네가 동료가 돼서 다행이야. 지금 진심으로 그렇게 생각했어."

솔직히 말해서 불안했다.

나쁜 아이가 아니라는 것은 알았지만 그 순진무구함과 마물로서의 가치관 차이로 괜히 주위에 피해를 주지는 않을까.

하지만 내가 생각했던 것보다도 네아는 다정하고 믿음직한 존재였다.

해방 주술 문양에 감싸인 오른쪽 주먹을 단단히 움켜쥐고 다시 마술사를 노려보았다.

"뺏어간 걸 돌려줘야겠어. 마술사."

『히익?!』

나는 오른쪽 주먹을 들고 제단을 향해 크게 발을 내디뎠다.

움직이지 못하는 마술사는 간청하듯 몸을 떨었다.

『그럴 수가, 싫어……. 나는, 아직…… 아직, 사라지고 싶지 않아…… 끝나고 싶지 않아!』

"이제 와서 후회해도 늦었어! 뉘우칠 기회는 얼마든지 있었을 터! 이 저주를 만들어 낸 원흉이라면 마지막까지 확실하게 저주와 운명을 같이해라!"

『싫어, 싫어싫어싫어!』

"으랴아!"

내 주먹은 마술사의 이마에 꽂힌 소도의 칼자루 끝을 똑바로 때리며 수정 구슬과 함께 마술사의 머리를 박살냈다.

그 순간, 부서진 구슬에서 빛이 흘러넘치고 많은 혼불이 해방되었다.

뒤돌아보니 방 여기저기에 있던 해골들의 목에서도 쇠사슬이 부서지며 다른 영혼들과 마찬가지로 혼불로 변해 사라져 갔다.

『아아아아아아……아……!』

부서진 마술사의 몸도 혼불로 바뀌었다.

울부짖는 듯한 소리를 내며 천장으로 올라가는 혼불을 본 나는 피식 웃었다.

"단련하고 다시 와. 다시 태어날 수 있다면 말이야."

"그거 나름 멋있는 말이랍시고 한 거야? 엄청 센스 없어."

"……."

태클이 너무 매몰차…….

비교적 진심으로 의기소침해졌다.

어이없다는 눈으로 나를 쏘아본 네아는 긴장을 풀고 한숨 돌렸다.

"뭐, 우사토가 방금 한 말은 아마코에게 나중에 말해 주기로 하고, 이로써 한 건 해결이네."

"아니, 아직 그렇지도 않은 것 같아."

"응?"

나는 그렇게 말하며 에바와 루카스 님 쪽을 보았다.

두 사람은 푸른 머리 여성을 올려다보고 있었다.

다른 왕족의 영혼들이 차례차례 사라지는 가운데, 푸른 머리 여성만은 이별이라는 느낌을 주지 않는 미소를 지으며 천천히 에바의 파란 머리로 손을 뻗어 다정하게 쓰다듬었다.

"아······."

그러자 머리를 쓰다듬은 손을 통해 에바에게 빛이 흘러들었다.

자신의 몸에 일어난 일에 눈을 동그랗게 뜨는 에바를 보고 쿡 웃은 여성은 작게 뭐라고 중얼거리더니 더는 미련이 없다는 듯 혼불로 바뀌어 하늘로 돌아갔다.

"아바마마, 저······ 몸이······."

"응?"

루카스 님이 불빛 근처에 그녀를 내려놓고 모습을 비추자, 여기 올 때까지 절반 이상 사라졌었던 그림자가 전부 원래대로 돌아와 있었다.

자신의 그림자를 본 에바는 지면에 털썩 주저앉아 그림자가 생긴 바닥을 매만졌다.

"어마마마가, 저를 도와주신 거네요. 항상 저를 지켜봐 주셨고······. 저는 전혀 불행하지 않았어요. 아바마마도, 어머마마도 줄곧 함께 있어 주셔서······."

"그래······ 그래, 그렇고말고. 너는 불행하지 않아. 이제 남들처럼 살 수 있어……!"

에바와 루카스 님은 기쁨에 떨며 눈물 흘렸다.

조금 떨어진 곳에서 그런 두 사람을 보던 나는 안도하며 그대로 바닥에 쓰러졌다.

이로써 마침내 한 건 해결이다.

에바도, 사마리알 백성들의 영혼도 구했다.

"네아, 이번에는 네 덕분에 목숨을 건졌어. 그리고 내가 움직이지 못하는 동안 루카스 님과 에바를 지켜 줘서 고마워."

"흐흥, 더 많이 고마워해. 아, 맞다. 그 감사의 마음을 물질로 나타내 주지 않을래? 구체적으로는 너의 피로 말이야."

"하하, 알겠어, 알겠어."

이번에는 정말로 지쳤다.

정신적 피로는 사룡 때보다 더 심할지도 모른다.

"구하게 돼서 다행이야……"

지금 에바가 웃고 있는 것, 내게는 그것이 그 무엇보다도 기뻤다.

제11화 우사토의 수난은 끝나지 않는다?!

싸움이 끝난 후, 나는 지쳐서 기절해 버린 듯했다.

눈을 떴을 때는 다음 날 밤이었다. 기절한 나를 루카스 님이 옮겼다고 한다.

깨어나니 침대 옆에서 걱정스럽게 내 얼굴을 들여다보는 아마코와 조금 떨어진 곳에 앉은 아르크 씨와 네아가 있었다.

아무래도 아마코와 아르크 씨도 성 출입을 허락받았는지 내가 자는 방에서 줄곧 지켜봐 준 것 같았다.

종을 부순 것도 죄가 되지 않은 듯하여 다행이었다.

하지만 아마코에게 「너무 무모해」, 「아무리 튼튼해도 과신하지 마」라고 설교를 듣고 말았다.

확실히 이번에는 꽤 무모한 짓을 했다고 자각하고 있기에 나는 순순히 그녀의 말을 받아들이고 아마코와 아르크 씨에게 제대로 사과했다.

***

깨어난 다음 날 아침, 우리는 알현실에 모였다.

"정말 아무리 감사해도 모자랄 만큼 네게는 큰 빚을 지고 말았군."

"제가 멋대로 한 일인걸요."

내가 부순 벽은 천으로 가려져 있었다. 그 앞 옥좌에 루카스 님이 앉아 있고, 그 옆에는 에바가 있었다.

우리가 여기 있는 이유는 오늘 사마리알에서 다음 서신 전달 목적지인 수상 도시 미아라크로 출발하기에 인사하러 온 것이었다.

아마코와 아르크 씨는 내 양옆에 섰고, 네아는 지루했는지 올빼미 모습으로 내 어깨 위에서 졸고 있었다.

"루카스 님은 이제부터가 큰일이죠?"

저주 때문에 괴로워하던 사람들은 사라지고 해피엔드……라고 하고 싶지만, 저주의 본체를 부쉈다고 모든 것이 원만하게 수습되는 것은 아니었다.

페그니스 씨 일족과 그들에게 감화된 사람들— 이를테면 페그니스 씨의 부하 기사들을 어떻게든 처리하지 않는 한, 또 비슷한 일이 반복될지도 모른다.

"하하하, 이전과 비교하면 마음은 상당히 편해. 저주를 관리하던 페그니스와 기사들을 붙잡았으니까. 이제 관계자를 색출해 나가기만 하면 돼."

"페그니스 씨는…… 지금 어쩌고 있나요?"

그렇게나 저주에 의존했던 사람이다.

저주가 부서졌음을 알고 어떻게 반응했을까.

"그는 자신들이 지켜 왔던 마술이 파괴됐음을 알고 빈껍데기처럼 변했어. 우사토, 용서받을 수는 없는 일이지만 그 녀석은……

너를 왕국에 옭아매려 들기는 했으나 너의 정신을 파괴할 생각은 하지 않았어."

"그건, 알고 있어요."

내 몸을 뺏으려고 했던 것은 마술사였다.

페그니스 씨는 용사에 대한 신앙심을 이용당한 것에 불과했다.

"그는 지금……."

"지금은 지하 감옥에 유폐했는데, 다시 일어서려면 시간이 필요하겠지."

"그런가요."

오랜 세월 믿었던 사람을 배신자로 다뤄야만 하니 루카스 님도 괴롭겠지.

"화제를 바꾸지. 서신에 관해서는 맨 처음에 답한 대로 사마리알은 링글 왕국에 협력하겠다. 마왕군으로부터 함께 이 대륙을 지키자."

"웃, 감사합니다!"

왠지 처음에 서신을 받아들여 줬을 때보다도 기뻤다.

체제 중에 루카스 님의 인품을 알게 됐기 때문일까, 아니면 그의 진지한 말에 솔직하게 기뻤기 때문일까?

어쨌든 나는 내 역할 중 하나를 무사히 완수하게 되었다.

"우사토, 네 덕분에 나는 에바를 잃지 않을 수 있었다. 네가 없었다면 아마 나는 자포자기하여 왕이라는 직무를 내던졌겠지. 정말로 고맙다."

"저는 제가 하고 싶은 일을 했을 뿐이에요."

보상을 바라고 한 일은 아니었다.

정말로 내가 하고 싶은 대로 했을 뿐이다.

"응, 그래. 그래야지. 응, 너라면 안심하고 맡길 수 있겠어."

"……맡긴다고요?"

뭐지? 갑자기 불길한 예감이…….

뭘 맡기겠다는 걸까.

연신 고개를 끄덕이던 루카스 님은 어깨에서 힘을 빼더니 에바를 쳐다봤다가 다시 내게 눈을 돌렸다.

"그래서 우사토, 이게 본론인데……."

"감사했습니다. 바로 출발할 생각이라서 저는 이만—."

눈치챘다.

감이 왔다.

파바박 꽂혔다!

여러 가지 의미에서 위기를 감지한 나는 생긋 웃으며 인사하고 몸을 돌렸다.

옆에 있던 아마코와 아르크 씨가 곤혹스러워하며 따라왔지만 지금 나는 두 사람의 의문에 대답할 수 없을 만큼 급했다.

그러나 루카스 님도 이 정도는 예상했는지, 그가 손가락을 딱 튕기자 메이드들이 내 앞을 막아섰다.

"우사토, 뭐가 그리 급해. 이야기를 끝까지 들어도 손해 볼 건 없잖아?"

"제가 원래 있던 세계에서는 『시간은 금이다』라는 말이 있어요.

즉, 시간은 금과 동등한 가치가 있다는 뜻이죠."

"호오, 그것참 좋은 말이군. 하지만 지금부터 할 이야기도 충분히 가치 있는 이야기야."

어렴풋이 기억하는 말을 설명하면서 메이드들 사이를 지나가려고 했지만 메이드들은 웃으며 내 앞에 끼어들어 보내 주지 않았다.

그녀들은 왜 이렇게까지 하는 걸까?!

이 사람들이 기사였다면 억지로라도 돌파할 수 있었을 텐데……!

큭, 역시 루카스 님이다. 내 성격을 알고서 마련한 대책이야!

"저기, 우사토. 왜 그러는데?"

"아마코, 협력해 줘. 자칫 잘못하면 저주보다 더 궁지에 몰리는 사태가 될지도 몰라."

"뭐? 무슨 말을 하는 거야?"

그렇죠. 보통은 이런 말을 해도 고개를 갸웃하겠죠.

고개를 갸웃하는 아마코를 보고 있으니 어느새 옥좌에서 내려온 루카스 님이 말을 걸어왔다.

"우사토, 너를 우리나라에 스카우트하고 싶다는 이야기를 했었지만 그건 그만두마."

"예? ……아, 네."

당연히 에바를 아내로 맞이하여 사마리알에 와 달라는 말을 할 줄 알았는데, 예상과 달라……?

조금 안도하며 돌아보자 그는 씩 웃으며 주먹을 들었다.

"우사토, 에바의 남편이 되어 내 뒤를 잇지 않을래?!"

......

"무례하다는 건 알지만 말씀드릴게요. 당신은 대체 무슨 생각을 하는 거예요?!"

"나도 원래는 기사였어. 괜찮아, 괜찮아. 배짱과 끈기만 있으면 웬만한 건 어떻게든 돼! 오히려 너 정도 배짱이 있어야만 해!"

"그런 무식한 방법으로 국왕 역할을 소화할 수 있을 리가 없잖아요?!"

"어이어이, 눈앞에 있는 내가 그 증명이야."

이야기가 점점 이상해지고 있어!

스카우트 제의인가 싶었는데 후계자가 되어 달라니, 이야기가 너무 비약해서 혼란스러워졌다.

어떻게 반응하면 좋을지 갈피를 못 잡고 있으니 아마코가 내 단복 자락을 잡아당겼다.

"저기, 우사토. 어떻게 된 거야? 대체 무슨 얘기야? 제대로 설명해 줘."

"지, 진정해, 아마코."

"나는 침착해. 매우, 더할 나위 없이 침착한 상태야."

무표정으로 올려다보는 아마코가 너무 무서워서 웃어넘길 수 없었다.

"하하하! 대단하십니다, 우사토 님."

아르크 씨는 웃고 있지만.

남의 일이라고 즐거워 보이네요...... 저는 점점 궁지에 몰리는 느낌이라 웃을 수가 없는데 말이죠!

"우사토 씨……."

"에, 에바. 너도 뭐라고 말 좀 해 줘! 느닷없이 남편이라니 싫지?!"

"우사토 씨는 제가 싫으신가요?"

"……?!"

결혼할 마음이 있는 거야?!

에바가 몹시 불안해하는 표정으로 그렇게 물어봐서 나는 더욱 혼란스러워졌다.

나를 좋아해 주는 건 솔직히 기쁘지만, 그녀는 여러 가지 의미에서 위태로운 부분이 있기에 흔쾌히 허락하는 것은 너무 위험성이 커……!

아마코의 날카로운 시선과 루카스 님의 기대에 찬 시선은 점점 강해질 뿐이었다.

"하지만 괜찮아요."

"……어?"

가슴 앞으로 손을 깍지 낀 에바는 꽃처럼 웃었다.

"우사토 씨가 저를 싫어하셔도 상관없어요. 그래도 제가 할 일은 변함없으니까요."

"벼, 변함없다니?"

어라? 뭔가 기시감이……?

"좋아해 주실 때까지 노력할 거예요. 그러면 해결돼요."

해결은커녕 인생이라는 미로에 들어갈 것 같은데?!

그보다 반대로 굉장히 남자다운 고백이 됐어……!

"사실은 우사토 씨의 여행에 동행하여 함께 여러 가지를 보고 싶어요. 하지만 그러면 우사토 씨에게 폐가 되겠죠. 그러니 지금은 여기서 작별이에요. 저도 지금까지 접하지 못했던 것들을 이것저것 접하여 더 성장한 다음에 다시 뵙고 싶어요."

미소와 함께 전해진 에바의 말에 나는 어쩌면 좋을지 알 수 없어졌다.

그녀와 같은 곳에서 보낸 며칠간의 추억과 이런저런 생각이 머릿속을 빙글빙글 맴돌았다.

나는 혼란에 빠진 채 생글생글 웃고 있는 에바에게 깊이 머리를 숙였다.

"치, 친구부터 시작하고 싶습니다!"

이거, 여자가 남자의 고백을 거절할 때 하는 말 같잖아!

에바의 올곧은 호의가 기쁘기는 했다.

하지만 지금은 이런 겁쟁이 같은 대답을 할 수밖에 없었다.

나는 진짜 비겁한 놈이라고 자학하면서 한편으로는 그저 흔들다리 효과처럼 착각한 것이기를 바랐다.

"그러네요. 느닷없이 남편이라니 비상식적이에요. 작은 계기부터 쌓아 가는 게 중요하죠. 그것이 친구부터 시작하는 것이어도…… 저는 전혀 상관없어요."

뭐지? 에바의 말이 조금 무섭다.

호시탐탐 사냥감을 노리는 포식자 같은 느낌이 든다.

루카스 님도 「아아, 역시 엘리자와 닮았어」 하고 아득한 곳을 바라보며 중얼거리고 있었다.

"그, 그럼 저희는 슬슬 가보겠습니다!"

"아, 잠깐만, 우사토!"

아마코가 나를 불러 세웠지만 지금은 그럴 때가 아니었다.

이것저것 견딜 수 없게 된 나는 에바와 루카스 님에게 깊이 고개 숙여 인사한 후, 비교적 진심으로 실력을 발휘해 메이드들 사이를 지나 빠르게 알현실을 나가려고 했다. 하지만—.

"실례합니다. 루카스 님, 급히 전해 드릴 것이—."

나가기 전에 집사 에일리 씨가 종이 몇 장을 들고서 알현실에 들어왔다.

서두르던 그의 어깨가 내게 부딪쳤고, 그러면서 종이가 내 발밑에 떨어졌다.

그것을 주워 에일리 씨에게 건네려다가 종이에 큼직하게 적힌 문자가 눈에 들어왔다.

"이, 이게 뭐야아아아아아아?!"

나는 나답지 않게 크게 외치며 종이를 든 채 그 자리에서 굳었다.

뒤에 있던 아마코와 다른 사람들도 내 이변을 보고서 허둥지둥 종이를 들여다보았고, 나와 마찬가지로 굳어 버렸다.

우리가 경악한 문장, 그것은—.

『캄헤리오 왕자의 구혼을 거절한 여용사가 마음에 둔 사람은 치유마법사 우사토?!』

이누카미 선배가 멀리서 가한 엄호 사격이었다.

나의 위기 상황을 가속하는 데 훌륭하게 한몫 거들었다.

선배는 뭐 하고 있는 거야?! 진짜 뭐 하고 있는 거야?!

아무리 구혼 요청에 곤란했어도 그렇지, 왜 거기서 내 이름을 꺼 낸 거죠?!

나도 똑같은 상황에 빠져 있기에 그 마음은 잘 알지만!

「데헷☆」 하고 웃는 선배의 얼굴이 머릿속을 스친 것은 분명 기분 탓이 아닐 것이다.

"심지어 이게 나?! 나인 거야?!"

큼직하게 적힌 헤드라인 밑에는 캐리커처 같은 것이 그려져 있었다.

하지만 거기 그려진 나는 머리 모양만 똑같은 다른 사람이었다. 놀라우리만큼 미형으로 성형되어 있었다. 장미라도 입에 물고 있을 듯한 이 귀공자는 뭐야?! 코가 너무 뾰족해서 벽도 뚫을 수 있을 것 같은데?!

심지어 나의 트레이드 마크라고 해도 과언이 아닌 단복에 귀족 같은 장식이 달려 있고, 이거 원형이 거의 안 남아 있잖아…….

"다, 단장님과 구명단의 험상궂은 인간들이 이걸 보면 두고두고 놀려 먹을 거야……."

심지어 지금 구명단에는 나크가 있었다.

그가 이걸 봤을 때의 반응이 너무나도 두려웠다.

주로 스승으로서의 위엄 면에서.

로즈는 분명 이걸 보면 히죽히죽 웃을 거야.

"으, 으아아아아······."

"우, 우사토, 괜찮아. 이것보다도 지금의 우사토가 더 나아. 이 그림은 전혀 흉포해 보이지 않고, 이래서야 평범한 인간인걸."

과연 아마코는 나를 위로해 주고 있는 걸까?

나를 괴물처럼 그려야 더 정확한 거라고 에둘러서 말한 것 같은데.

"호오~ 그렇군. 에바, 아무래도 우사토를 얻으려면 라이벌을 쓰러뜨려야 하는 모양이다."

"그래도 저는 첫 번째가 될 수 있게 힘낼 거예요!"

"하하하, 그래야지! 나도 협력을 아끼지 않으마!"

루카스 님도 딸바보 기질을 발휘하는 형태로 상태가 심해지고 있었다.

"음~ 되게 시끄럽네······. 난 아직 피곤하니까 떠들지 좀 말아 줘····· 응? 우사토, 그 종이는 뭐—."

"미니 치유마법탄!"

"으헥?!"

어깨 위에서 일어난 네아에게 딱밤 요령으로 치유마법탄을 날려 기절시켰다.

미안하지만 너한테까지 이 그림을 보여 줄 수는 없어!

"여, 여기 있으면 안 되겠어······."

가만있을 수 없게 된 나는 도망치듯 성에서 달려 나왔다.

뒤에는 환하게 웃으며 손을 흔드는 루카스 님과 에바가 있었다.

두 사람이 진심으로 웃을 수 있게 되어 기쁘기도 하지만, 마지막에 남편이니 후계자니 터무니없는 일의 연속이라 정신이 하나도 없었다.

"어쩌면 좋을지 모르겠어어어어!"

"우사토! 네아가 눈을 까뒤집고서 우사토의 옷에 들러붙어 있는데 괜찮은 거야?! 응?!"

수백 년이나 이어진 저주를 동료들과 함께 타파한 나도 어쩔 수 없는 일은 있었다.

성을 뛰쳐나와 하늘을 올려다보며 나는 그것을 통감했다.

🌸 막간 그녀는 어머니를 생각한다

사마리알을 출발하고 얼마 지나지 않은 시간…….

우사토는 성에서 받은 충격이 다 가시지 않았는지 연신 이마를 짚으며 씁쓸한 표정을 짓고 있었다.

스즈네가 자신이 마음에 둔 사람은 우사토라고 폭로한 기사가 나돌고 있기 때문일 것이다. 그것이 우사토에게 큰 충격을 준 것은 확실했다.

"아아, 이렇게 된 이상, 돌아가서 선배에게 보복해야 직성이 풀리겠어."

우사토의 보복은 스즈네에게 역효과일 것 같다.

그 사람은 여간 별난 게 아니니까.

스즈네 일도 그렇지만, 우사토는 사마리알에서 큰일을 당했다. 거의 직접 참견했다고 봐야 하지만, 그래도 위험도는 사룡 때와 비교해 손색없을 정도였다.

"큰일이었네, 우사토."

"응? 뭐, 그렇지."

우리는 이번 일에 거의 끼지 못했지만, 우사토가 관여한 이번 사건에 관해 대충 들은 상태였다.

에바의 몸을 좀먹던 저주를 부수기 위해 분투한 우사토와 네아.

수많은 영혼을 수백 년 동안 고통스럽게 한 마술사와의 싸움은 분명 매우 힘들었을 것이 틀림없다.

　……그렇게 해결한 끝에 사마리알 왕에게 사위가 되라든가 왕좌를 잇지 않겠냐는 제안을 받은 것은 좀 그렇지만.

　역시 우사토는 이상한 사람한테 사랑받는다니까.

　어떻게 된 거야?

　왠지 앞으로의 여행도 걱정되는데…….

　"우사토는…… 특수해."

　"어? 뭐가?"

　"……."

　"왜 입을 다무는 거야?! 뭐가 특수한데?! 응?!"

　말로 표현할 수 없어서 문제였다.

　당황해서 캐묻는 우사토를 무시하고, 사마리알을 나와 신경 쓰였던 점을 물어보기로 했다.

　"에바는 앞으로 괜찮을까?"

　저주에서 해방된 에바는 바깥세상을 알 수 있게 되었다.

　하지만 그것은 동시에 미지로 가득한 세계에 느닷없이 뛰어드는 것과 같았다. 자신이 아는 것과 너무나도 다른 세계를, 그녀는 버틸 수 있을까.

　내 걱정을 알아차린 우사토는 안심시키듯 내 머리에 손을 올렸다.

　"그 아이는 혼자가 아니니까 괜찮아. 루카스 님과 집사 에일리 씨, 그리고 성 사람들도 있어."

머리에 놓인 손의 감촉에 낯간지러움을 느끼며 우사토의 말에 고개를 끄덕였다.

"그리고 에바의 엄마도 지켜보고 있고."

"엄마……."

마술사에게 당할 뻔했을 때 나타났다는 에바의 모친.

그 이야기를 들었을 때, 자연스럽게 엄마가 머릿속에 떠올랐다.

고향에서 깨어나지 않는 엄마.

2년 전에 마지막으로 봤던 엄마의 얼굴을 떠올리기만 해도 가슴이 꽉 죄어들며 괴로워졌다.

잊어버린 적 따위 없었다.

즐거울 때도, 슬플 때도, 언제나 머리 한편에 엄마가 아른거렸다.

고향에 두고 와 버린 엄마는 지금 어쩌고 있을까.

여전히 자고 있을까.

아니면 내가 우사토를 데려갈 필요도 없이 깨어나 있을까.

설마…… 이미, 죽―.

"아마코."

"……!"

갑자기 이름을 불러서 깜짝 놀라고 말았다.

순간적으로 고개를 들자 우사토가 걱정하는 표정으로 나를 내려다보고 있었다.

"괜찮아? 뭔가 괴로워하는 얼굴이었는데……."

"아……."

염려하는 우사토의 말에 눈물이 날 것 같았다.

그에게 걱정 끼치지 않기 위해 표정이 겉에 드러나지 않도록 철저히 다잡았다.

"아무것도 아니야. 네 어깨에서 기절한 네아가 그냥 좀 걱정돼서."

"기절……? 아아, 깜빡했다! 그래서 조용했구나!"

나는 여전히 네아가 눈을 까뒤집은 채 그의 단복에 걸려 있다고 알려 줬다.

황급히 네아를 손바닥에 올리고 치유마법을 건 우사토는 안도한 표정을 지었다.

"휴우, 큰일 날 뻔했네. 미안해, 네아."

"너, 너, 두고 봐……. 반드시, 피를, 받을 테니까……!"

깨어났는지 숨이 끊어질 듯한 모습으로 네아가 독설을 날렸다.

우사토는 역시 잘못했다고 생각했는지 미안해했다.

그리고 마침내 네아가 기분을 풀자 그는 다시 내게 시선을 보냈다.

"아마코."

"응?"

"뭔가 힘든 일이 있으면 말해. 무리하고 있는 건 아니까."

"……응. 고마워, 우사토."

아무래도 우사토는 꿰뚫어 본 모양이다.

이럴 때만 눈치가 빠르다니까.

살짝 투덜거린 나는 그래도 작게 웃으며 나란히 걷는 그와 함께 길을 나아갔다.

막간 그녀는 그를 생각한다

돌이킬 수 없는 잘못을 저질렀을 때, 사람은 생각하기를 포기한다.

아무런 생각도 할 수 없는 상태에서 뒤로 물러날 수 없게 된 사람이 쓸 수 있는 수단은 사고를 포기하고 앞으로 나아가는 것이다.

설령 틀렸더라도 앞으로 나아가는 발을 멈출 수는 없다.

나아가지 않으면 상황이 나빠질 뿐이다.

꺼낸 말은 취소할 수 없고, 많은 사람들에게 알려져 버린 그를 향한 마음은 얼버무릴 수도, 속일 수도 없다.

나는 어쩌면 좋을까.

어떻게, 해야 할까.

"스즈네 씨~. 그쯤 하고 일어나 주세요~. 오늘이 출발하는 날이에요~."

"나는 지금 실의에 빠져 있어. 그러니까 조금만 더 내버려 둬."

마음속으로 현실 도피 기미의 시를 짓던 나를 부르는 소리에, 나는 베개에 얼굴을 묻은 채 대답했다.

지금 내가 있는 곳은 캄헤리오라는 나라의 여관이다.

선대 용사를 강하게 신앙하는 이 나라에서 나는 큰 실수를 저질렀다.

구체적으로 말하자면 내가 우사토 군을 좋아한다는 것이 이 나라뿐만 아니라 대륙 전체에 퍼져 버렸다.

하지만 일부러 그런 것은 아니었다.

엉겁결에 말이 나왔다고 할까. 참을 수가 없어져서 큰 목소리로 이것저것 커밍아웃했을 뿐이다.

"으아아아아! 떠올리기만 해도 엄청나게 창피해! 나는 왜 그런 말을 해 버린 거야!"

일의 발단은 캄헤리오의 방벽을 부수려 하는 거대한 마우(魔牛)를 토벌해 달라는 의뢰를 받은 것이었다.

마우 자체는 고전하긴 했지만 쓰러뜨릴 수 있었다.

하지만 그 후가 문제였다.

캄헤리오의 왕자, 카일 라크 캄헤리오가 내게 약혼을 제의한 것이다.

심지어 많은 사람들의 시선이 모인 거리 한복판에서.

"그래서 어쨌다고요. 베개에 얼굴을 파묻은 채 말씀하셔도 그 실의는 전혀 전해지지 않아요."

침대에 엎드린 나에게 수행원 중에서 유일한 여기사인 크루미아가 어이없다는 목소리를 냈다.

나이도 비슷해서 다른 기사와 달리 편하게 이야기할 수 있는 사이지만, 애석하게도 상심한 나를 위로할 만한 자비는 가지고 있지 않은 듯했다.

"진짜, 언제까지 충격 받아 계실 거예요~. 제가 이런 말 하기도 뭣하지만, 스즈네 씨의 거절은 속이 다 시원했어요."

"너는 속이 시원했을지 몰라도 나는 실언을 깨달은 뒤부터 줄곧 수치심에 시달리고 있어!"

"그거야말로 자업자득이죠."

"자, 자업자득이라니……?! 너는 기사잖아?! 조금은 나를 위로하거나 걱정해 줘도 되잖아!"

"그렇게까지 하는 건 안 될 것 같아서요."

"왜?!"

"왠지 그냥요."

왠지 그냥 안 될 것 같다는 이유로 거절당했어…….

"아무튼 밖은 꽤 진정됐으니까 떠날 거면 지금이 적기예요."

"정말?"

"괜찮다니까요. 애초에 왕자의 아버지인 국왕 폐하가 허락했으니 떠나는 건 문제없겠죠. 오히려 기뻐하지 않았을까요? 그 왕자, 빈둥빈둥 놀러 다니며 제멋대로 지냈다는 모양이니까요."

확실히 그렇긴 하지만.

그래도 문제가 되지 않아서 다행이다.

억지로 약혼시키려고 한다면 나도 진심으로 저항할 생각이었지만, 정작 임금님은 문제 삼지 않아서 정말로 살았다.

"하, 하지만 마을 애들이 『앗! 왕자를 찬 사람이다~!』하고 손가락질하지 않을까?"

"대체 어떤 애들이 그런다는 거예요. 슬슬 움직여 주세요."

"으, 하지만……."

지금 밖에는 이 나라의 기자가 뿌린 기사가 도처에 붙어 있었다.

심지어 전혀 우사토 군답지 않은 우사토 군의 얼굴이 나돌고 있고⋯⋯.

여전히 이불을 뒤집어쓰고 있는 나를 보며 탄식한 크루미아는 「어쩔 수 없지」 하고 작게 중얼거리더니 일부러 헛기침을 했다.

"크흠⋯⋯ 이야~, 저쪽도 쉽게 거절할 수 없는 상황을 만들고서 구혼했으니 불쌍하다는 생각은 안 들지만, 역시 그 거절 방식은 가엾었죠. 뭐였더라? 『내게는 장래를 약속한 소중한 사람이 있어』였던가요? 정열적이에요."

"으아아아아아아아아아!"

크루미아의 말에 지난번 내가 했던 실언이 머릿속을 스쳐서 절규했다.

지금 그 대사를 말하는 거야?!

"『나는 그에게 마음을 뺏겼어. 그 말고는 아무에게도 눈길이 가지 않을 정도야』."

"으에에에에에에에엑!"

"『치유마법만으로는 그를 말할 수 없어. 그의 가장 강한 부분은 결코 꺾이지 않는 마음과 상냥함이야. 나는 그런 그에게 끌린 거겠지』."

"으아에에에에에에엑?!"

더할 나위 없이 얼굴이 새빨개져서 데굴데굴 굴렀다.

이불에다 베개까지 합쳐서 수치심에 괴로워하고 있으니 크루미아가 생글거리며 이어서 입을 열었다.

"『적을 쓰러뜨리는 검이 우리 용사라면 동료를 지키는 방패가 우사토 군이야!』도 멋있었어요."

"히에에에에에에엑!"

그만, 그만해······!

너무 창피해······!

급기야 침대에서 굴러 떨어져 벽에 격돌하고, 이불을 둘둘 감은 채 힘없이 멈췄다.

"그, 그치만 왕자가 치유마법사는 나한테 어울리지 않는다든가, 그런 연약한 녀석보다 자신이 낫다고 하니까! 그러면 나도 이것저것 말하고 싶어지잖아!"

"그건 저희도 같은 마음이에요."

내게서 이불을 벗겨 낸 크루미아는 그때 왕자가 했던 말을 떠올렸는지 얼굴을 찌푸렸다.

"구명단은 저희 기사에게도 특별한 존재예요. 그들이 없었다면 동료들은 영영 돌아오지 못했을 거예요. 치유마법사라는 이유로 전부 안다는 것처럼 깎아내리는 건 용서할 수 없어요."

크루미아는 진지한 표정으로 그렇게 말했다.

마왕군과의 싸움에서 우사토 군과 구명단원들은 많은 기사들을 구했다.

그리고 지금, 그는 나와 카즈키 군과 똑같은 임무를 짊어지고 여행 중이었다.

······.

"……음? 단념하셨나요?"

"그러네. 지금 우사토 군과 카즈키 군도 노력하고 있을 텐데, 나만 이런 데서 멈춰 있을 순 없지."

"……『지금, 여기 있는 나는 그의 것이야!』"

"다시 일어서자마자 좌절시키지 마아아아!"

하필이면 입이 찢어져도 본인 앞에서는 꺼낼 수 없는 말을……!

"다른 의미로 한창 화제예요. 주로 여성들 사이에서 말이죠."

"화제가 되고 싶지 않았어! 호, 혹시, 우사토 군이 그렇게 귀공자처럼 그려진 건……?"

"여성층을 노리고 우사토 씨를 미화한 거겠죠."

맨 처음 그 그림을 봤을 때, 조금 싫은 기분이 들었다. 어쩐지 우사토 군의 매력이 쓸데없는 장식에 묻힌 것처럼 느껴졌기 때문이다.

언짢아하는 내게 크루미아는 질렸다는 듯이 한숨을 쉬었다.

"제가 보기에 스즈네 씨와 우사토 씨는 잘 어울려요."

"그, 그래? 역시—."

"우사토 씨에게 그 마음이 전해질지는 별개지만요."

"왜 너는 희망을 줬다가 바로 깨부수는 거야?!"

"스즈네 씨가 우사토 씨에게 그런 말을 할 때는 꼭 농담을 섞으니까 진심인지 아닌지 알 수가 없잖아요."

"윽……! 하지만 뭔가 완충재를 넣지 않으면 우사토 군 앞에서 이런 말 못 하는걸."

"어라? 의외로 소녀 감성을 가지고 계시네요."

"나는 언제나 소녀야!"

"예……?"

"왜 그렇게 의외라는 얼굴이야?!"

깜짝 놀란 나머지 벌떡 일어나자 크루미아는 쿡쿡 웃었다.

"뭐, 어쨌든 털고 일어나신 것 같아서 다행이네요. 그럼 준비해 주세요. 해가 높이 떠 있을 때 출발할 거예요."

"짐은 미리 싸 뒀으니까 그렇게 시간이 걸리진 않을 거야. 하아……."

잇따른 수난에 기운이 쭉 빠졌다.

생글생글 웃으며 방을 나가는 크루미아를 보고 한숨을 내쉰 나는 옷을 갈아입고 문손잡이를 잡았다.

"……좋아."

더는 뒤로 물러날 수 없다.

내가 우사토 군을 향한 마음을 이유로 왕자의 구혼을 거절한 것이 대륙 전체에 퍼졌다는 사실은 바꿀 수 없다.

솔직히 지금도 창피해서 데굴데굴 구르고 싶은 기분이지만, 반대로 생각하자.

이제 이대로 밀고 나가면 된다고.

"할 수 있어. 너라면 할 수 있어, 스즈네. 더는 한심하게 굴지 않 겠어……!"

그렇게 결의하고 문을 활짝 열었다.

"『나는 속수무책으로 우사토 군을 애타게 사모하고 있어!』"

"아으?! 그, 그만하라고 했잖아아아아!"

문 옆에서 기다리던 크루미아의 말에 앞으로 넘어졌다.

조금 전에 맹세한 결의가 강하게 흔들렸다.

앞으로 한동안 이 일로 놀림당할 각오를 하며 나는 키득키득 웃는 크루미아에게 제재를 위한 전격 촙을 날렸다.

🌸 막간 저주란……

"시엘, 저주란 무엇이라고 생각하지?"

뒤에 서서 대기 중인 내게 갑자기 마왕님께서 질문하셨다.

내게 던져진 그 질문은 너무나도 뜬금없어서 무슨 뜻인지 알 수 없었다.

하지만 진지하게 생각하고 나서 대답했다.

"저주란 원한이지 않을까요? 그 사람이 밉다, 이 사람이 원망스럽다, 그렇게 어떤 대상을 향한 것이라고 인식하고 있습니다만……."

"흠, 재미는 없지만…… 그것도 저주의 한 형태겠지."

내게 재미를 기대해도 곤란하다고는 입이 찢어져도 말할 수 없었다.

마왕님은 관대하셔서 다소의 실언은 눈감아 주시기는커녕 오히려 기뻐하시지만, 내 상사인 시녀장님은 그렇지 않았다.

"왜 그렇게 얼빠진 얼굴이지?"

"아, 아닙니다. 왜 갑자기 저주에 관해 말씀하시는지 궁금하여……."

이쪽을 보지 않고서 물어보신 마왕님께 허둥지둥 대답했다.

어떻게 내 얼굴을 보지도 않고 표정을 아시는 걸까. 그리고 얼빠진 얼굴이라고 할 만큼 나는 이상한 표정을 짓고 있었던 걸까…….

"얼마 전에 사룡 이야기를 했었지?"

"네."

"거기 있던 인간들이 신경 쓰여서 말이다. 예상했던 그들의 행선지가 저주 이야기로 이어진 것이다."

무시무시한 사룡이 일시적으로나마 이 세상에 되살아났을 때 인간들의 이야기해 주셨다.

인간들이란 치유마법사를 필두로 한 기상천외한 집단일 것이다.

"사마리알…… 지금은 『기도의 나라』라고도 불리는 왕국. 내가 보기에 기도의 나라라는 고상한 이름이 어울리는 곳은 아니다만."

"무슨 말씀입니까?"

"내가 알기로 그 나라야말로 용사에게 풀리지 않을 『저주』를 내린 곳이기 때문이다."

풀리지 않을 저주?

내가 고개를 갸웃하자 마왕님은 당시를 떠올리듯 턱을 괴셨다.

"용사와 사룡의 싸움은 사마리알에서 이루어졌다. 그것은 들었지?"

"예……."

"당시 내가 보기에 그 싸움이 용사의 승리로 끝날 것은 자명했다. 아무튼 용사는 신룡에게 강력한 무구를 받았으니 말이다. 게다가 녀석의 정신 상태는 지극히 위험했으므로 사룡이 승리할 가능성은 한없이 낮았다."

"위험한 상태라 하심은……?"

"자포자기한 상태였다. 잇따른 배신, 구하지 못한 백성들의 몰지각한 목소리. 아예 인간을 멸망시키는 쪽으로 타락하려던 녀석이 무슨 이유든 간에 사마리알을 구하려고 한 것은 어떤 의미에서 기적이라고 할 수 있을 것이다."

인간 측에서 위해를 가해 온다.

그것도 인간을 위해 목숨 걸고 싸운 용사에게…….

그다지 이해력이 없는 나도 알 수 있을 만큼 당시의 용사는 구석에 몰려 있었을 것이다.

"결과적으로 녀석은 사마리알을 구했다. 사룡을 쓰러뜨린 그에게 많은 감사가 쏟아졌다. 살려 줘서 고맙다고. 사룡을 해치워 줘서 고맙다고. 그런 말들이 상처 입은 용사의 마음을 조금이나마 치유해 주었다."

"용사가 인간에게서 희망을 발견하고 마족을 해친다고 생각하면 기뻐할 이야기는 아니군요."

"홋, 여기서부터가 지독하지."

내 말에 마왕님은 작게 웃으셨다.

"하지만 그것은 신기루에 불과했다. 결국 그가 구한 인간들은 용사의 힘에 눈이 먼 속물들에 의해 마술의 제물이 되어 전부 혼이 뽑힌 시체로 변했다."

"그건…… 지독하군요. 인간은 자신들의 구세주조차 배신하는 건가요."

"그것이 인간이다. 그러나 그 이후가 최악이었다."

내용 자체는 용사의 불행한 이야기지만 그것을 이야기하는 마왕님은 상당히 유쾌해 보이셨다.

"무의미한 많은 희생은 용사에게 결코 풀리지 않을 저주를 새겼다."

"저주…… 마술인가요?"

"아니, 그런 간단한 것이 아니다. 애초에 녀석에게 평범한 마술은 듣지 않아."

"얼마나 터무니없는 존재였던 건가요……."

"그만큼 터무니없는 존재였기에 나를 봉인할 수 있지 않았겠느냐."

새삼, 마왕님과 싸운 용사는 정말로 비정상적인 존재였다고 재인식했다.

"이야기가 다른 길로 샜군. 저주는 많은 의미를 갖는다. 타인의 기대, 증오, 질투, 그러한 감정이 무거운 짐으로 변하여 정신을 마모시키지. 용사에게 향했던 것은 그것이다. 그리고―."

거기서 말을 끊은 마왕님은 재미없다는 얼굴로 허공을 바라보았다.

"자신이 구했을 터인 인간들이 무의미하게 살해당하자, 여태껏 벌인 싸움이 의미 없어졌다는 허무함과 자신이 용사인 탓에 죽지 않아도 될 인간들이 죽어 버렸다는 후회가 용사를 덮쳤다. 그것은 아무리 뿌리쳐도 떨어지지 않는 저주가 되었다."

확실히 사마리알은 기도의 나라가 아니라 **저주의 나라**라고 불려야 할지도 모르겠다.

마왕님이 봉인당하기 전에 살았던 인간들은 어째서 이토록 태연하게 동족을 괴롭혔던 걸까.

우리 마족은 다소간의 분쟁은 있어도 이 정도 일은 거의 하지 않는다.

마왕님이라는 절대적인 통치자가 있기 때문일지도 모르지만, 어쨌든 인간이라는 종족은 역시 이해할 수 없었다.

"그 후, 용사는 어떻게 했습니까?"

"이러지도 저러지도 않았다. 그저 가로막는 나의 군대를 쓸어버리고 나와 싸운 끝에 승리를 거머쥐었다. 그게 다다."

"……정말로 그게 다일까요?"

문득 의문이 들었다.

마왕님은 뭔가를 감추고 계신 것이 아닐까.

물론 마왕님이 우리 마족을 배신하리라고는 생각하지 않는다. 애초에 이분께서 마족을 버렸다면 이미 마왕령은 아무것도 없는 허허벌판으로 변했을 것이다.

내 말에 마왕님은 유쾌하다는 듯 입가에 손을 댔다.

"시엘, 역시 너와 하는 대화는 지루하지 않군. 나를 추궁하려는 자는 이 마왕령에 너밖에 없을 것이다."

"아, 그, 그것이…… 주제넘은 말씀을 드렸습니다. 죄송합니다!"

"됐다, 일일이 고개 숙이지 마라."

마왕님의 말씀을 듣고 숙이려던 고개를 들었다.

생각해 보면, 내가 했지만 스스럼없는 질문이었다. 다행히 마왕님은 용서해 주셨으나, 시녀장님에게 알려진다면 또 설교를 듣게 될 것이다.

그렇게 되면…… 아니, 상상하지 말자.

마왕님 뒤에서 혼자 어깨를 떨고 있으니 변함없이 냉담한 어조로 마왕님이 말씀하셨다.

"이건 말로 표현하기 조금 어려워서 말이다. 간결하게 말하자면…… 용사는 인간이라는 『종(種)』의 미래에 희망을 품고 있었다. 설령 지금은 어리석고 봐 주기 힘든 자들이더라도 시대가 바뀌면 사상도 바뀔 것이라고. 절망뿐인 현재를 단념하고 미래를 바라보았다."

"미래, 라는 것은 지금……입니까?"

"글쎄. 그것은 나도 모른다. 아무튼 녀석은 저주를 짊어지고 말았으니까. 미래와 과거를 생각할 수는 있어도 그 이상은 불가능해. ……아니, 하고자 했다면 가능했나? 녀석이 죽은 지금은 확인할 방도가 없지만."

"……."

솔직히 그다지 이해할 수 없었다.

결국 용사는 무슨 생각으로 마왕님 앞에 나타났는지, 무엇을 위해 마왕님을 쓰러뜨리고자 했는지……. 하지만 한 가지는 말할 수 있었다. 그것은―.

"최종적으로 용사는 인간을 택했다……는 걸까요."

"내가 보기에는 어리석은 사고다. 인간의 본질은 결코 바뀌지 않아. 어리석은 자들에게 인생이 거덜 난 녀석이 꿈꾼 미래는 옛날과 다름없어."

최후에는 인간을 위해 마왕님을 봉인했다.

어떤 의도가 있었든 간에 그것은 변함없는 사실이었다.

"……어쨌든 현재를 살아가는 너희에게는 어찌 되든 좋은 일이다. 녀석과 나의 싸움은 이미 끝났다. 내가 봉인에서 깨어날 때까지 마족의 역사를 쌓아 온 것은 다름 아닌 너희다. 지금 시대에 깨어난 내가 해야 할 일은 너희가 인간을 이기도록 하는 것뿐이다."

……마왕님에게 용사와의 싸움은 정말로 끝난 일일까.

"용사를 좀먹었던 저주는 수백 년이 지나 마침내 파괴되었다. 부순 것은 되살아난 사룡을 타도한 인간인가……. 역시 재미있군."

"……?"

생각에 몰두하다 마왕님의 중얼거림을 놓치고 말았다.

다시 물어보려고 했지만 난데없이 마왕님이 웃음을 터뜨렸다.

"아, 저, 또 제가 이상한 짓을 하고 말았습니까?"

"크크크, 아니, 그런 게 아니다. 나도 의외로 인간을 높이 평가하고 있다는 걸 깨달았거든."

"아, 네……."

한산한 공간에 울리는 마왕님의 낮은 웃음소리.

왜 마왕님께서 웃는지 이해할 수 없어서 나는 눈물이 날 것 같았다.

에바

▲사복

Character Design

루카스

▲국장(國章)

▲정장

페그니스

▲무장

▲진실의 검

치유마법의 잘못된 사용법 6
~전장을 달리는 회복 요원~

초판 1쇄 발행 2019년 8월 20일

지은이_ KUROKATA
일러스트_ KeG
옮긴이_ 송재희

발행인_ 신현호
편집국장_ 김은주
편집진행_ 최은진 · 김기준 · 김승신 · 원현선 · 권세라
편집디자인_ 양우연
국제업무_ 정아라 · 전은지
관리 · 영업_ 김민원 · 조인희

펴낸곳_ (주)디앤씨미디어
등록_ 2002년 4월 25일 제20-260호
주소_ 서울시 구로구 디지털로 26길 111 JnK디지털타워 503호
전화_ 02-333-2513(대표)
팩시밀리_ 02-333-2514
이메일_ lnovelpiya@naver.com
ㄴ노벨 공식 카페_ http://cafe.naver.com/lnovel11

CHIYUMAHO NO MACHIGATTA TSUKAIKATA ~SENJO WO KAKERU KAIHUKUYOIN ~ Vol.6
© KUROKATA 2017
First published in Japan in 2017 by KADOKAWA CORPORATION, Tokyo.
Korean translation rights arranged with KADOKAWA CORPORATION, Tokyo.

ISBN 979-11-278-5185-9 04830
ISBN 979-11-278-4277-2 (세트)

값 9,800원